U0953479

再见，哥伦布

Philip Roth

Goodbye, Columbus

[美] 菲利普 · 罗斯——著　　俞理明——译

上海译文出版社

献给我的母亲和父亲

心灵乃先知之半。

——犹太谚语

目　录

再见，哥伦布 / 1

犹太人的改宗 / 167

信仰的卫士 / 193

爱泼斯坦 / 245

世事难测 / 283

狂热者艾利 / 303

再见，　哥伦布

一

和布伦达第一次邂逅时，她让我帮她拿一下眼镜。然后，她迈向跳水板边缘，模模糊糊地朝泳池里望；这会就算池水已被排干，近视的布伦达也不会知道。她姿态优美地纵身跳入水中，一会儿又游回池边，留着金棕色短发的脑袋向上昂起，在躯体前方，宛如长茎上的一朵玫瑰花。她滑移到池边，坐在我身旁。“谢谢你。”她说。她的眼睛水灵灵的，但这跟泳池里的水无关。她伸手取回眼镜，但直到转身走时才戴上。我望着她离去的倩影。她的手突然在她背后出现，大拇指和食指拉了一下泳衣底部，把露在外面的那部分肉体又遮住了。我的气血上涌。

当天晚饭前，我给她挂了个电话。

“给谁打电话?”格拉迪丝姨母问我。

“今天遇到的那位姑娘。”

“是多丽丝给你介绍的吧?”

“多丽丝，她连泳池清洁工都不会给我介绍，格拉迪丝姨母。”

“别成天埋怨别人。堂姐总归是堂姐嘛。你是怎样遇上她的？”

“也说不上什么遇上她，我瞧见她罢了。”

“她是谁？”

“她姓佩蒂姆金。”

“佩蒂姆金，我不认识。”格拉迪丝姨母说，仿佛她认识“绿巷乡村俱乐部”的每个成员。“还没互相认识，你就打电话给她？”

“对，”我解释道，“我可以自我介绍嘛！”

“卡萨诺瓦。”她边说边回去给姨父做饭。我们从未同时在一起吃过饭，格拉迪丝姨母五点吃晚饭，苏珊表姐五点半吃，而我是六点，姨父则到六点半才吃。这纯粹是因为姨母的怪脾气，没别的原因。

“市郊电话号码簿放在哪里？”我问，把塞在电话桌里的书通通掏了出来。

“什么？”

“市郊电话号码簿，我要往肖特希尔斯打电话。”

“是那本薄薄的书吗？我连用都没用过就把我房间搞得乱七八糟的书吗？”

“它在哪儿?”

“在断腿的梳妆台下面。”

“我的天。”我说。

“最好问查号台。你在那里乱翻，把我的抽屉翻得一团糟。别再烦我了。你看，你姨父很快就回来了，而我还没让你吃饱呢!”

“姨母，今晚我们一块儿吃吧。天热，您也省些事。”

“好啊，你要我一下子准备四份饭菜不成?你想吃炖肉，苏珊想配着白干酪，麦克斯想吃牛排，星期五晚上是他的牛排之夜，我可不想让他失望，而我想来点儿冷鸡肉。莫非要我来回蹦跶二十几次不成?把我当什么啦，老黄牛吗?”

“那我们干吗不都吃牛排或冷鸡肉呢?”

“我管家管了二十年了。给你女朋友打电话去吧!”

电话通了，然而布伦达·佩蒂姆金不在家。接电话的是一个女人，她告诉我布伦达在俱乐部吃晚饭。她吃完饭会回来吗（我的嗓音比唱诗班的男童音还高两个音阶）?我不知道，对方说，她也许会去打高尔夫球。您是哪一位?我嘀咕了几句——嗯，没什么，她不认识我，我再打给她好了，不必留条了，谢谢您，打搅了……我挂断电话。这时姨母在喊我，我只好进去吃晚饭。

她把黑色的电扇开到转速最高一挡，风把厨房里电灯上垂下的那根电线也吹了起来。

“你喜欢喝什么苏打水？这里有干姜水、萨尔茨苏打水、黑莓汁，还可以开一瓶奶油苏打。”

“我什么也不要，谢谢您。”

“来点儿水吗？”

“我吃饭时不喝东西。格拉迪丝姨母，我几乎每天对您讲一遍，快有一年了。”

“只要弄点牛肝，麦克斯就能喝上一箱饮料。他整天工作很辛苦。如果你干活卖力，喝得也不会少。”

火炉上的盘子里堆满了炖牛肉、卤肉、煮土豆、青豆和胡萝卜。她把盘子放到我面前，饭菜的热气扑面而来。她又切了两片黑面包放在桌上，摆在我旁边。

我用叉把土豆分成两半吃下去，坐在对面的姨母一直盯着我看。

“你不要面包？”她说，“早知道我就不切下来了，要坏的。”

“我要的。”我说。

“你不要黑面包是不是？”

我把面包掰成两半吃了。

“肉的味道好吗？”

“哦，还不错。”

“你先用土豆和面包填饱肚子，你吃不了的肉我只得扔掉了。”

她蓦地从椅子上跳起来，“盐!”回到自己座位时，呼地一下把盐瓶撂在我面前——她家不用胡椒粉，因为她听盖伦·德雷克在他主持的节目里讲，人体内不吸收胡椒粉。格拉迪丝姨母要是知道她做的饭菜，经食道、胃到肠，仅仅为了得到在人体内周游一圈的乐趣，她会于心不安的。

“你在挑豆子吃吗？早告诉我的话，我就不买胡萝卜了。”

“我爱吃胡萝卜，”我说，“我喜欢的。”为了证实这一点，我把胡萝卜一半倒进嘴里，另外一半撒在了裤子上。

“猪。”她说。

我非常爱吃点心，特别喜欢水果，但我决定不吃，免得在这炎热的夏夜，为吃新鲜水果还是罐头水果而喋喋不休，多费口舌。不管我挑选哪一类水果，格拉迪丝姨母在冰箱里总是堆满了我不要的那一类水果，多得就像是偷来的钻石。“他要吃桃子罐头，而冰箱里放满了葡萄，需要尽快处理……”对格拉迪丝姨母来说，生活似乎就是处理东西。她最大的乐趣是：清除垃圾，清理储藏室，为那些被她称为“可怜的巴勒斯坦犹太人”准备一捆捆破烂货。但愿她死的时候冰箱空空如也，否则她在棺材里也会嚷嚷说奶酪发霉了，脐橙长毛了，扰得子孙后代永远不得安宁。

麦克斯姨父回家了。我第二次给布伦达打电话时，可以听见厨房里乒乒乓开苏打水瓶盖的声音。这次是一声简短的“喂”，声音尖尖的，又显得十分疲惫。“喂，”我开始连珠炮似的说，“喂，布伦达，布伦达，我是一个你所不认识的人，你也不会知道我叫什么，但是今天下午在俱乐部时，我给你拿过眼镜……是你叫我拿的……我不是俱乐部会员，我的堂姐多丽丝·克鲁格曼是。我向她打听过你是谁……”我喘了口气，好让她也说说话。对方没有回音，于是我就又说了起来：“你问多丽丝吗？就是那个一直在看《战争与和平》的姑娘。看到她在读《战争与和平》时，我就知道已经是夏天了。”布伦达没有嘲笑我，从一开始，她就是一个很实际的姑娘。

“怎么称呼你？”她问。

“我叫尼尔·克鲁格曼，在跳水板上给你拿过眼镜。还记得吗？”她又提出一个问题来作为回答，而这个问题会让长得丑和长得美的人难堪。

“你长什么样？”

“我……皮肤很黑。”

“你是黑人吗？”

“不是。”我回答。

“那你长什么样子？”

“今晚我来看你，到时你再自己瞧吧。”

“好极了，”她笑着说，“今晚我还要去打网球。”

“我以为你是去打高尔夫球。”

“我已经打过了。”

“打完球以后见面怎么样?”

“那时我肯定一身汗。”布伦达说。

这倒并不是在警告我见面时捏着鼻子往回逃，这是事实，布伦达显然并不在乎，但她想把情况摆明。

“没关系。”我说，但语气中流露出希望能找一个合适的地方，一个既不过分讲究，又还算整洁的地方。

“我开车去接你好吗?”

她没马上回答，我听见她嘀咕着：“多丽丝·克鲁格曼……”然后她说：“好吧，八点一刻在布赖尔帕斯希尔斯等我。”

“我会开一辆——”但我憋住没讲出是哪年产的，“茶色的普利茅斯去，这样你认得出我，但叫我怎么认出你呢?”我狡黠地坏笑道。

“我浑身汗津津的。”她说完便挂断了电话。

我很快地驶出了纽瓦克。途经欧文顿、乱七八糟的铁路道口、扳道工的棚屋、贮木厂、DQ 冰淇淋店和二手车市场。傍晚的天气渐渐变得凉爽。郊区的地面虽比纽瓦克只高了八十英尺，却让人感到好像更接近天空，夕阳变得更大、更低、更圆。不久，我驶过长长的草坪，草地就像飞速旋转的绿波。车子经过一排排房子，门阶上空无一人，屋里却亮着灯，窗户紧闭，屋里的人拒绝与外面的人分享自己生活的质感，他们把湿度恰当地调节到皮肤所能适应的程度。时间才八点，我因为不想早到，索性就在马路上兜风。这里的路皆以东部大学的校名命名，好像小镇多年前给路取名时就安排好了子孙后代的命运。我想起了麦克斯姨父和格拉迪丝姨母，在灰暗的小巷分食一条巧克力棒，同坐在沙滩椅上。凉风习习，沁人心脾，仿佛预示着他们美好的后半生。没过多久，我驶上通往小公园的砾石路，布伦达就是在小公园里打网球的。汽车仪表板上的小贮物箱里，纽瓦克城市地图仿佛变形成了蟋蟀，因为数英里长的柏油马路对我来说已不复存在，夜晚的喧闹声吵得就像我太阳穴的血管在突突直跳。

我把车停在由三棵橡树撑起的黑绿色的树冠下，朝发出打网球声音的地方走去。我听到一个恼怒的声音："又平了!"是布伦达，她听上去已经是汗流浃背了。我沿着砾石路慢慢往前走，又听见布伦达在喊："我领先一分。"拐弯时弄了一裤脚的砾石，这时又听见一声"赢了"。走近时看见布伦达在空中挥舞着球拍，熟练地接着球。

“喂。”我喊了一声。

“嗳，尼尔，让我们再赛一局。”她说。布伦达的话好像惹恼了她的对手，后者是个一头棕发的漂亮姑娘，但个儿没布伦达那么高。她停下来，不去找从她身边飞过的球，却白了一眼我和布伦达。我很快就理解了其中的缘由，布伦达已五胜四负，她对再打一局便可决定胜败有绝对的把握，这种自负足以引起她的对手对我俩的恼怒。

果然，布伦达最后取胜，虽然决胜赛比她预期的要胶着。那个听上去像叫辛普的姑娘，在打成六平时显得快活异常，布伦达则不断变换位置，跑前跑后，脚不点地。最后我就只能看见她那闪闪发亮的眼镜、皮带扣、袜子、运动鞋，间或还有网球，在黑暗中移动。随着夜幕的降临，布伦达在网前冲杀得更狠，这似乎有些反常，因为我注意到早先天还亮的时候，她一直守在后场，哪怕在不得不进攻、猛力击回一记挑高球之后，她也不怎么高兴，看起来不想离对手的球拍太近。想要保护自己美貌不受损害的强烈欲望似乎压倒了她每分必争的热情。我怀疑跟失掉这世上全部比分相比，网球在她脸颊上留下红印会让她更痛苦。暮色激励她大显身手，她更猛烈地抽打着，打到最后，辛普似乎在用脚后跟奔走。球赛结束后，辛普拒绝了我送她回家的提议，并借用某部老电影中凯瑟琳·赫本的台词，义正词严地表示自己可以搞定，显然她家离最近的灌木丛不远。她不喜欢我，我也不喜欢她，虽然我对此十分烦恼，但我肯定她不会像我这样烦恼。

“她是谁啊？”

“劳拉·辛普森·斯托劳维奇。”

“你为什么不叫她斯托劳？”我问。

“辛普是她在本宁顿时别人这么叫的，傻瓜。”

“你在那里上学吗？”我问。

她撩起衬衫擦擦汗水：“不，我在波士顿上学。”

我不喜欢她的回答。只要有人问我在哪儿上的学，我就会脱口而出“罗格斯大学的纽瓦克学院”。可能我会说得太响、太快、太激动，可我有什么说什么。布伦达立即使我想起了那些来自蒙特克莱、长着狮子鼻的讨厌家伙，他们在假期中到图书馆来，在我借书给他们时，他们站在一旁，扯着他们的超长围巾，一直让它们垂到脚踝，暗示他们在“波士顿”和“纽黑文”的名牌大学上学。

“波士顿大学？”我问，掉转视线，望着眼前的树。

“拉德克利夫。”

我们仍然站在球场上，边线已用白粉画好。球场后面的灌木丛中，萤火虫在沉闷的空气中飞舞，画着“8”字。夜色突然降临，树叶也随之闪闪发光，好像刚被雨水淋过一样。布伦达步出球场，我紧随其后，仅一步之隔。现在我也开始适应黑暗了。她不再只是一个声音，而是一个看得见的影像。之前因为“波士顿”而生出的怒气业已烟消云散，我让自己去欣赏她。这次她的手没在自己的臀部周围拉扯，但即使没有泳衣的包裹，臀形依然通过贴身的卡其短裤显露出来。她小领子的白色马球服背上有两个湿三角，如果说她真长一对翅膀的话，那就是长翅膀的地方。她腰间束着格子呢腰带，脚上是白色的袜子，白色的运动鞋。

她一边走，一边拉上球拍套子。

“想马上回家吗?”我问。

“不。”

“我们在这儿坐会儿吧，这里很舒服。”

“好的。”

我们在草坡上坐下，几乎可以背靠着草地。这种坐的角度让我们看起来像在准备进行某项天文观测活动：给一颗新星命名，看半球形的月亮胀成满月。布伦达一边讲话，一边扯拉球拍套上的拉链，第一次显得忸怩不安，我也跟着紧张起来。看样子似乎用不着正儿八经的约会，我们的关系也能神奇地更进一步。

“你堂姐多丽丝长什么样?”她问。

“她很黑——”

“她是不是——”

“不，”我说，“她脸上有点雀斑，乌黑的头发，高高的个儿。”

“她在哪儿上学？”

“在北安普敦。”

她没有回答，不知道我的意思她究竟理解了多少。

“我想我不认识她。”她等了一会儿才说，“她是新会员吗？”

“是的吧，她搬到利文斯顿才两年。”

“噢。”

没有新的星星出现，至少在接下来的五分钟它没有出现。

“上次我给你拿眼镜的，你还记得吗？”我问。

“我想起来了。”她说，“你也住在利文斯顿吗？”

“不，在纽瓦克。”

“我小时候也住在纽瓦克。”她主动说道。

“现在想回家吗？”我突然感到生气。

“不，我们还是走走吧。”

布伦达踢着小石子，走到我的前面去。

“你为什么天黑后才在网前活跃起来？”我问。

她转过身微笑着：“你也注意到了，可老傻瓜辛普至今还未意识到。”

“为什么那么做?”

“我不喜欢靠网太近，除非我肯定她回不了球。”

“为什么?”

“因为我的鼻子。”

“什么?”

“我担心我的鼻子，我的鼻子整过。”

“什么?”

“我的鼻子动过手术。”

“你的鼻子有什么问题吗?”

“有些凹凸不平。”

“很明显吗?”

“不，”她说，“过去我很漂亮，现在更美了。我哥准备今年秋天也去整。”

“他也想更漂亮吗?”

她未予理睬，又走到了我的前面。

“我没有开玩笑的意思，我想知道他为什么要这么做。”

“他想……除非他成为体育老师……但他不可能，”她说，“我俩长得都像我爸。”

“他也整了吗?”

“你为什么这么惹人讨厌?”

“我没有。对不起。”为了让自己听起来感兴趣，进而恢复原先客客气气的氛围，我又提了个问题，但结果并未如愿——我问的声音太响了：“动手术花了多少钱？”

过了一会儿，布伦达才说：“一千块。除非你去找肉贩子动刀，不然是要这价的。”

“让我看看这钱花得值不值。”

她又转过身来，站在凳子旁，把网球拍放在上面：“如果我让你吻我，你就不会这样讨人厌了吧？”

为了接吻的姿势不那么别扭，我们还得多走两步，最终情难自抑地吻了对方。她的一只手搭着我的脖子，我紧紧地搂着她，双手从她的身侧绕到她的背后。在她的肩胛骨处，我摸到两块湿湿的地方，再往下，我明显感觉到一阵轻微的颤动，仿佛她的乳房深处有什么东西在动，甚至透过衬衫都能感觉到。像翅膀在轻轻拍动，小小的、不比她乳房大多少的翅膀。我不担心它小，因为用不着一只鹰把我载到一百八十英尺高的肖特希尔斯，那里的夏夜比纽瓦克的凉爽宜人得多。

二

翌日，我再一次替布伦达拿眼镜。不过这一回不是作为她的临时随从而是她的午后客人，或者两者兼而有之，但总比前一次有了进步。她身穿黑色泳衣，光着脚丫，混杂在那些穿着古巴式半高跟鞋，胸部高耸，戴着戒指和大草帽的女人当中。我听一位晒成深棕色的女人用刺耳的尖声说，身上这些全是她们在巴巴多斯逗留时，从一个最可爱的 shvartze① 那里买的。布伦达在她们中间显得优雅、质朴，犹如水手梦寐以求的波利尼西亚少女，尽管她还戴着墨镜，而且姓佩蒂姆金。在游向池边时带起一阵水花。在泳池边，她举起湿漉漉的双手紧紧地抓住我的脚踝。

"下来吧，"她仰起头眯缝着眼对我说，"我们一起玩。"

"你的眼镜。"我说。

"噢，这讨厌的东西坏了更好。我恨死它了。"

"为什么不给你的眼睛动一下手术?"

“你又来了。”

“对不起，”我说，“我把它交给多丽丝。”

多丽丝早已把安德烈公爵离妻出走的情节抛在脑后，她现在也并没有为可怜的丽莎公主孤苦伶仃的命运沉思默想，而是正为最近发现肩膀上在脱皮而忧心忡忡。

“劳驾看好布伦达的眼镜好吗？”我说。

“好的。”她把半透明的皮屑弹向空中，口中还说着“真见鬼”。

我把眼镜递给她。

“说什么也不能给她拿眼镜，把它放下吧，我才不是她的奴隶呢！”她说。

“多丽丝，你知道自己是个讨人厌的家伙吗？”多丽丝坐在那儿，有点儿像劳拉·辛普森·斯托劳维奇。事实上，辛普森在泳池的另一端活动，刻意避开我和布伦达，因为（我愿意这样想）前一晚败在布伦达手里，或者因为（我不愿这样想）我的在场使她尴尬。但不管怎样，多丽丝不得不承受我对她和辛普森二人的不满。

“谢谢，”她说，“也不想想那天是谁邀请你加入的。”

“那是昨天。”

---

① 意第绪语，黑人姑娘，含贬义。

“那去年呢?”

“你说的没错，去年你妈也是这么跟你说的：邀请埃丝特家那男孩儿，这样他在给他父母写信时他们就不会埋怨我们没有照顾好他了。每年夏天我都要倒运。”

“你早该和他们一起去。这不能怪我们。我们不负责照管你。”从她的谈话中我可以猜到，她在家里一定听到了些什么，或者收到了星期一的信件，在她从斯托或达特茅斯回到北安普敦以后，或是周末和男朋友在洛厄尔楼一起洗澡时听来的。

“跟你爸说别担心。亚伦大伯人真好。我会照顾好自己。”说完，我跑回泳池，潜入水中，像海豚一样出现在布伦达身旁，把我的腿轻轻搁在她的腿上。

“多丽丝好吗?”她问。

“在脱皮，”我说，“她要去做一下皮肤整形。”

“得了吧你。”说完，她潜到我的身下，直到我感觉到自己的脚底板被她的手紧紧钳住。我缩回脚，也潜到底，接着，在离那条晃动着的、划分泳道的黑线不到六英寸的地方，我们接了个泡泡吻。她在“绿巷乡村俱乐部”的泳池底望着我微笑。远远地，在我们上方的水面，一条条腿摆动着，一对绿色的脚蹼一掠而过。堂姐多丽丝浑身的皮尽可蜕光，格拉迪丝姨母尽可每晚准备二十份饭菜，亚利桑那的炉火尽可烘走我父母的哮喘，那些身无分文的逃兵——我对这一切全不在意，只在乎布伦达。就在她往上游时，我把她拉过来，用手钩住她泳衣的前襟，拉开她的衣服。她的两只乳房就像两条长着粉红鼻子的鱼一样向我游来，她让我用手捧住它们。过了一会儿，太阳亲吻着我们，我们离开了池水。因为对彼此都很满意而没有刻意去微笑。布伦达把头发上的水珠抖到我脸上，就是落到我脸上的这几滴水珠，使我感到，关于这个夏天，她给了我一个承诺。但我所希望的，又远不只局限于这个夏天而已。

“你想要你的太阳镜吗？”

“你离得够近，我能看清。”她说。在一顶蓝色的大遮阳伞下，我们肩并肩躺在两张躺椅上，椅子的塑料表面摩擦着我们的泳衣和皮肤，嘶嘶作响；我转过头看了布伦达一眼，闻到了自己肩上晒干的皮肤的香味。我像她一样翻身背对着太阳，我们闲聊着，日头越来越大越来越亮，色彩在我合上的眼睑下裂成碎片。

“这一切发生得太快了。”她说。

我轻轻地说：“没发生什么。”

“嗯，我想也是。但我感到好像已经发生了什么似的。”

“在十八小时之内吗？”

“对，我感觉……被人追着。”等了一会儿她说。

“是你邀请我来的，布伦达。”

“为什么在我听来你的话总带点刻薄?”

“是吗? 我可不是故意的，真的。”

“你是故意的! ‘是你邀请我来的，布伦达。’那又怎么样?”她说，“反正我请你来也不是这个意思。”

“对不起。”

“不要道歉了，你连道歉都这么机械，根本缺乏真心诚意。”

“现在是你对我刻薄。”我说。

“不，我不过在陈述事实而已。我们不要再争论不休了，我喜欢你。”她转过头来，看起来好像她停顿片刻也是为了从自己的皮肤表面嗅出夏天的气息。“我喜欢你的模样。”她实事求是的语气消除了我的窘迫。

“为什么?”我问。

“你这健美的肩膀是从哪儿来的? 你打什么球吗?”

“没有，”我说，“我生就这样一副肩膀。”

“我喜欢你的身材，它很不错。”

“我很高兴。”我说。

“你也喜欢我的，对不对?”

“不。”我说。

“那它就和你无缘了。”她说。

我用手背抚平了她耳后的头发，谁也没吭声。过了一会儿我说：“布伦达，你还没向我了解过我的情况呢！”

“你有什么感觉？你要我问你感觉怎样吗？”

“是的。”我说。尽管我这么做的原因或许有违她给我台阶下的初衷。

“你感觉怎样？”

“我想游泳。”

“好吧。”她说。

那天下午其余的时间我们都泡在水中。纵贯泳池底部的黑线总共八条，那一天快结束的时候，我想我们在每条泳道上都待过一会儿，离黑线够近，伸手可及。我们时不时回到躺椅上，像唱赞美诗一样，款款絮语，诉说彼此的感受。坦率地说，这些感觉在说出口之前是不存在的——至少我是这样；用语言表达感情就等于是把它创造出来再占有它。我们之间生疏和初次结交的感受，被我们搅打成类似爱情的泡沫。我们不敢对它嬉戏太久，谈论太多，否则它将破裂消失。我们一会儿回到躺椅上，一会儿又钻进水里，在对话与沉默之间不停切换。鉴于我对布伦达摆脱不掉的紧张不安，以及布伦达在她与她的自我认知之间筑起的自负的高墙壁垒，我们相处得还算好。

四点左右，在泳池底，布伦达猛地挣脱我，奋力往上游，我紧随其后。

“怎么啦?”我问。

她把额前的头发撩到一边，然后指了指池底，“我哥。”她说着，一边咳出呛进的水。

像剃平头的海神突然从海里冒出来一样，罗纳德·佩蒂姆金从我们刚才待过的较浅处钻出来，高大的身躯出现在我们面前。

“嗨，布伦①。”他说。一只手掌猛地拍向水面，一阵小小的暴风雨打在布伦达和我的身上。

“你高兴什么呀?”她说。

“扬基队赢了两场。”

“今晚我们邀请米基·曼特尔②来吃晚饭吗?”她说。“每次扬基队获胜，”她一边轻松地在水中走着，好像这散发着氯气的池水被她变成了脚下的大理石，一边对着我说，“我们就给米基·曼特尔加个位子。”

“来场比赛吗?”罗恩③问道。

“不要，罗纳德。你自己比去吧。”

到现在为止还没有一个人提起我。我尽量小幅度地移动，不引起他们的注意，如同未被引介的第三者那样靠边儿站，保持缄默，

---

① Bren，布伦达（Brenda）的昵称。
② Mickey Mantle（1931—1995），美国职业棒球明星。
③ Ron，罗纳德（Ronald）的昵称。

等待礼节性的介绍。然而一下午的运动让我感到疲倦，打心眼里盼望兄妹俩间的说笑不要太长。很幸运，布伦达为我作了介绍："罗纳德，这是尼尔·克鲁格曼。这是我哥哥罗纳德·佩蒂姆金。"

尽管我们之间相隔十五英尺，罗恩还是伸出手来要和我握手。我回握他，但显然没有像他所期望的那么郑重其事。我的下巴滑进水里有一英寸。我忽地感到精疲力竭。

"想比赛吗?"罗恩很客气地问我。

"来吧，尼尔，跟他比吧。我给家里打个电话，告诉他们今晚你去吃晚饭。"

"去你家?那我也要给姨母打个电话，你刚没提。我的衣服……"

"一顿便饭[①]而已。"

"什么?"罗恩问道。

"去游吧，宝贝儿。"布伦达对他说，她亲了一下他的脸颊，我感到一阵酸楚。

我说我得去打个电话，请求不参加比赛。到了用蓝色瓷砖砌成的游泳池边，我回头看见罗恩正奋力地朝前游。他给人这样的感觉：在游完全程五六次之后，他就有权喝干这池子里的水。我

① 这里米兰达用了法语，所以下面罗纳德一时没反应过来。

想象他和我姨父麦克斯一样，膀胱容量巨大，饮水量惊人。

当我告诉格拉迪丝姨母，今晚只用准备三个人的饭菜时，她似乎并不觉得宽慰，只在电话里回了句“好极了”。

我们没有在厨房里吃饭，相反，我们六个人——布伦达、我、罗恩、佩蒂姆金夫妇及布伦达的小妹朱莉围坐在餐厅的饭桌前。一个有耳洞但未戴耳环、纳瓦霍人长相的黑人女佣卡洛塔为我们端饭上菜。我旁边是布伦达，一身她眼中的休闲打扮：紧身百慕大短裤、白色 polo 衫、网球运动鞋、白袜子。对面是十岁的朱莉，圆圆的脸蛋，聪明伶俐。晚饭前，其他同街的姑娘要么在玩抛石子，要么在和男生玩，她却在屋后的草坪上与父亲佩蒂姆金打高尔夫。佩蒂姆金先生让我想起我的父亲，只不过他说话时每个音节前后并不喘气。他身材高大，体格健壮，讲话不注意语法，吃饭狼吞虎咽。当他对着眼前的色拉大快朵颐时——在他往上面淋满瓶装的法国调味酱之后，他那厚实的前臂皮肤下青筋暴凸。他一人吃了三份色拉，罗恩吃了四份，布伦达和朱莉各两份，只有佩蒂姆金太太和我每人吃一份。我并不喜欢佩蒂姆金太太，尽管她是今晚饭桌上最漂亮的那个。她对我过于客气。她那紫色的眼睛，乌黑的头发，高大而诱人的体形，让我感到她像某个被俘虏的美人，某个野蛮的公主，被驯服成为国王女儿的用人——这个女儿就是布伦达。

从宽大的观景窗可以看见后面的草坪以及两棵一模一样的橡树。我叫它们橡树，但其实你可以把它们想象成运动器材之树。就像从树枝上掉下的果实一样，树下有两柄铁头球棒、一只高尔夫球、网球筒、棒球、篮球、棒球手套以及一眼就认出的骑手短鞭。再往后，在靠近佩蒂姆金院子周围的灌木丛、小小的篮球场前面，有一块正方形的红色毯子，毯子正中绣着一个白色的字母O，整个看上去像是绿色的草地上生了一堆火。外面定是起风了，因为篮网动了动，室内的我们在西屋空调持续的冷气中享用晚餐。一切都十分惬意，只有一点，与这些“大人国巨人”一起用餐，有好一阵子我感到仿佛肩膀被削掉四英寸，身高也矮了三英寸，除此之外，好像有谁移除了我的肋骨一样，我的前胸顺从地贴向我的后背。

席间没什么人讲话。大家一本正经、按部就班地用餐。与其多费笔墨说明那些互相传递食物时含糊不清的句子，嘴里塞满食物时变成吱吱咯咯的单词，以及在狼吞虎咽、杯盘狼藉的情景中断断续续、语无伦次的句法，还不如干脆将全部对话如实记下。

对着罗恩：哈莉特几点打的电话？

罗恩：五点。

朱莉：是五点。

罗恩：这是他们的时间。

朱莉：为什么密尔沃基的时间要早一点儿？如果乘着飞机整天飞来飞去，那就永远也不会变老。

布伦达：对的，宝贝。

佩蒂姆金太太：你给小孩子瞎讲些什么呀？这就是她去上学的理由吗？

布伦达：我不知道她为什么要上学。

佩蒂姆金先生（亲切地）：女大学生。

罗恩：卡洛塔呢？卡洛塔！

佩蒂姆金太太：卡洛塔，再给罗恩点儿。

卡洛塔（叫着）：再给他点儿什么？

罗恩：每样都再来点儿。

佩蒂姆金先生：我也一样。

佩蒂姆金太太：看来他们得用输送带运你了。

佩蒂姆金先生（撩起他的衬衫，拍了拍他黝黑的鼓出来的大肚子）：你在说什么呢？看看这个！

罗恩猛地拉起T恤：看这里。

布伦达（对着我）：要不要让我们看看你的肚子？

我（又像唱诗班的男孩一样）：不要。

佩蒂姆金太太：这就对了，尼尔。

我：谢谢。

卡洛塔（像一个不招自来的幽灵越过我的肩膀）：你还要吗？

我：不要了。

佩蒂姆金先生：他吃得像鸟儿一样少。

朱莉：有些鸟吃得可多呢！

布伦达：哪些鸟？

佩蒂姆金太太：大家不要在饭桌上谈论动物了。布伦达，你为什么还怂恿她？

罗恩：卡洛塔呢？我今晚还要打球。

佩蒂姆金先生：别忘了缠手腕。

佩蒂姆金太太：比尔，你住在什么地方？

布伦达：他叫尼尔。

佩蒂姆金太太：我刚才不是叫他尼尔吗？

朱莉：你说的是“比尔，你住在什么地方”。

佩蒂姆金太太：我一定是在想别的事。

罗恩：我不想缠，见鬼，缠起来怎么打？

朱莉：不要骂人。

佩蒂姆金先生：曼特尔已经击中多少球了？

朱莉：三百二十八。

罗恩：三百二十五。

朱莉：八！

罗恩：五，蠢货！他在第二局是三次得满分。

朱莉：四次全中。

罗恩：判错了，米诺索一定判错了。

朱莉：我不这么认为。

布伦达（对着我）：明白了吗？

佩蒂姆金太太：明白什么？

布伦达：我在跟比尔讲话。

朱莉：跟尼尔。

佩蒂姆金先生：闭嘴，快吃饭。

佩蒂姆金太太：少讲几句，女士。

朱莉：我没讲什么啊。

布伦达：她是在跟我讲，宝贝。

佩蒂姆金先生：她？你就是这样叫你妈妈的吗？今天是什么甜点？

电话铃响了，虽然我们还在等甜点，但晚餐好像已正式结束。罗恩直奔自己的房间，朱莉喊着："哈莉特！"佩蒂姆金先生强忍着不打嗝，但没能成功，比起他为不嗝出来所作的努力，他最后的失败更能引起我的好感。佩蒂姆金夫人关照卡洛塔不要把盛奶的与盛肉的银餐具再混在一起。卡洛塔边吃桃子边听，我感觉到布伦达的手指在桌下挠我的小腿肚。我吃饱了。

我们坐在最大的一棵橡树底下，佩蒂姆金先生与朱莉在篮球场上玩球。罗恩在车道上发动他的大众。“请哪位把我后面那辆克莱斯勒开走？”他恼怒地喊道，“我已经迟了。”

“请原谅。”说着，布伦达站了起来。

“我想我的车在那辆克莱斯勒后面。”我说。

“我们走吧。”她说。

我们把车倒出去，这样罗恩可以赶快去比赛。我们重新停好车，然后又回来看佩蒂姆金先生和朱莉。

“我喜欢你妹妹。”我说。

“我也喜欢，”她说，“但不知道将来她会变成什么样。”

“像你这样。”我说。

“说不定，”她说，“可能比我强。”然后又加一句：“也许不如我。谁知道呢？我爸爸待她可好呢，但我保证，让她跟我妈再一起生活三年……比尔。”她若有所思地说。

“我倒不介意她这么叫我，”我说，“你妈非常漂亮。”

“我简直难以把她当成我妈，她恨我。九月份开学时，别人的妈妈至少会帮自己的子女打点行李，但我妈不会帮一点忙。她会忙着给朱莉削铅笔，让我一个人扛着箱子爬楼梯。原因很明显。实际上，这是一个典型的例子。”

“为什么?”

“她在妒忌。这太老套了，简直叫人羞于启齿。你知道我妈是新泽西网球反手最佳吗?说真的，她是全州男女网球手中最好的一个。你真该看看她姑娘时的照片。看上去很健美，但不显胖。她确实很迷人。我很喜欢那些照片里的她。我有时对她说：‘这些照片多美啊！我甚至想放大一张带到学校去。’‘我们的钱有的是地方使，女士，而不是花在这些旧照片上。’钱！我爸的钱多得堆起来有这么高，可我每次买衣服时她总会说：‘女士，你用不着到邦维特·特勒百货去买，奥尔巴克折扣店里有的是结实耐穿的衣服。’谁稀罕结实耐穿的衣服啊，最后我还是买了我喜欢的，但这总在她惹毛了我之后。钱在她那儿就是浪费。她甚至都不知道怎么去享受钱带来的乐趣。她以为我们还住在纽瓦克。”

“但你如愿以偿了。”我说。

“是啊，但那是因为他。”她指着佩蒂姆金先生，他已嗖地原地投进了第三个球。很显然，朱莉很不高兴，她用力一跺脚，漂亮的小腿四周扬起一阵灰尘。

“他不算太精明，但至少很可亲。他不像我妈待我那样待我哥。谢天谢地。唉，我不想再谈他们了。从大一开始，每次谈话都离不开谈及父母，太可怕了！但这是普遍现象。麻烦的是做父母的都还不知道。”

从这会儿朱莉和佩蒂姆金先生在屋外球场上一片欢乐的样子来看，问题并非像她说的那样普遍；当然，在布伦达眼里，这种普遍性的范围更大——每一件羊绒衫的获得都意味着和她母亲的一番苦斗。我确信，她的大部分时间都花在服装市场上，为买到手感柔和、质地考究的衣物，她都必须进行一场旷日持久的“百年战争”。

当我坐在布伦达身边时，我实在不愿自己这么不忠地站在佩蒂姆金太太这边，但我顽固的脑袋还是摆脱不了那句“以为我们还住在纽瓦克”的话。我没有讲话，生怕我的语调会破坏饭后的适意与亲密。之前我们是那么容易就变得亲密无间，只要水浸湿我们的每一根汗毛，然后再让太阳把它们烤干、麻木我们的知觉。可是现在，衣着齐整地坐在她家凉爽的树荫下，我一个字也不想说，因为那将会毫无掩饰地暴露出我一直对她怀有的负面情绪。这是爱情的阴暗面，它不会总深藏心底——但我选择跳过去往前看。

朱莉突然来到我们身旁。“想玩吗?”她对我说，“爸爸玩累了。”

“来吧，”佩蒂姆金先生叫着，“替我打完。”

我有点犹豫——自从上高中以后，我就没碰过篮球。但朱莉用力拉着我的手。布伦达说：“去吧。”

佩蒂姆金先生把球扔给我，我没留神，球砸在我胸上弹了出去，衬衫上留下一个圆圆的印迹，犹如月亮的影子。我傻笑了一下。

“你连球都接不住吗？”朱莉问。

看来她跟她姐姐一样，善于问一些实际而令人恼火的问题。

“是的。”

“轮到你了，”她说，“四十七比三十九，爸爸落后，谁先到二百分谁赢。”

地上那条划出的凹痕多年来被当成罚球线，我的脚刚踩上，刹那间，一个梦幻就浮现在我眼前，这是那些转瞬即逝不时折磨我的白日梦中的一个；朋友们曾经告诉我，每当这时，我的目光都会显得异常呆滞：太阳下山了，蟋蟀跳来跳去，树叶变得一片漆黑。我和朱莉依然站在草坪上，朝篮筐里扔球。“五百分为赢。”她喊着。她得了五百分取胜后，喊道：“你一定也要投满五百分。”我只好投，夜变得长了起来，她又喊“八百分算赢”。我们继续玩下去。赢到一千一百分，我们还是玩个不停，天永远不会亮了。

“投呀，”佩蒂姆金先生说，“你投就是我投。”

他的话使我困惑，不过我还是一个原地投篮，没有投进。上帝发了慈悲，吹来了一阵风，我跳起来单手投进一个擦板球。

“你是四十一分，该我了。”朱莉说。

佩蒂姆金先生在球场远端的草地上席地而坐。他脱了衬衫，只剩背心，脸上的胡子整整一天没刮，看上去像个货车司机。布伦达没整形前的鼻子很像他的鼻子。那上面凸出的一块，正在鼻梁中间，好像有一粒八角形的钻石嵌在皮肤下面。我知道佩蒂姆金先生决不会操心把这粒钻石从脸上挖掉。然而，毫无疑问，他是很乐意，并不无骄傲地花钱把布伦达脸上的钻石取出来，扔进第五大道医院的厕所里。

朱莉投篮未进。我承认内心有一阵微弱的、快乐的波动。

“投球时稍稍转一下。”佩蒂姆金先生告诉她。

“我再投一次行吗?”朱莉问我。

“行。”由于她父亲在边线上给她的指点和我自己在球场上并非甘心情愿的礼让，我感到没有机会赶上她了。但我突然又想赢，想把她打得落花流水。布伦达站在树荫下，侧着身，头靠在手肘上，嘴里嚼着一片树叶，看着我们投球。厨房的窗帘已拉开，太阳很低，那些电器玩意儿再也不会反光刺眼了。佩蒂姆金太太一动不动地朝窗外看着这场比赛。接着，卡洛塔出现在后边的台阶上，一只手拿着桃子在吃，另一只手拎着一桶垃圾，也停下来观看。

又轮到我投，我原地双手投篮，没进，转身笑着对朱莉说：“我再投一次行吗？”

“不行。”

于是我明白了这游戏是怎样玩的。多年来，佩蒂姆金先生已经教会了他的女儿们，只要她们要求，就可以重新投，他能这样玩。然而，看到肖特希尔斯这些陌生的眼光向我投来时——有女主人的、男主人的、用人的，不知怎地我就觉得自己不该让步。但我不得不让步，我让了。

投满了一百分，游戏结束，朱莉说：“多谢，尼尔。”蟋蟀又出现了。

“不用客气。”

布伦达在树下微笑。“是你让她赢的吧？”

“我想是吧，”我说，“不过我说不准。”

我话里有什么东西促使布伦达安慰似的立马补充说：“就是罗恩也得让她赢。”

“这对朱莉来说可太好啦。”我说。

三

第二天早晨，我在图书馆对面的华盛顿街上找了个地方停车，离上班还有二十分钟，与其立刻穿过马路去上班，不如先去公园散散步。我并不热衷于跟同事们打成一片。我知道此刻他们正在装订室里喝着早晨的咖啡，身上还散发着上周末在阿斯伯里帕克喝的橙味鸡尾酒的味道。我在公园的凳子上坐下，朝布罗街望去，看着早晨来往的车辆，尽管隔着几个街区，但拉克万纳的班车轰隆隆向北驶去的声音我想我仍能听见——绿得发亮的火车，虽旧却很干净，车窗一路上都开着。有几个早晨，为了消磨上班前的时间，我就走到铁路边，看那些滚滚而来的敞开的车窗，窗台上露出的穿短袖衬衫的胳膊肘以及手提箱的边沿，它们是属于那些从梅普尔伍德、奥兰治和远郊抵达本城的生意人的。

公园西边是华盛顿街，东边是布罗街，空荡荡的，显得阴暗，散发出树木、夜晚和狗屎的气息，还夹着一股淡淡的湿味，说明犀牛般庞大的洒水车已经冲洗过了市中心的街道。我身后的华盛顿街的那头是纽瓦克博物馆——不用瞧也知道；那门口是一对东方式的大花瓶，像是印度王公贵族用的大痰盂，旁边是一片不大的建筑群，学生时代我们时常坐专车到那里去。那些建筑物都是砖砌的，古老陈旧，爬满藤蔓，常使我想起新泽西州与我们国家早期历史之间的联系，与乔治·华盛顿的联系。我现在所在的公园里，一块小铜碑告诉我们这些孩子，他曾在此训练他英勇善战的军队。公园尽头比博物馆再远一些，便是我上大学时的银行大楼。几年前，它被改为罗格斯大学的分校；事实上，就是在那间曾被当作银行董事长会客室的房间里，我攻读过当代伦理课程。虽说现正是盛夏，而我已离校三年，但要我记起那些同学，我的朋友们，仍不是一件费劲的事。他们晚上到班贝格和克雷斯吉百货店打工，用推销过时女鞋所挣的钱支付实验室的费用。我再一次朝布罗街望去：夹在一家窗户脏兮兮的书店与一家简陋小餐馆之间的是一家小型艺术剧院。多少年过去了，我曾站在它的遮檐下，为了看看《狂喜》中海蒂·拉玛裸泳，谎报年龄，又多塞给收票员二毛五分钱。可惜那演员没有把她的斯拉夫魅力表现得淋漓尽致，令我十分失望……坐在这个公园里，我感到自己对纽瓦克的了解是如此深透，这种根深蒂固的依恋不由自主地发展成为热爱。

不知不觉已是九点，一切都匆匆动作起来。鞋跟嗒嗒作响的姑娘们被卷进马路对面通信大楼的转门里，汽车在拼命鸣喇叭，警察嚷嚷着，吹着哨子，挥舞着胳膊指挥来来往往的车辆。远处，圣文森特教堂黑色的大门朝里打开，因为早起赶去做弥撒而睡眼惺忪的人们在日光下眨着眼，然后这些信徒走下教堂的台阶，冲向马路，冲向办公桌、文件柜、写字台和上司跟前——如果上帝认为应该减少一点人们生活中的艰辛，那他们便可冲到窗户边的空调机前舒服片刻。我站起身，穿过马路朝图书馆走去。不知布伦达此刻是否已经醒了。

灰白色的水泥狮子蹲在图书馆的台阶上，算是不怎么靠谱的门卫，像平常一样，饱受象皮肿和动脉硬化的双重折磨。要不是看见站在其中一头狮子面前的黑人男孩，我会像以往八个月那样，很少注意它们。去年夏天，狮子的爪子被到此游猎的不良少年给毁了，现在面前又多了一个迫害者。他膝盖微曲，吼叫着，吼声低沉，拖得很长。他后退，停了一下，又吼了一声。接着他挺起身，摇头晃脑地对狮子说："老弟，你是个胆小鬼……"然后他又吼叫起来。

这一天的开始同往日一样。我待在主层的台子后面，注视着一群胸部高耸的十几岁少女，扭着腰肢，登上通向主层阅览室的大理石阶梯。阶梯仿造成凡尔赛宫的式样，但这些穿着紧身半长运动裤和运动衫的意大利皮革工人、波兰酿酒工和犹太皮货商的年轻女儿们终究不是女公爵，也不是布伦达。在这沉闷的一天里，我内心闪现的任何欲望都是不切实际的，不过是为了打发时间罢了。我偶尔看看手表，想念着布伦达，等着吃午饭，午饭吃完，我就可以上楼去接替问讯处的约翰·麦基，而年仅二十一岁却戴着袖章的麦基就可以一本正经地走下楼去，认真地帮人登记或注销了。“袖章”同学目前正在纽瓦克州立师范学院攻读杜威十进分类法，今年是最后一年，为他的毕生事业作准备。我明白图书馆的工作不可能成为我的终身职业。但我还是从会装成男人声音的老阉人斯格培罗先生那里听说，自己暑假回来将被派去负责资料室的工作。自从那天早晨玛莎·温尼从百科全书室的高凳上摔下来，摔碎了组成她臀部——我们称那些年龄是她一半的女性这里为臀部——的脆弱骨头之后，那个位置就一直空着。

我的图书馆的同事尽是些怪人，说真的，有很长一段时间我一直不明白我怎么会到这里来，而且还留了下来。但事实上我确实留在了这里，没多久便开始耐心等待有一天，我可以到主层的男厕所抽上一支烟，端详对着镜子喷云吐雾的自己；我会发现早晨某些时候我的脸色发青，好像自己的皮肤下面，就如在麦基、斯格培罗和温尼小姐的皮肤下面，有一层薄薄的空气，隔开了血和肉。这层空气在我登记图书时被注入，因而从今往后我的生活既不会像格拉迪丝姨母那样扔个不止，也不会像布伦达那样买个不停，而是一种机械的跳上跳下。我开始害怕这种念头，然而在我对工作有气无力的投入中，我似乎正默默地向这种境地靠拢，就像以前温尼小姐向不列颠百科全书靠近那样。她的高凳现在空着，等着我去。

刚要去吃午饭时，那个驯狮子的小孩眼睛睁得大大地走进图书馆。他静静地站了一会儿，唯有手指在动，好像在数他面前的大理石台阶。随后他在大理石地板上慢慢走动，听见自己的脚步声在拱形天花板下发出回音时不禁窃笑，门卫奥托叫他放轻脚步，这似乎没有让小男孩不高兴。他把脚抬得高高的，用脚尖悄悄地走，为奥托提供给他练习这种姿势的机会而高兴。他踮着脚尖向我走来。

“喂，”他说，“心类[①]在什么地方？”

“你说什么？”我问。

“心类，你们没有心类吗？”

他带着浓厚的南方黑人的口音，我只听清一个字，好像是“心”。

“那字怎么拼？”我问。

---

① 这个小孩要问“艺术类”（art section），但说成了“心类”（heart section）。

"H-e-a-r-t。人，图画。有画的书。你们放在哪儿?"

"你是指艺术书吗? 画册?"

他认为我那个多音节词就是他所指的东西。"对，就是那个。"

"好几个地方都有，"我告诉他，"你对哪位画家感兴趣?"

男孩的双眼眯成两条缝，于是整张脸都黑了。就像刚才面对狮子时那样，他开始后退。"所有的画家……"他嘟囔着说。

"行啊，"我说，"你自己去看你喜欢哪几本。从旁边的楼梯上去，沿着箭头所指的方向找到写着'第三书库'的牌子。记住了吗? 第三书库。到楼上再问一下别人。"

他并没动，似乎把我对他的爱好所产生的好奇心看作一种人头税调查。"去吧，"我咧开嘴笑笑说，"就在那上面……"

如同子弹出膛，他朝楼上的"心类"奔去。

午饭后我回到借书处，约翰·麦基正等着。他穿着淡蓝色的宽松裤子，黑色的鞋，理发围布料子的衬衫，一条绿色的针织大领带打了个温莎结，结头很大，在他讲话时跟着抖动。他的呼吸中带有发油味，头发中透着呼吸味，讲话时唾沫星子在两边嘴角结起了密密的蛛网。我不喜欢他，几次想扯掉他的袖章，把他摔过奥托和那几头狮子，摔在马路上。

"有看到一个小黑鬼经过这儿吗? 口音很重的? 一上午他就

躲在艺术书那边。你知道那些黑小子在那里会干出什么事来。”

“我看见他进来的，约翰。”

“我也看见。他走了没有?”

“我没注意，我猜他已经走了。”

“那都是些很珍贵的书。”

“别太神经过敏了，约翰，这些书是允许翻阅的。”

“这儿翻翻，”约翰用教训的口气说，“那儿翻翻。应该有人看着他，我都不敢离地儿。你知道他们是怎样对待我们提供的住宅区的?”

“你们提供的?”

“市里提供的。你知道他们在塞博耶顿干了些什么吗？他们把大啤酒瓶扔到草坪上。他们正在接管这座城市。”

“那只是在黑人区。”

“你说得倒轻巧，你又不住在他们附近。我要打电话到斯格培罗先生的办公室，叫他去检查一下艺术类的书。他是从哪儿打听到艺术类的?”

“你要叫斯格培罗先生得溃疡吗？他刚吃过鸡蛋辣子三明治。我去吧，我本来就要到楼上去的。”

“搞清楚他们在那儿干什么。”约翰提醒我说。

“别担心，约翰，他们可是手脏得会长疣子的一群人。”

“哈哈，这些书刚巧值——”

这样，斯格培罗先生苍白的手指就碰不了那个男孩了。我上到三楼，朝第三书库走去，经过接待室，我看见满眼眼屎的五十一岁老伙计吉米·鲍伦正从一辆推车上卸书；经过阅览室，看见桑树街的流浪汉正趴在《大众机械学》上呼呼大睡；经过走廊的吸烟区，神情沮丧的法学院学生正在舒展筋骨，有的在吸烟，有的在擦去指尖上从有关民事侵权行为的教材上染来的油墨；最后经过期刊阅览室，看见从上蒙特克莱开车赶来的几个老妇人缩在椅子里，戴着夹鼻眼镜阅读几年前的纽瓦克《新闻》杂志上那些发黄破损的社会版面。我在第三书库找到了那个孩子。他坐在铺玻璃砖的地板上，腿上放着一本打开的书，那书比他的腿宽得多，他不得不屈起膝盖顶着。借着从他身后窗户里照进来的光线，我可以看到存在于几百个又小又黑的螺旋状卷发里的几百个空隙。他整个人看起来又黑又亮，两片嘴唇的颜色和其他地方也没大差，尽管看上去像要再润饰一番。他半张着嘴，两眼圆睁，甚至那两只耳朵也显得异常灵敏。他看上去眉飞色舞——直到看见我，才收敛笑容。他以为我和约翰·麦基一样。

“没关系，”不等他移步我赶紧说，“我只是经过这里，你看书吧！”

“没什么东西可看，都是些图画。”

“那挺好啊。”我在书架最底层翻了一会儿，假装在找书。

“喂，先生，”过了一会儿男孩说，“这是在哪里？”

“什么在哪里？”

“这些图片上的地方是哪儿？人们看上去挺酷的。你看，他们不叫也不嚷。”

他把书举起来给我看，那是一本昂贵的大开本高更绘画册。他看的那页是一幅 8½英寸×11 英寸的彩色画，三个土著女人站在没膝深的玫瑰色的溪水里，这是一幅无声的画面，他说得对。

“这是塔希提，太平洋的一个岛。”

“不是你可以去的地方，是不是？像个休养胜地？”

“你也可以去那里的，我想，但那里很远，住在那儿的人……”

“喂，看，看这一个。”他翻到前一幅画，上面是一个棕色皮肤的年轻姑娘，身子靠在膝上，像在晾她的头发。“老天，”男孩说，“这才是他妈的生活。”如果是约翰或斯格培罗先生或者，上帝啊，住院的温尼小姐来巡视的话，他那用来表达亢奋的措辞定会使他被永远逐出纽瓦克公共图书馆以及它的所有分馆。

“这些照片是谁拍的？”他问我。

“是高更的画，不是拍的，是他画的。保罗·高更，他是法国人。”

“白人还是黑人？”

“白人。”

“老天，”男孩咯咯地笑着说，“我就知道，他不会像黑人那样拍照。他是拍照好手……看，看，看这一张，这不就是他妈的生活吗？”

我表示同意，然后便离开了。

随后我就叫吉米·鲍伦奔下楼去告诉麦基一切正常。这一天余下的时间平淡无奇。我坐在问讯台前想着布伦达，提醒自己那天晚上出发去肖特希尔斯前加好油。肖特希尔斯又浮现在我眼前了：黄昏时刻，一片玫瑰色，宛如高更画中的溪流。

那晚，当我在佩蒂姆金家门前停稳车子时，除朱莉外，大家都在门廊下等我，佩蒂姆金夫妇、罗恩和穿着连衣裙的布伦达。我从未见她穿过连衣裙，看上去与过去判若两人。但这还不是最叫人吃惊的。许多像林肯般瘦长的女大学生就只配穿短裤，布伦达则不然。布伦达穿着连衣裙，好像她从来都非常讲究穿戴，除了这套浅色的亚麻连衣裙外，她从未穿过短裤、睡衣、泳衣或别的什么。我穿过草地，经过高大的垂柳，来到等待着我的佩蒂姆金一家人面前，后悔来前没把车子擦洗得干干净净。我还没走到他们跟前，罗恩就迎上来使劲地同我握手，仿佛他是自犹太人大流散以后第一次看到我。佩蒂姆金太太面露笑容，佩蒂姆金先生咕哝着什么，不停地转动手腕，然后抡起想象中的球杆，把高尔夫球的幽灵打向奥兰治山脉[①]，我肯定它是橙色的，因为在郊区五颜六色的光彩中，橙色是他们身上唯一没有的颜色。

“我们马上回来，”布伦达对我说，“你陪朱莉坐坐吧，卡洛塔休假去了。”

“好吧。”我说。

“我们送罗恩去机场。”

“行。”

“朱莉不愿意去，她说今天下午罗恩在游泳池里推了她。我们一直在等你来，看来我们来得及送罗恩上飞机。好吗?”

“好。”

佩蒂姆金夫妇和罗恩一走，我就给布伦达使了个眼色，她伸出手拉了一会儿我的手。

“你觉得我怎么样?”她说。

“给你当照看孩子的保姆我很荣幸。我能动那些牛奶和蛋糕吗?”

“不要生气，亲爱的，我们很快回来。”然后她又等了一会

① Orange Mountains，“Orange”有“橙色”之意。

儿，我仍然噘着嘴，她就瞪了我一眼，但并不暗示什么。“我是在问你喜不喜欢我穿裙子！”说完向克莱斯勒走去，踩着高跟鞋，急匆匆地走着，像只小马驹。

我走进屋，把纱门砰地关上。

“把另一扇门也关上，”一个很轻的声音叫着，“空调开着呢。”

我服从地关上另一扇门。

“尼尔？”朱莉叫着。

“在这儿。”

“嘿，想玩篮球吗？”

“不想。”

“为什么？”

我没有回答。

“我在电视房。”她叫着。

“好。”

“你不是该陪着我吗？”

“对。”

她出乎意料地从饭厅走出来。“想看我写的读书报告吗？”

“现在不想。”

“那你想做什么？”她说。

“什么也不做，宝贝，你为什么不看电视？”

“行啊。”她不高兴地说，踢着脚回到电视房。

我在大厅里待了一会儿，想偷偷溜出房间钻进车里，回纽瓦克的欲望一直折磨着我，在那儿我至少可以坐在巷子里自在地剥糖吃。我觉得自己像卡洛塔，不，甚至还不如她呢。最后，我离开客厅，开始在一楼的房间踱进踱出。卧室隔壁便是书房，这是一个用满是疤结的松木板隔成的房间，里面摆满了斜放的皮椅和全套《知识年鉴》。墙上挂着三幅彩色肖像画，画上的人，无论身体好坏，年龄长幼，都是一个样儿：面颊粉嫩，嘴唇湿润，齿如含贝，头发散发着金属般的光泽。画上的人是罗恩、布伦达和朱莉，年龄大约是十四、十三和两岁。布伦达披着金棕色的长发，鼻子像嵌有钻石，没戴眼镜；这一切使她俨然像一个十三岁情窦初开的贵族少女。罗恩有着圆圆的面孔，低低的发际线，那充满稚气的眼神已透露出对球和球场的热爱。可怜的小朱莉被画家画成柏拉图式的理想孩童；她那一点儿人性被大量的白色和粉红色色块淹没。

另外一些小照片是在肖像画变得流行前用布朗尼双反相机拍摄的。有一张布伦达骑马的小照；另一张是罗恩穿戴着犹太成人礼礼服、圆顶小帽拍的照片；还有两张照片镶在同一个镜框里，其中一位因年长而美貌不再，从她那双眼睛可看出她是佩蒂姆金太太的母亲，另一位是佩蒂姆金太太本人，梳了个发髻，目光流露出喜悦，看起来不像一个有着聪明伶俐的女儿，自己也在慢慢衰老的母亲。

穿过拱廊，我到了餐室，望着那棵运动器材之树，站了一会儿。从餐室那端的电视房里传来电视节目《这就是生活》的声音。另一侧的厨房里空无一人，显然卡洛塔走后，佩蒂姆金一家都在俱乐部吃饭。佩蒂姆金夫妇的卧室在房子的中央，二楼大厅下方，朱莉房间的隔壁。一时间，我忽然产生想看看这些“巨人”的床有多大的念头——在我的想象中有游泳池那么宽，那么深——但我打消了这一念头，因为朱莉还在屋里，我转而推开通向地下室的厨房门。

地下室与屋内迥然不同，凉飕飕的，有一股气味是楼上完全没有的。它给人一种如入洞穴之感，但又很舒服，像孩子们雨天在衣柜里、在毯子下或在餐厅桌腿间筑起的洞穴。我打开楼梯口的灯，对眼前的松木嵌板、竹制家具、乒乓台以及储有各种尺寸的玻璃杯、冰桶、玻璃酒瓶、调酒饮料、搅酒棒、小酒杯、椒盐卷饼碗的玻璃吧台并不感到意外——这些供盛宴用的器皿，十分豪华，井然有序，然而从未用过。只有富翁的吧台上才会有这些东西。而他从不招待喝酒的客人，自己也不喝酒，每隔数月才在晚饭前喝一小杯荷兰杜松子酒，还要遭夫人的白眼。我走到吧台后面，那里有一个铝制的水槽，我敢肯定自罗恩的成人礼派对以来里面没洗过一只玻璃杯，这种情形将持续到佩蒂姆金家某个孩子结婚或订婚之时。如果不是担心威士忌酒瓶上的商标，我本想给自己斟上一杯，作为对被迫当用人的恶性报复。你要喝酒就得撕掉商标。吧台后的架子上有两打瓶子，确切说是二十三瓶杰克·丹尼，每只瓶颈上都系了一个小卡片，告诉顾客他们的品位多贵族。杰克·丹尼酒瓶上方有更多的照片：一张放大了的新闻照，照片上罗恩正托着一个篮球，篮球只有一粒葡萄干那么大，照片下有一行注释："罗纳德·佩蒂姆金，中锋，米尔本高级中学，身高六英尺四英寸，体重二百一十七磅。"另一张是布伦达骑马的照片，旁边是块丝绒底板，上面有缎带和奖章：一九四九年埃塞克斯县马术表演，一九五〇年尤宁县马术表演，一九五二年花园州[①]博览会，一九五三年莫里斯敦马术表演等，全是布伦达从跳啊、跑啊、骑马啊或其他运动中获得的。整幢房子里看不到一张佩蒂姆金先生的照片。

地下室的其余部分，在宽敞的松木板镶的房间后面，是灰色的水泥墙和亚麻地板，里面有无数电器设备，包括一个大得可以容纳因纽特人一家子的冷冻柜。冷冻柜旁边不协调地放着一台高高的老式冰箱。它古旧的样子使我想起住在纽瓦克的佩蒂姆金家

① Garden State，新泽西州的昵称。

的祖先。这台冰箱可能曾被放在一幢四户合住的公寓厨房里，可能就在我住了一辈子的同一街区里。我起先与父母一起住在那里，后来他们迁往亚利桑那，我就与姨父姨母住。珍珠港事件后，这台冰箱也就辗转来到肖特希尔斯。佩蒂姆金厨卫水槽也参与了战争，因为只有给兵营里的公厕装上一排佩蒂姆金牌水槽，这些兵营才算是设备完善的。

我打开旧冰箱，里面并不空，但已不再放黄油、鸡蛋、拌着奶油沙司的鲱鱼、干姜水、金枪鱼色拉，而是塞满了水果，架子上堆满了，各种颜色，各种果肉，里面藏着各种各样的果核。青梅，黑布林，红李子，杏子，油桃，桃子，长串的葡萄——黑的、黄的、红的，樱桃，从盒子里滚出来的樱桃把每样东西都染上了猩红色。还有瓜——甜瓜、蜜瓜，最上面一层放着半个大西瓜，一片薄薄的蜡纸粘着露出的红色西瓜瓤，就像是一片长在光光的红脸膛上的湿润的嘴唇。啊，佩蒂姆金！水果在他们冰箱里生长，运动器材从他们的树上落下！

我抓了一把樱桃，又抓了一只油桃，我一口咬下去，直咬到核。

“你最好洗一洗再吃，不然会拉肚子的。”

朱莉正站在我身后镶松木板的房间里。她穿着和布伦达一样的短裤和白色马球衫，唯一不同的是，她的上面残留着食物的痕迹。

“什么?”我说。

“它们没洗呢。”朱莉说，说话的口气就好像对我来说这冰箱不能碰。

“没关系的。”我说，一通狼吞虎咽后把核放进口袋，接着走出放冰箱的房间，所有动作在一秒内完成。但我还是不知道该怎样处理这些樱桃。

“我只是四处看一下。”我说。

朱莉没有回答。

“罗恩上哪儿去?”我问，同时把樱桃放进装有钥匙和零钱的口袋。

“去密尔沃基。”

“去很久吗?”

“去看哈莉特，他们在恋爱。”

我们对视良久，我最后忍不住了，问:“哈莉特?”

“对。”

朱莉盯着我，像在试图窥视我的背后，我遂意识到自己是背着手站着。我把手放到前面。我可以肯定，她确确实实在审视我手上有没有拿东西。

我们面对面站着，她脸上似乎有一种威胁的神情。

接着，她说：“想打乒乓球吗?”

“天哪，太好了，”我说着便两大步跨到乒乓桌旁，“你发球。”

朱莉笑笑，我们便开始打球。

对于接下去发生的事，我并不感到抱歉。我开始赢球，我喜欢赢。

“我重发可以吗?”朱莉说，“昨天我把手弄破了，刚才发球时正好碰到伤口。”

“不行。”

我不断地赢球。

“不公平，尼尔。我的鞋带松了，我这个球……”

“不行。”

我们继续打，我毫不退让。

“尼尔，你碰到球台了，这是犯规——”

“我没碰，没犯规。”

我感到樱桃和硬币混在一起跳动。

“尼尔，你漏算了我一分，是十九比十一。”

“是二十比十，”我说，“你发球。”

她发球后我扣杀，球呼地从她身边掠过，窜进了放冰箱的房间。

“骗子!”她冲着我声嘶力竭地叫着，“你赖皮。”她气得下颌发抖，仿佛她可爱的小脑袋上压着千斤重担。“我恨透你了。”她把球拍横扔过房间，拍子撞上吧台，发出当的一声。这时，我听到外面克莱斯勒在车道上碾过砾石的声音。

“比赛还没结束呢。”我对她说。

“你赖皮，你偷水果!”没等我赢她，她就跑掉了。

那天深夜，布伦达和我第一次做爱。我们在电视房的沙发上坐了足有十多分钟，彼此默不作声。朱莉早已眼泪汪汪地上了床，可没人告诉过我她哭的事，我也不知道这孩子是否提起早已被我冲下马桶的那一把樱桃。

电视开着，但是静音的状态，屋里一片安静，灰色的画面一直在房间尽头晃动。布伦达默默无声，裙子紧裹着她曲着的腿。我们默默地坐了一会儿。然后她去了厨房，回来时她说似乎大家都睡了。我们又坐了一会儿，看着屏幕上无声的人在某个无声的饭店里无声地吃饭。我解开她裙子的纽扣时，她挣扎着。但我认为这是因为她知道自己穿着裙子的模样是多么的可爱。不管怎样，我的布伦达看上去确实可爱，我们小心翼翼地叠好裙子，互相紧紧地拥抱着，不一会儿布伦达面带微笑，慢慢地躺下去，而我则抬起身。

叫我怎么来形容和布伦达的欢乐呢？它是令人陶醉的，就像我最后赢了那二十一分一样。

一到家，我就给布伦达打电话，姨母听见了，从床上起来。

“这个时候了你还在给谁打电话啊？医生吗？”

“不是。”

“半夜一点了，打什么电话啊？”

“嘘！”我说。

“还要我不作声。深更半夜打电话，我们的电话账单还不多啊。”说完她又折回床上，在听到我用钥匙开门之前，她曾躺在上面，怀着一颗殉道者的心，睡眼惺忪，极力克制着自己的睡意。

电话接通了。

“尼尔？”是布伦达。

“是我，”我低声说道，“你没有起床吧？”

“没有，”她说，“电话机就在床头。”

“太好了，床上舒服吗？”

“很舒服，你也在床上吗？”

“是啊。”我撒了谎，为了让谎话算不上谎话，我把电话机尽量拉近我的卧室。

“我和你睡在一起。”她说。

“是啊！”我说，“我也和你睡在一起。”

“我把遮光帘拉下了，很黑，所以看不见你。”

“我也看不见你!”

“刚才真好，尼尔。”

“是的，睡吧，亲爱的，我在这儿。”没说再见我们就挂断了电话。早上，按着约定我又给她打电话，但对话变得心不在焉，因为格拉迪丝姨母和麦克斯姨父下午要去参加工会组织的郊游，家里却出了岔子，冰箱里的罐装葡萄汁漏了一整夜，早晨已淌得满地都是。布伦达仍然睡在床上，所以可以顺利地继续我们的游戏，而我则必须拉下我所有的感官的遮光帘，想象自己就在她身旁。我只能祈祷我们朝夕相处的日子能够到来，果真，没多久，它们就来了。

四

此后的一周半里，我的生活中仿佛只存在两个人：布伦达和那个喜欢高更的黑人男孩。每天早晨，图书馆还未开门，这孩子就在等了，他有时坐在狮子背上，有时在它的肚子底下，有时则干脆站在狮子附近，朝它的鬃毛处扔石子。馆门一开他就跑进去，啪嗒啪嗒地在大厅转来转去，看见奥托瞪他，他才踮起脚尖走，最后登上通往塔希提的长长的大理石阶。他并不总到午饭时分才走，有一个大热天早上，我到馆时他已在那里了，直到晚上我离开时他才跟我走出大门。第二天他没有露面，来的却是位年纪很大的老头儿，是个白人，浑身散发着一种糖果味，鼻子和脸颊下面青筋暴凸。“能告诉我艺术类书籍在哪儿吗?”

“在第三书库。”我说。

不一会儿，他捧着本褐色封面的大书回来了。他把书放在我桌上，又从瘪瘪的钱包中抽出借书证，等我给他登记。

“你把书借出去吗?”我问。

他微微一笑。

我拿起他的书卡，将金属边塞进机器，但没压下去。“请稍等一会儿。”我说。我从桌子底下取出一本活页夹，翻过几页，上面画的尽是我这一周聊以自娱的战舰和井字游戏。“这本书已有人预约了。”

“什么?”

“有人预约了。已经有人打电话来要求保留这本书。麻烦你留下姓名和地址，书归还后我们通知你。”

虽然不是面无赧色，但我总算把书放回原来的书架上。那天晚些时候，黑人男孩来馆时书还在他昨天下午所放的地方。

至于布伦达，我每晚都见到她。每逢没有球赛转播或佩蒂姆金夫人不外出参加哈大沙①的牌会时，我俩就在无声的电视屏幕前做爱，那时佩蒂姆金先生已睡下，佩蒂姆金夫人也不会出没无常。一个闷热阴沉的夜晚，布伦达带我去俱乐部游泳。泳池中只有我们俩，所有的椅子、更衣室、灯光、跳板以及这一池子水，似乎都只是为了我们的欢乐而存在。她穿了件蓝色的泳衣，在灯光下是紫色的，在水底时而变成绿色，时而黑色。夜深了，从高

① Hadassah，一九一二年成立于纽约的犹太妇女慈善机构。

尔夫球场吹来一阵微风。尽管有酒吧招待在靠近池边的窗前故意踱来踱去，我们俩还是用一条大毛巾裹着身体，把两张躺椅拼在一起，肩并肩躺下来，不予理睬。最后，酒吧间的灯光终于灭了，然后，啪的一声，泳池四周的灯光也一下暗下去。我的心一定跳得更快了，或者别的什么跳得更快了，因为布伦达似乎猜中了我突然产生的疑惑——我们该走了，我想。

她说："这样才好呢。"

天黑云低，看不到一颗星星。好一会儿，我才辨认出跳板的黑影比夜色稍淡一点儿，分清楚远处绕池摆放的椅子和下面的池水。

我拉下了她的泳衣的背带，但她说了声"不"，身子从我旁边挪开一英寸。打从认识她两周来，她第一次问起我的情况。

"你的父母在哪里？"她问。

"图森，"我说，"怎么了？"

"我妈问起我。"

现在我可以看到救生员的那张坐椅了，几乎是全白的。

"你为什么留在这里？为什么不和他们一起？"她问。

"我不再是个小孩了，布伦达，"我说，声音不觉尖锐起来，"哪能老跟在父母身边转？"

"那你为什么要和姨母姨父住一起呢？"

“他们不是我的父母。”

“他们比你父母好？”

“怎么会，更差劲。我也弄不清为什么要和他们住一起。”

“为什么？”她问。

“是问我为什么不知道吗？”

“你一定知道自己为什么要和他们住一起，对吗？”

“我想也许是为了我的工作吧。这里上班比较方便，也比较省钱，我父母也高兴这样。我姨母挺不错……我一定得向你母亲解释我为什么要住在这里吗？”

“不是为了我母亲，是我想知道。我想不通你为什么不和父母住在一起，就这样。”

“你冷吗？”我问。

“不冷。”

“想回家吗？”

“不，除非你想。你没有什么不舒服吧，尼尔？”

“我很好。”为了让她明白我还是刚才那个我，我把她搂过来，虽然我一点欲望也没有。

“尼尔？”

“什么事？”

“那图书馆怎么样？”

“谁想打听这个?”

“我爸爸。”她笑着说。

“那你呢?”

她没有立刻回答。“我也想。”她最后说道。

“唔,图书馆吗?我喜欢吗?还不错。我卖过鞋,相比之下,图书馆的工作要好多了。退伍后,他们让我在亚伦大伯的公司里干了两个月——亚伦大伯就是多丽丝的爸爸——不过,我还是更喜欢图书馆……”

“你怎么在那儿找到工作的?”

“念书时在那儿打过短工。离开亚伦大伯的公司后,哦,我也不知道……”

“你在大学里学什么?”

“我在罗格斯大学纽瓦克分校主修哲学。我今年二十三岁。我——”

“你怎么说着说着又叫人讨厌了?”

“是吗?”

“是的。”

我没有向她表示歉意。

“你打算在图书馆干一辈子?”

“布伦达,我什么打算也没有。这三年来,我没有任何打算,至少在退伍后的头一年里是这样。在军队里我经常盘算的是如何度过周末。我不是——我不是爱做计划的人。”在突然吐露真情后，我无法再在最后那个问题上遮遮掩掩，我又补充道，“我是块肝脏。”

“我是胰脏。”她说。

“我是——”

她吻掉了这个荒唐的游戏，希望认真一些。

“你爱我吗，尼尔？”

我没有回答。

“不管你爱不爱我，我都乐意和你睡，因此，请告诉我实话。”

“那太残酷了。”

“用不着大惊小怪。”她说。

“不，我是说这样说我的话，未免太残酷了。”

“我不明白。”她说，她的确不明白，她的不理解使我感到痛苦。然而，我不得不以原谅布伦达的愚钝来掩饰自己，相比之下，这样更好受些。“你爱我吗？”她问。

“不。”

“我要你爱我。”

“图书馆怎么办？”

“什么图书馆怎么办?”她说。

这是否又是愚蠢的表现？也许不是——确实不是，因为布伦达说：“只要你爱我，就会万事如意。”

“这样说我当然就要爱你了。”我笑了。

“我知道你会爱我的，”她说，“你为什么不到水里来？我会闭上眼睛等你，你回来时，一定会浑身湿漉漉的吓我一跳。去吧。”

“你喜欢咱俩比赛，是不是?”

“去吧。我会闭上眼睛的。”

我走到池边，跳入水中。水比先前冷多了，当我冲破水面，一个猛子往下扎时，我感到一丝恐惧。我浮出水面，开始顺着泳池朝前游，游到尽头处折回来，这时我突然冒出一个念头：等我上岸时布伦达一定已经走了，留我一个人待在这该死的地方。我向池边游去，从水中爬起身就朝长椅奔去。布伦达仍在那里，我吻了她。

“上帝，”她哆嗦了一下，“你在水中没待多久。”

“我知道。”

“现在该我了。”她说着站起来，一会儿我听到一点水花声，尔后便悄然无声。好长时间一点动静也没有。

“布伦达。”我小声地呼唤她，“你没事儿吧?”但没有回音。

我发现她留在我身边椅子上的眼镜，拿了过来。“布伦达?”

还是一片寂静。

“布伦达?”

“你老这么叫就比不成了。”她说，把湿漉漉的身子靠到我怀里。“轮到你了。”她说。

这次我在水下待了好长一会儿，重新浮出水面时，我的肺几乎要炸了。我昂头吸气，看见头顶的天空低低的像一只压下来的手。我又游了起来，似乎是想摆脱它的压顶之势。我想回到布伦达身边去，因为我又不安起来——有走的迹象吗，有吗?——如果我在水里待得太久，回去时她可能早就走了。我懊悔没有把她的眼镜带走，这样她势必要等我送她回家。我知道我是在胡思乱想，然而在这样漆黑而陌生的环境里是很容易胡思乱想的。我是多么想在池中呼唤她啊，可是我知道她不会回答，于是我强迫自己游完第三圈，然后是第四圈，但当我游到第五圈中途时，我又一次感到了一种不可名状的恐怖，一时间竟产生了自己就要消亡的念头。这次我一游回来就紧紧地搂住她，比我们俩想象的还要紧。

“放开，放开，”她笑着，“轮到我了——”

“可是，布伦达——”

然而布伦达还是去了，这次她似乎永不回来了。我只得沉住气，等着高尔夫球场上晨曦初现，祈求这晨光带给我一丝慰藉。布伦达终于回到我的身边，这次我再也不让她走了。她湿淋淋的身子贴着我的皮肤，我不禁打了个哆嗦。“到此为止吧，布伦达，不要再比了。”我说。这一次我把她搂得那么紧，几乎把我的身体揉进她的身体里去。“我爱你，”我说，“我真的爱你。”

夏天就这样日复一日地过去。我每晚跟布伦达见面，我们游泳、散步、开车兜风，翻山越岭地开得很远，开了很久，返回时雾气已从树林中弥漫到了公路上。我握紧方向盘，布伦达戴上眼镜替我留意路面上的白线。我们还常一起吃东西——从我发现那装满水果的冰箱后没几天，布伦达亲自带我到冰箱跟前。我们将大汤碗装满樱桃，还在盛放烤牛肉的盘子里堆上西瓜切片。然后我们穿过地下室的后门，来到房后的草坪上，坐在运动器材之树下。电视房里透出来的光线是我们那里的唯一光源。有一阵子，我们能听见的只是两个人吐籽的声音。“希望它们在一夜间就能生根发芽，明天一早就结出西瓜和樱桃。”

“亲爱的，假如它们能在院子里生根，它们就会结出冰箱，结出我们偏爱的西屋空调。我不是在讲刻薄话。”我赶快补充道。布伦达笑了，然后说她想吃青梅。我便到地下室里去取，这样樱桃碗就成了青梅碗，青梅碗接着又变成油桃碗，然后又成了桃子碗。最后，我得承认，我把本来已很脆弱的肠胃吃坏了，次日晚上我们伤心地戒掉了水果。我们还一同出去吃腌牛肉三明治、批萨饼、啤酒、虾、冰淇淋汽水和汉堡。一天晚上我们去狮子俱乐部，布伦达投篮连中三次，得到一只狮子俱乐部烟灰缸。罗恩从密尔沃基回来后，我们便时常去看他在半职业性质的夏季联赛打篮球。正是在这些夜晚，我才感到和布伦达有些陌生，因为她知道所有球员的名字，尽管他们大多呆头呆脑，有一个叫路得·弗拉里的却是例外，中学时候他和布伦达约会了整一年。他是罗恩的挚友，我记得他的名字曾登在纽瓦克《新闻》上：他是赫赫有名的弗拉里兄弟之一，他们每人至少在两项运动里代表州出去比赛。就是这个弗拉里称布伦达为“布伦达·巴克[①]”。很明显，这个绰号可追溯到她在运动场上争夺冠军的岁月。像罗恩一样，弗拉里格外有礼貌，这似乎是那些身高六英尺三以上的人的通病。他对我彬彬有礼，对布伦达温文尔雅。当他提议去看罗恩打球时，我突然打起退堂鼓来。此后的一个晚上，我们发现“山顶影院”的售票员到十一点就回家了，经理也离开了办公室，所以那个夏天我们至少看了十五部电影的最后四分之一内容。看完后就驱车回家——布伦达的家——一路上我们总试图重现这些电影开

① Brenda Buck，“buck”有“鹿”之意。

始的情节。我们最爱的片尾是《凯特尔爹妈在城里》，最爱的水果是青梅，最爱的人是我们自己。我们也常遇到熟人，有些是布伦达的朋友，偶尔也有我的一两个朋友。八月的一个晚上，我们甚至与劳拉·辛普森·斯托劳维奇及其未婚夫一起经由六号公路去了一家酒吧。但那个晚上很沉闷。我和布伦达似乎都不善于和人攀谈，所以我们一个劲儿地跳舞，而以前我俩从来没有这样过。劳拉的未婚夫开怀痛饮斯丁格鸡尾酒，辛普——布伦达要我称呼她斯托劳，但我不肯——喝一种干姜水和汽水混合的温和的饮料。每当我们回到座位上，辛普就大谈“跳舞”，她的未婚夫则大谈“电影”直到布伦达追问他“什么电影”。我俩后来又继续跳舞，一直跳到酒吧打烊。回到布伦达家，我们盛了一汤碗的樱桃，在电视房里痛痛快快地吃上一会，然后就在沙发上亲热。当我起身从黑暗的电视房走向浴室时，我总感到樱桃核粘在光着的脚板下。回家后，第二次脱去衣服睡觉时，我就会看到脚底板上的红印子。

她的父母对这一切的态度又是怎样呢？佩蒂姆金太太依然对我微笑，佩蒂姆金先生仍旧认为我像只鸟那样只吃一点儿。应邀吃饭时，为了他，我会吃下比实际想吃的多一倍的食物。但事实是，从他首次对我的胃口下过评语后，佩蒂姆金先生再没费心注意过我。即使我吃下正常饭量的十倍，最后撑死了，他依然认为我不是男子汉而是麻雀。没有人因为我在场而不高兴，但朱莉对我冷淡多了。最后，当布伦达向她父亲提出要我八月末在她家度一周假时，他沉思片刻，然后选了一根五号高尔夫球杆，朝球穴区挥了一杆，表示同意。当她向她母亲转达佩蒂姆金先生的决定时，佩蒂姆金太太也不好再说什么。这样，靠着布伦达的心机，我才受到邀请。

星期五是我最后一个工作日，那天早上，格拉迪丝姨母看到我在打包，就问我去哪儿，我告诉了她。她听后一声不吭，但我从她那发红的歇斯底里般的眼神里看到了恐惧——自从那天她在电话里对我说“好极了”以来，我已经走得够远了。

“你要去多久？我该好好合计一下，不要买得太多。你一走，我冰箱里的牛奶就得剩，就得变质，在冰箱里发臭——”

“一个星期。”

“一个星期？”她说，“他们有地方让你住上一星期？”

“格拉迪丝姨母，他们又不住在自家店二楼。”

“我以前住在店里面，但我并不为此感到害臊。感谢上帝我们总有房子住，我们从未沿街讨过饭。”她在说话时我正把刚买的百慕大短裤收拾进包里。“我们还要供你表妹苏姗念完大学，你麦克斯姨父也该过过好日子了。我们没让苏姗参加八月份的夏令营，她想要双鞋我们都没给她买，她也没有一抽屉的运动衫——”

“可我没抱怨什么啊，格拉迪丝姨母。”

“难道这里还少你吃的？有时我把你吃剩的盘子让你姨父看，真丢人！你吃剩的东西欧洲的小孩子可以做一顿四道菜的饭。”

“格拉迪丝姨母，”我走到她身边，“我想要的都在这里得到了。我只是去度假。难道我不能去度假吗？”

她伸手把我抱住，我感到她在颤抖。“我对你母亲讲过要照顾好她的尼尔，要她不必担心。但现在你要逃到——”

我伸开双臂抱住她，在她头上吻了一下。“别这样，”我说，“你在说糊涂话。我并不是要逃走呀，我只是外出一星期，去度假。”

“那你把那儿的电话号码留下，上帝保佑你别生病。”

“好的。”

“他们住在米尔本？”

“肖特希尔斯。我会留下电话号码。”

“犹太人什么时候开始住在肖特希尔斯的？他们不可能是真正的犹太人，相信我。”

“他们是货真价实的犹太人。”

“我要亲眼看见才相信呢。”她用围裙的一角抹着双眼，我正要把提包两侧的拉链拉起来时她说，“不要拉上包，我还有一袋水果，你把它带上吧。”

“谢谢，格拉迪丝姨母。”那天早晨上班途中，我吃了她放进我包里的一只橘子和两只桃子。

几小时后，斯格培罗先生通知我，劳动节[①]度假回来后，他将把我提拔到玛莎·温尼的位子上去。他说他自己在十二年前也是这样被提上来的。这样看来，要是我能维持现状，有朝一日就会成为另一位斯格培罗先生。我还会增加八块钱的薪水，比当年斯格培罗加的钱还要多五块。他握了握我的手，转身跨上长长的大理石楼梯，正装的下摆拍打着那溜圆的屁股。他刚走，我就嗅到一阵薄荷香味，一抬头正好看到那位鼻子和下巴青筋凸显的老头。

“你好，小伙子，”他兴致勃勃地说，“那本书还回来了吗？”

“什么书？”

“高更的书。我刚在街上买东西，觉得应该进来问问。至今我还没收到通知。已经两星期了。”

“还没还回来。”我回答说。正说着，我看见斯格培罗先生突然在楼梯中段停下来，他转过身，像忘了告诉我什么似的。“听

① Labor Day，每年九月的第一个星期一。

着，”我对那老头说，“书随时都会还回来的。”我说得斩钉截铁，语气近乎粗鲁。话音刚落我就不安起来，因为我突然意识到即将发生的事：这老头会吵吵嚷嚷，斯格培罗先生将快步走下楼梯，奔到书架前，火冒三丈，唠叨个没完，最后把约翰·麦基提拔到温尼小姐的位子上。我转身对老头说：“你不妨把电话号码留下来，我设法下午把书给你准备好——”但是我的殷勤和礼貌已为时太晚，老头抱怨了一番工作人员，说要给市长写信，然后就离开了图书馆。感谢上帝，他刚走，斯格培罗先生就回到我的台子前，提醒我大家都在凑钱给温尼小姐买礼物，要是我乐意，可以当天在他的办公桌上留下五毛钱。

午饭后，黑人男孩走进来。当他经过我的台前上楼时，我叫住了他。“过来，”我说，“你上哪儿去？”

“心类图书那儿。”

“你在读什么书？”

“那本‘高甘’先生的书。我说，先生，我没做什么坏事，我没在书上乱画，你尽可以检查我——”

“我知道你没干坏事。不过听着，既然你那么喜欢这本书，干吗不把它带回家去？你有借书证吗？”

“没有，先生，我什么也没拿。”

“不，借书证是我们发的，有了它你可以把书借回家去，也就不必每天来这儿了。你在上学吗?”

“是的，先生。米勒街小学。但现在是夏天放假，不上学，我不用去学校。”

“我明白。只要你在校念书，你就可以拿到借书证，把这书借回家。”

“你干吗老是要我把书借回家?我家里人会把书弄坏的。”

“你可以找个地方把书藏起来，放到桌子里——”

“老天,”他斜着眼瞧我，“你为啥不让我上这儿来?”

“我没有说你别来。”

“我喜欢来这儿，我喜欢这儿的楼梯。”

“我也喜欢,”我说，“但问题是某一天总会有人取走这本书的。”

他笑了。“这可不用担心,”他对我说，“还没有人拿走过它呢。”说完他又踢踢踏踏地朝楼梯和第三书库走去。

那天我汗出得够呛!明明是整个夏天最凉快的时候，但是当我傍晚下班时，衬衫已全部粘在脊背上了。在车上，我打开包。时值通勤高峰，华盛顿大街上车水马龙，我缩在后座换上一件干净衬衣。那样，等我抵达肖特希尔斯时，看上去就像是来郊外度假的。然而，当汽车在中央大道穿行时，我的思想却集中不到度假上来，开车也心不在焉。我拉下手刹，车压到人行横道上，红灯和绿灯时反应迟钝，周围的行人和车辆也因此遭罪。我一直在想，在我休假期间，那个卑鄙的家伙一定会来图书馆，黑人男孩喜欢的书将会失去，我也将丢掉我的新饭碗和老差使——但我为什么要为这一切担忧呢？我并不打算靠图书馆工作糊口啊。

五

“罗恩要结婚了!”一踏进门朱莉就朝我尖叫，“罗恩要结婚了!”

“现在?”我问。

“劳动节! 他要和哈莉特结婚了! 他要和哈莉特结婚了!”她把这句话当作跳绳歌一样唱起来，带着鼻音，很有节奏。“我要做小姑了!”

“嘿,”布伦达说，“我也要做小姑了。”

“我听说了。什么时候定的?”

“今天下午他通知我们的。昨晚他们打了四十分钟的长途电话。她下星期飞到这里，要举行盛大的婚礼。我父母里里外外忙个不停。他们得在一两天内把一切都安排好。我父亲还要介绍罗恩进公司——从每周挣二百块开始，以后靠自己的努力往上爬，他至少先得那样干到十月份。”

“我以为他会去当体育老师呢。”

“他有过这种打算。但现在他有责任要担……”

吃饭时，罗恩详细谈了他的责任和未来的设想。

“我们要生个男孩，”他的母亲听得乐不可支，“等他满六个月，我就在他面前放一个篮球、一个橄榄球和一个棒球，他伸手拿哪个，哪个就是我们将来专攻的目标。”

“假如他哪个都不拿呢?”布伦达问。

“别说傻话，小姑娘。”佩蒂姆金太太说。

“我要当小姑了。”朱莉唱着，她对布伦达伸伸舌头。

“哈莉特什么时候来?”佩蒂姆金先生从满嘴的土豆中挤出一句话。

“从昨天算起一星期之后。”

“她能睡我屋吗?”朱莉叫起来，“能吗?”

“不，她睡客房——”佩蒂姆金太太说，这时她记起了我，那双紫色眼睛狠狠斜了我一眼，说：“当然可以。”

哎，这顿饭我的确吃得像只鸟。饭后我自己拎着提包到客房去。客房就在罗恩卧室的对面，和布伦达的房间隔着客厅相望。布伦达给我带路。

“让我看看你的床吧，布伦。”

“等会儿。”她说。

“我们在这儿行吗?”

“可以,”她说,“罗恩睡得很死。”

“我可以在你房里过夜吗?”

“我不知道。”

“我可以早点起来回到这里。我们可以上闹钟。”

“铃一响大家都会被吵醒。”

“我记住起床时间,我起得来的。”

“我们最好不要在这儿待太久,”她说,“我妈会发作的。她对你住这儿很敏感。”

“我也有这种感觉。我几乎不了解他们。你看我真的能在这儿住上整整一星期吗?”

“一个星期?哈莉特一到,一切就乱了套,你或许可以待上两个月呢!”

“是这样吗?”

“是的。”

“你希望我住那么久吗?”

“是的。”说完她便下楼去,让她母亲安心。

我打开包,把衣服塞进抽屉里。抽屉里除了一小包女用腋下吸汗垫和一本中学毕业纪念册外,别无他物。就在我整理行李的时候,我听见罗恩走上楼来的沉重的脚步声。

“嗨!”他朝我房间喊了一声。

“恭喜你。”我回了一声。我竟然忘了任何客套话都会促使罗恩跑来和我握手。他放弃原先打算在自己房间要做的事，走进我的房间。

“谢谢，”他使劲摇了摇我的手，“谢谢。”

然后他在我的床上坐下，看着我把衣服拿出来。我只有一件布鲁克斯兄弟牌衬衣，于是就让它在床上多搁了一会儿，箭牌衬衣则统统被塞进了抽屉。罗恩坐在那里搓着前臂微笑。不久我就对这种静寂沉不住气了。

“嗯，”我说，“这些事儿。”

他对我自己都不知道的事儿表示赞同。

“感觉如何?”沉默许久后我问。

“好极了。弗拉里在篮板下直接进球。”

“哦，不错。”我说，“结婚的感觉如何?”

“啊，挺好，我想。”

我斜倚着梳妆台，数地毯上的针脚。

罗恩终于开口了。“你懂音乐吗?”他问。

“懂一点。”

“假如你乐意，你可以听听我的唱机。”

“谢谢，罗恩，我不知道你对音乐感兴趣。”

“当然感兴趣。我收集了所有安德烈·科斯特拉尼茨灌制的唱片。你喜欢曼托瓦尼吗？他的唱片我也全有。我非常喜欢半古典音乐。如果你想听，可以听我的哥伦布唱片……”他没话了。最后握了握我的手走了。

我听到楼下朱莉在唱：“我要做阿姨——姨——姨了。”佩蒂姆金太太对她说：“不，宝贝儿，你要做小姑了。唱那个吧，心肝。”但朱莉仍在唱：“我要做阿姨——姨——姨了。”后来，我听到布伦达的声音跟着唱：“我们要当阿姨——姨——姨了。”接下去是朱莉跟着她唱，直到佩蒂姆金太太对佩蒂姆金先生喊道：“你让她别再怂恿她了，行吗……”二重唱于是戛然而止。

而后我又听到佩蒂姆金太太的声音，但我听不清她说了些什么，只知道布伦达在回答她。她们的声音越来越响，后来我就听得一清二楚了。“这个时候我还要对付满屋子的客人？”这是佩蒂姆金太太的声音。“我征求过你的意见，妈妈。”“你问过你父亲。你应该首先问我。他不明白这要增添我多少额外的工作……”“我的上帝，妈妈，你以为我们没有卡洛塔和琼妮帮忙吗？”“卡洛塔和琼妮不能把什么活都包下来。这里不是救世军！”“这话算什么意思？”“女士，说话要有分寸。这种语气只能用在大学同学之间。”“天哪，别说了，妈妈！”“不要对我嚷嚷。什么时候你动过手，帮过忙呢？”“我不是奴隶……我是女儿。”“你该懂得做一整天家务是啥滋味了。”“为什么?”布伦达说。“为什么？因为你懒惰。”佩蒂姆金太太回答，“你以为这世界会白供你吃喝?”“谁说过那话啦?”“你该学会自己挣钱买衣服。”“为什么，天哪，妈妈，爸爸光凭股票就可以过日子，你还抱怨什么?”“你什么时候洗过盘子?”“耶稣基督!”布伦达发火了，“盘子是卡洛塔洗的!”“不要在我面前基督长基督短的!”“噢，妈妈!”布伦达哭了起来，“你为什么要这样逼我?”“瞧你的样子，”佩蒂姆金太太说，“上你伴儿面前哭去……”“我的伴儿……”布伦达抽泣着，“那你为什么不朝他大叫大嚷……为什么大家都对我这样尖刻……”

从客厅对面传来了安德烈·科斯特拉尼茨指挥几千把小提琴演奏《日与夜》。罗恩的房门开着，我看见他四仰八叉地躺在床上，跟着唱片哼唱。歌词是《日与夜》里的，但我听不出他哼的调子。突然，他抓起电话，要接线员接密尔沃基。在电话接通的当口，他转身开大唱机的音量，于是这音乐就传到九百英里以西的地方去了。

我听到朱莉在楼下说:“哈哈，布伦达哭了。”

接着，布伦达跑上楼。“你也会有这么一天的，你这小杂种!”她叫道。

“布伦达!”佩蒂姆金太太喊道。

“妈妈!”朱莉嚷道,“布伦达骂我!”

“出了什么事!”佩蒂姆金先生高声问。

“你叫我,佩太太?”卡洛塔问。

而在另一个房间里,罗恩正在说:“喂,哈莉,我跟他们说……”

我坐在那件布鲁克斯兄弟牌衬衣上,出声地念着自己的名字。

“她真该死!”布伦达一边说,一边在我房里来回踱步。

“布伦,你觉得我该走——”

“嘘……”她走到房前倾听,“他们去会客了,谢天谢地。”

“布伦达——”

“嘘……他们走了。”

“朱莉也走了?”

“嗯,”她说,“罗恩在他房里吗?他的门关着。”

“他出去了。”

“在这儿你听不见任何人走动,他们穿着软底鞋,蹑手蹑脚,哦,尼尔。”

“布伦,我大概住过明天就走。”

“噢,妈妈不是在生你的气。”

“我在这儿碍事。”

“都怪罗恩，真的。他要结婚她就发脾气，也冲着我。现在有了乖乖女哈莉特在身边，她会忘记我的存在。”

“那对你不正合适吗？”

她走到窗前向外张望。外面又黑又凉，树叶窸窣作响，像晾着的床单。屋外的一切表明九月即将来临，我第一次意识到我们离布伦达返校的日子已是这么近了。

“是吗，布伦？”可她没有听我说。

她走到房间另一头的门前，把它推开。

“我以为这是个衣帽间呢。”我说。

“过来。”

她让门开着，我俩探身黑暗之中，只听屋檐上一阵怪风嘶嘶作响。

“这里有什么呀？”

“钱。”

布伦达走进房间。当一盏六十瓦的灯泡被拧亮时，我看见满满一屋子的旧家具：两张靠背上有一道道油污的扶手椅，一张中间鼓得老高的沙发，一张牌桌，两张露出里子的打牌椅，一面背面涂层已剥落的镜子，一些没有灯罩的灯，没有灯的灯罩，一张桌面的玻璃已破裂的咖啡桌，还有一堆卷起的帘子。

“这是什么地方?”

“储藏室。放我们的旧家具。”

“什么时候的?”

“纽瓦克的,”她说,“过来。”她在沙发前趴下,把鼓起的坐垫掀开,往里瞅了瞅。

“布伦达,我们在这里究竟要干什么?你会把自己搞得脏兮兮的。”

“不在这里了。”

“什么?”

“那笔钱,我告诉过你了。”

我在一张靠背椅上坐下,扬起一阵灰尘。外面下雨了。我们闻得到从储藏室另一端隐约可见的通风口灌进来的湿气。布伦达从地板上站起来,坐在沙发上。她的膝盖和紧身短裤都给弄脏了。当她把头发掠到后面去时,前额也沾上了灰尘。我看着我们——在这一片混乱与灰尘中间,不禁有一种奇怪的感觉:我们像一对刚搬进新房的小两口,突然之间有了自己的家具、金钱和未来,可唯一使我们欣慰的是从外面进来的清新空气。它提醒我们,我们还活着,但必要时并不能当饭吃。

“什么钱?”我又问。

“几沓一百块的钞票。从我还是个小女孩时起……”她深吸一口气说，“我小时候，刚从纽瓦克搬到这儿，一天父亲把我带到这里。他把我带进这间屋子，对我说如果他有什么三长两短，他希望我知道从哪里拿到属于我的那笔钱。他说那钱不属于别人，只属于我，并要我不对任何人说，即使是母亲或罗恩也不例外。”

“总共多少？”

“三沓百元钞票。在那之前我还从没有看到过。我那时九岁，和朱莉差不多大，那时我们搬来还不满两个月。我记得每星期上这儿一次，趁卡洛塔一人在家，我就爬到沙发下面看钱是否还在，它一直都在，他之后再也没提过这钱，从未提过。”

“现在钱在哪儿？可能给人偷了？”

“我不知道，尼尔。我猜是他把钱收回去了。”

“天哪，找不到钱时，”我说，“你没有告诉他，会不会是卡洛塔——”

“我刚刚才知道钱没了。很早以前我就来找过……后来又把它忘了。或是根本没再想到它。我钱总是够花的，不需要这一笔。我想他以为我不再需要它了。”

布伦达走到窄窄的满是灰尘的窗前，在上面画着自己名字的首字母。

“为什么现在你又需要它呢？”我问。

“我不知道……”说完，她走过去把灯泡拧了下来。

我坐在椅子上没动，穿着紧身短裤和衬衣的布伦达，此刻就好像一丝不挂地站在几英尺远的地方。我发现她的肩膀在发抖。“我想把钱找出来撕成碎片，然后把这该死的碎片塞进她钱包里！只要钱在，我发誓，我会这样做的。”

“我不会让你这样干的，布伦。”

“你不让？”

“不让。”

“和我做爱吧，尼尔，就现在。”

“在哪儿？”

“就在这儿！在这肮脏肮脏肮脏的沙发上。”

我顺从了她。

第二天早晨布伦达准备了我俩的早点。罗恩今天开始上班——我回到房里还不到一小时就听到他边淋浴边唱歌。事实上，当克莱斯勒开出车库，载着他们父子俩朝纽瓦克佩蒂姆金办公地点驶去时，我仍醒着。佩蒂姆金太太也不在家，她已驱车去犹太会堂和克莱尼茨拉比商谈婚事了。朱莉在后面的草坪帮卡洛塔晾衣服玩儿。

“你知道今天早晨我想干什么吗？”布伦达问。我们正在分吃葡萄柚，因为布伦达找不到水果刀，我们只能乱掰一气，像剥橘子一样把它剥开，一片片地吃。

“干什么?”我问。

“跑步。”她说，“你跑步吗?”

“你是指在跑道上跑? 当然跑啦。上中学时我们每月得跑一英里，那样我们才不会变成妈妈的乖宝宝。也许你的肺活量越大，你就可能越恨你的母亲。”

“我想跑，”她说，“我想你也跑，好吗?”

“噢，布伦达。”

葡萄柚显然是跑步的人早上应该吃的东西，我们又吃了一个才结束早饭，一小时后，我们已开着那辆大众向中学驶去。中学后面有一条四分之一英里长的跑道。有几个孩子在跑道的草地中央逗着狗玩。远处，靠近树林子的地方，一个穿着白色开衩短裤、光着膀子的人，在旋转再旋转之后，用力推出一只铅球。球一出手，他就踏了个踢踏舞步，同时注视着铅球作抛物线运动，最后落在远处的地面上。

“你知道吗?”布伦达说，“你看上去和我没两样，就是个头大一点。”

我们一样的装扮，运动鞋、运动短袜、卡其紧身短裤及运动衫，但我感觉布伦达指的不是我们穿着上的巧合——如果它们确实是巧合的话。我可以肯定她的意思是我开始变成她想要我变成的样子，变得像她那样。

“我们比一比，看谁跑得快。”她说。于是我们沿着跑道跑开了。最初的八分之一英里，三个男孩及他们的狗尾随着我们。经过掷铅球的人站着的拐角时，他向我们挥挥手。布伦达向他“嗨”了声，我对他笑了笑。不知你是否知道，这样的招呼和微笑对一个专心跑步的人来说，显得既违和又荒唐。跑到四分之一英里时，男孩们不跑了，回到草地上去了，狗也转向别处跑了。我觉得我的肋间像插着一把小刀，但我仍然和布伦达并肩跑着。跑第二圈时，她又对幸运的铅球手“嗨”了声。他正斜躺在草地上看我们跑，一边像摩挲水晶球那样摩挲着手里的铅球。啊，他那种运动倒不错，我想。

“咱们推铅球怎么样?”我气喘吁吁地问。

“跑完再说。”她说。我看到蓬松在她耳根旁最外面的那缕发丝上凝着一串汗珠。当我们快跑完这半英里时，她突然脱离跑道，跌坐在草地上。她的离开使我惊诧，但我继续跑着。

“喂，鲍勃·马赛斯[①],”她叫道，“让我们在阳光下躺下吧……”

---

① Bob Mathias (1930—2006)，美国著名十项全能运动员，两届奥运会冠军。

然而我好像全然没听到她的话似的一个劲地跑着，尽管心已跳到嗓子眼，口干舌燥，却依然迈动双腿，发誓不跑完最后一圈决不停步。第三次经过铅球手时，我也“嗨”了一声。

我最终在她身边停下来时，她很兴奋。“你真行。”她说。我双手叉腰，眼睛望着地面，吞噬着空气——不，倒不如说空气在吞噬着我。

“呼哧——呼哧。”我喘息着。

“我们每天早上都来跑步吧，”她说，“起床后吃两只葡萄柚，然后你到这里来跑步，我给你计时。两星期后你就能在四分钟之内跑完全程，好吗，亲爱的？我把罗恩的秒表拿来。”她如此兴奋——从草地上靠过来，把我的短袜沿湿滑的脚踝和腿肚子往上拉，用嘴啃我的膝盖。

“好的。”我说。

“让我们回去吃一顿实实在在的早餐吧。”

“好。”

“回去你开车。”她说，忽然一跃而起跑到我前面，然后我们驱车返回。

次日早晨，柚子瓣还在我口中回味，我们就已来到跑道上，带了罗恩的秒表和一条给我跑完后用的毛巾。

“我的腿有点酸。”我说。

“先热身吧，”布伦达说，“我跟你一起。”她把毛巾叠放在地上，我们一起就地深蹲、仰卧起坐、俯卧撑、高抬腿，我开心极了。

“今天我想跑半英里，布伦，看我跑得怎样……”我听到布伦达咔嚓按下秒表，我跑出跑道很远，白云在我上方跟随，宛如我毛茸茸的白尾巴。我看到布伦达坐在地上，双手抱膝，不时地望着我，又看看秒表。运动场上只有我们两个人，这一切使我回忆起赛马电影中的一个镜头：肯塔基的一个早晨，一个像电影明星沃尔特·布伦南那样的驯马老手和一个英俊的小伙子，给一位漂亮女郎的骏马计时，看看她的马是不是两岁马中跑得最快的。当然，二者之间是有差别的——我跑完四分之一英里时，布伦达就冲我喊：“一分十四秒。”但这喊声是让人愉快、兴奋、纯粹的。当我快要跑完时布伦达站起来等我。迎接我的不是终点线，而是布伦达可爱的肉体，她第一次说她爱我。

每天早晨我们跑步——只是我跑。一周下来，我只用七分零二秒就能跑完一英里了，每跑到终点，迎接我的总是秒表的咔嚓声和布伦达的怀抱。

晚上，我穿着睡衣看书，布伦达在她屋里看书，我们等待罗恩睡着。有几个夜晚我们不得不等得更久些。我倾听外面沙沙的树叶声，八月底的天气已经转凉，晚上关了空调可以开窗了。最后罗恩睡了，他总要先在屋里走一通，然后就穿着短裤和运动衫去浴室洗漱。他洗漱完才轮到我。我们常在客厅相遇，我照例由衷地向他道一声“晚安”。一进入浴室，我总要站在镜子前欣赏自己晒黑了的皮肤。我看到身后淋浴冷热开关上晾着罗恩的下体护身。从来没有人从是否雅观的角度对这种护身表示过异议。几个晚上后，我也不去注意它了。

在罗恩刷牙而我在床上等刷牙时，我能听见他房间里正在播放的唱片。通常，他打篮球回来，总要给哈莉特打电话——离她跟我们见面只剩几天了——然后他就把自己关在房间里，翻看《体育画报》，欣赏曼托瓦尼。不过当他从屋里出来上厕所时，里面传来的不是曼托瓦尼，而是别的什么，显然就是他提到过的哥伦布唱片。我想我听到的就是这个，因为光凭那最后一小节很难判断清楚。我所听到的，是一种平缓的呻吟般的钟声，伴随着柔和的爱国旋律，而盖过这一切的是像爱德华·R. 默罗[①]的那种沉郁的声音：“……那么，再见了，哥伦布，”那声音吟诵着，“……再见，哥伦布……再见……”接着便没了声音。罗恩回到自己房间。灯熄了。几分钟后，传来他沉入梦乡的鼾声。这种养精蓄锐、富含维他命的酣睡，我想只有运动员才享受得到。

---

① Edward R. Murrow（1908—1965），美国著名电台播音员、广播记者。

一天早晨，快到我起床溜出去的时刻，我做了一个梦。梦醒时晨光已透进房间，使我刚好能看清楚布伦达的发色。我抚摸着酣睡中的她，刚才的梦使我不安：在一条船上，一条类似于你在海盗电影中看到的古老的帆船，只有我和图书馆的黑人男孩——我是船长，他是大副。梦境开头十分愉快，我们停泊在太平洋某个岛屿的港湾里，阳光灿烂，海滩上满是美丽的裸体女黑人。她们站在那里一动不动，突然我们开始移动，我们的船驶出港口，那些女人慢慢地跑到岸边，开始向我们投掷花环，并嚷着："再见，哥伦布……再见，哥伦布……再见……"虽然我们——我和黑人男孩——谁也不愿走，但船在移动，我们无法叫船停下。男孩对我吼叫着，说全是我的错；我也喊说是他的不是，谁叫他没有借书证。然而，我们的争吵不过是白费口舌，我们离岛越来越远。不一会儿，土著人已全无踪影。梦中的空间不分大小、不成比例，梦中的一切呈现出我从未见过的奇形怪状。我想正是这样的景象促使我从梦中醒来。那天早晨我不愿离开布伦达，有好一会儿，我抚摸着她颈背上剪去头发后的那块小小的凸起。我待的时间过长，当我最终回自己房间去时差点儿碰上罗恩。他正准备去他父亲的佩蒂姆金厨卫水槽专卖店上班呢。

六

我原以为那天早晨是我在佩蒂姆金家的最后时光；然而，当我晚些时候准备打包时，布伦达阻止了我——不知怎地，她又从她父母那里骗来一星期，这样，我可待到劳动节，到罗恩结婚的那天。第二天早晨布伦达就要离家返校，我也将回去上班。我们可以朝夕相处到夏季的最后一刻。

按理说，我该喜出望外才是，可是当布伦达跑下楼，陪家里人去机场接哈莉特时，我却高兴不起来，反而颇感烦恼。我越来越觉得，只要布伦达回到拉德克利夫我们的交往也就此结束。我深信，即使登上温尼小姐的高凳也无法使我一眼望到波士顿。不管怎样，我还是把衣服塞回抽屉，并终于使自己相信现在还没有任何我与布伦达告吹的迹象，任何疑虑和不安都是我那颗不安的心所引起的。我走进罗恩的房间给姨母挂电话。

“喂?”她说。

“格拉迪丝姨母，”我说，“你好。”

“你病了。”

“不，我过得很好。我打电话告诉你，我要在这儿再待一个星期。”

“为什么？”

“我告诉你了，我过得很好，佩蒂姆金夫人让我一直住到劳动节。”

“你穿的内衣干净吗？”

“我晚上洗的。我很好，格拉迪丝姨母。”

“用手你洗不干净的。”

“很干净，听我说，格拉迪丝姨母，我过得好极了。”

“整天脏兮兮的，还要我不必操心。”

“麦克斯姨父好吗？”我问道。

“他又能怎样呢？麦克斯姨父还是麦克斯姨父。你呀，我不喜欢你用这种腔调说话。”

“怎么啦，是不是我讲起话来像穿着不干净的内衣？”

“机灵鬼。你总有一天会明白的。”

“什么？”

“你的‘什么’是什么意思？你会明白的。你在那儿待久了，对我们不会有什么好处的。”

“不会的，亲爱的。”我说。

“我要亲眼看到才相信。”

“纽瓦克凉快吗，姨母？”

“下着雪呢。”她说。

“整个星期都很凉快？”

“你整天闲坐当然很风凉，对于我来说现在可不是二月。”

“好吧。格拉迪丝姨母，向大家问好。”

“你母亲给你来信了。”

“好哇，我回家时再看吧。”

“你不能开车来一趟看看？”

“还是等以后再说吧，我会给他们写信的。你放心吧。”我说。

“你的袜子呢？”

“我光着脚呢。再见，好姨母。”我挂了电话。

卡洛塔在楼下厨房里忙着准备午餐。使我感到惊奇的是，卡洛塔的生活似乎从不受她工作的干扰。她干各种家务活好像是在给她的歌唱作注释，比如现在，她一边在唱“我从你这里得到快乐”，一边从微波炉旁跑到自动洗碗机前——揿下按钮，转动定时器，朝微波炉的玻璃门中探望，不时从放在水槽边的葡萄串上摘下一颗又大又黑的葡萄，放进嘴里，边嚼边哼着小调，然后漫不经心地把葡萄皮和籽吐进厨余垃圾处理器。我从后门出去时向她打了个招呼，虽然她没有回应，我仍产生了一种亲近之感，因为她和我一样，已经被佩蒂姆金家的水果征服了。

我在外面草坪上投了一会儿篮，然后拾起一根铁头球棒，在阳光下把一只布制的高尔夫球无精打采地打向空中，又一脚把足球朝橡树踢去，接着又照犯规罚球那样投篮。没有东西可以提起我的兴致——我觉得饥肠辘辘，好像饿了好几个月。虽然我回屋拿了一把葡萄，但这种感觉依然存在。我知道这种感觉与热量摄入全无关系，是布伦达不在引发的一种空虚。自然，她离开一事在我心里盘桓片刻，但到第二天就会变成一片昏暗。说来奇怪，这昏暗似乎和罗恩的未婚妻哈莉特有什么关系。我曾一度以为是哈莉特的到来使时间的流逝戏剧化了。我们过去只是谈论而已，现在突然要变成现实——正如布伦达的离开转眼即变成现实一样。

不仅如此，哈莉特和罗恩的结合还提醒我：别离没必要成为永恒，男女可以彼此结为夫妻，哪怕他们还乳臭未干！布伦达和我从来没有谈到过结婚，或许在游泳池的那晚是例外，当时她说："只要你爱我，就会万事如意。"是的，我爱她，她也爱我，但万事并不尽如人意。或者说，这是不是我又在制造麻烦呢？我想我应当认识到我的际遇已经大为改观；可草坪之上的八月晴空委实太美、太瞬息万变了，我希望布伦达嫁给我。然而，十五分钟后，当她独自一人开着车顺车道驶过来时，我却又开不了口。这种求婚所需要的勇气是我不具备的。我觉得我只能听到“哈利路亚”这样的回答，除此以外，其他任何一种肯定回答都不能使我满意。任何形式的“不”，甚至连一些托词，如“亲爱的，让我们等等吧”，也会成为我的末日。所以我猜这就是我当时要用另一个建议取而代之的原因，可结果证明，这个建议比我当时所认为的要大胆得多。

“哈莉特的飞机晚点了，所以我回来了。”布伦达叫道。

“其他人呢?”

“他们等着她，准备在机场用晚餐。我得告诉卡洛塔一声。”于是她跑进屋里。

几分钟后，她出现在门廊下。她穿了件沿肩膀和颈部开了个大 U 字形口子的衣服，胸部上方露出被晒得黝黑的皮肤。一踏上草坪，她就脱了高跟鞋，赤着脚走到我坐着的橡树下。

“老穿高跟鞋的女人往往子宫前倾。”她说。

“谁告诉你的?”

“记不得了。但愿那里面一切井然有序。”

“布伦达，我想求你一件事……”

她把绣有一个大大 O 字的毯子拖过来坐下。

“什么事?”她问。

“我知道这有点突然，但事实上并非如此……我想要你去买一只避孕子宫帽，到医生那里求一个吧。”

她笑了。“不要担心，亲爱的，我们很小心，不会有事的。”

“但这是最安全的。”

“我们已经很安全了。何必自找麻烦。”

“为什么要冒险呢?”

“我们没有冒险。你想要多少啊?”

“亲爱的，我感兴趣的不是数量，这确实不太安全。”我补充说。

“这么说，你就希望我有一个，是吗? 像一根手杖或一顶遮阳帽?”

“布伦达，我希望你弄一个，是为了……为了快乐。”

“快乐? 谁的? 医生的?”

“我的。”我说。

她没有回答，用手指搓着两边的锁骨，抹去突然凝聚在那儿的汗珠。

“不，尼尔，那样做太蠢了。”

“为什么?”

“为什么? 不就是蠢嘛。”

“布伦达，因为是我要你这么做你才认为这是蠢?”

“那么说更蠢。”

“如果是你要我来买这子宫帽，那我们就直接去翻电话簿，找家星期六下午开诊的妇科医师。”

“我绝不会要求你那样做的，亲爱的。”

“那样做是对的，”我说，虽然还是一副笑脸，“是对的。”

“并非如此。”她说着站起来，向篮球走去，踩着球场上前一天佩蒂姆金先生画好的那些白线。

“回来。”我说。

“尼尔，这件蠢事我不想再谈了。”

“你怎么那么自私?”

“自私?你才自私。只知道自己快活……”

“不错，是我的快乐，为什么不呢!”

“不要大声嚷嚷。卡洛塔在。”

“那你还不过来?”我说。

她朝我走来，在草地上留下白色的脚印。“我没想到你竟是个耽于肉欲的家伙。”她说。

“是吗?”我说，“我来告诉你一些你应当知道的事，我所说的跟肉欲毫无关系。”

“那么，老实告诉你，我不明白你讲的话。为什么你总是找麻烦，我们用的东西还少吗?”

“你觉得我烦，是因为我想叫你去医生那儿要一个子宫帽，就是这么回事，不必解释，你照做就是了。因为我请求你这样做，你就这样做吧。”

“你在无理取闹……”

“该死的，布伦达!”

“你才该死!”说着她就进屋去了。

我后仰着身子，闭上眼睛。一刻钟后，或许不到一刻钟，我听到有人在打那只布制高尔夫球。她已换上短裤和衬衣，仍光着脚。

我们彼此不说话，我看着她把球棒举到耳后，然后挥臂一击，她的下巴随着那只按正常轨迹飞行的高尔夫球一起移动。

“那有五百码。”我说。

没有回音，她只是跟在高尔夫球后面跑着，准备打第二次。

“布伦达，请到这儿来。”

她走了过来，球棒在草地上拖着。

“什么事?”

“我不想和你吵嘴。”

“我也不想，”她说，“这是第一次。”

“我的请求有那么可怕吗?”

她点点头。

“布伦，我知道这可能很突然，对我来说也一样。但我们已经不是小孩子了呀。”

“尼尔，我就是不要这样。不是因为你要我这样做我就偏不顺从。我不知道你的想法从哪儿来的。这不是我拒绝的原因。”

“那么是因为什么呢？”

“我就是不想要这玩意儿。我觉得我还不到用这些东西的年纪。”

“年龄跟这有什么关系？”

“我不是指年龄，我是说——嗯，我，我的意思是这太刻意了。”

“这当然是有意为之啊，一点不错。你不明白吗，这将改变我们？”

“这将改变我。”

“我们，咱俩。”

“尼尔，你想一想我在医生面前撒谎是什么滋味？”

“你可以去纽约的玛格丽特·桑格节育诊所。他们不会问你任何问题的。”

“你以前干过这种事？”

“没有，”我说，“我只是知道而已。我读过玛丽·麦卡锡[1]。”

---

[1] Mary McCarthy（1912—1989），美国小说家，作品多涉及婚姻、家庭及两性关系。

"一点也不错，这正是我的感受，我像是她作品中的一个人物。"

"别装腔作势。"

"你才装腔作势呢。你认为我们不过是逢场作戏。去年夏天我和那个荡妇一块出去，我派她去买——"

"哦，布伦达，你这个自私自利的婊子！是你在想什么'去年夏天'，在想我们关系的了结。事实上，你在想结束我们的关系，是不是——"

"好呀，我是婊子，我要了结我们。这就是为什么我要你再住一星期，为什么让你在我自己房里和我一起睡。你到底是怎么回事？你和我妈干吗不轮流着来——总有一天她会折磨我，接着就是你——"

"住嘴！"

"你们都见鬼去吧！"布伦达叫道，然后她哭了起来，我知道，只要她跑开去我便不会再见到她；果真，在下午剩下的时间里，我一直没有看到她。

哈莉特·埃利希给我的印象是，她是个待人处事缺少心眼的姑娘，一切都浮在面上，看来和罗恩是天生一对，跟佩蒂姆金一家人也完全相配。佩蒂姆金太太的表现正如布伦达所预言的那样：哈莉特一到，布伦达母亲就抬起一只胳膊，把女孩揽入自己温暖的怀里，而那里正是布伦达想要偎依的地方。哈莉特的体格和布伦达相像，只是胸脯更丰满一点。不管谁和她讲话，她总是一味地点头，有时甚至会重复你话里的最后几个词，当然也不常是这样。大部分时间她都点着头，双手交握。整个晚上，佩蒂姆金一家人都在计划这对新婚夫妇将住在哪里，购置什么样的家具，应该什么时候生孩子——这些话题进行之时，我则一直在想，哈莉特应该是戴白手套的，可她没戴。

布伦达跟我不讲一句话，也没有眼神交流，我们只是静坐旁听，布伦达似乎比我更不耐烦。末了，哈莉特开始叫佩蒂姆金太太“妈妈”，后来又叫了声“佩蒂姆金妈妈”，那大约是布伦达去睡觉的时候。我继续待在那里，近乎着迷似的听他们条分缕析，再三商议，最后探讨细枝末节。终于，当佩蒂姆金夫妇也去睡觉时，朱莉早已在椅子上睡着了，罗恩把她抱进卧室。这样就只剩下我们两个非佩蒂姆金家庭人员在一起了。

“罗恩告诉我你的工作挺有意思。”

“我在图书馆做事。”

“我向来爱读书。”

“嫁给罗恩挺不错。”

“罗恩喜欢音乐。”

“对的。”我说。我刚说了什么？

“一有畅销书，你一定能近水楼台先得月。”她说。

“有时候是这样。”我说。

“嗯，”她说着用双手轻轻拍着膝盖，“我们在一块一定很愉快。罗恩和我希望布伦达和你也能很快加入我们。”

“今晚不行了，”我笑着说，“不过很快。请原谅，我要去休息了。”

“晚安，我非常喜欢布伦达。”

“谢谢你。”我边说边上楼。

我轻轻敲布伦达的门。

“我睡了。”

“我能进来吗？”我问。

她把门开了一英寸，说：“罗恩马上会上楼来的。”

“我们把门开着，我只想跟你聊聊。”

她让我进去，我坐在她床对面的椅子上。

“你觉得你嫂子怎样？”

“我以前见过她。”

“布伦达，你犯不着这么态度生硬。”

她不回答，我干坐着，把百叶窗的绳子拉上拉下。

“还生我的气吗？”我终于问道。

“是的。”

“别这样，”我说，“你可以忘掉我的建议。如果知道这样，我实在犯不上这么说。”

“你原来以为会怎样？”

“什么事也不会发生，我没想到这事会这么可怕。”

“那是因为你不从我这方面想一想。”

“也许。”

“不存在也许。”

“好吧，”我说，“我只是希望你能意识到你为什么生气，绝不是因为我的建议，布伦达。”

“不是？那是什么？”

“是我。”

“噢，别再开始了，好不好？不管我说什么，我都不可能赢。”

“不，你能，”我说，“你已经赢了。”

我走出她的房间，关好身后的门，回屋睡觉。

第二天早晨我下楼时，屋里已忙得不可开交。我听到佩蒂姆金太太正在起居室里对哈莉特念一张清单；朱莉在房里跑进跑出找溜冰鞋的扳手[①]；卡洛塔在用吸尘器清扫地毯。厨房里，一切

① Skate key，一种用来调整溜冰鞋底板长短的工具。

设备都在沸腾，旋转，摇晃。布伦达满面笑容地跟我打招呼。我走进餐厅，去看屋后的草坪和天气，她在我肩上吻了一下。

“你好。”她说。

“你好。”

“今天上午我要跟哈莉特出去，”布伦达告诉我，“我们不能去跑步了，除非你想一个人去。”

“不，我要看看书，或干点别的什么。你们要上哪儿?”

“去纽约，买东西。她要买一套结婚礼服，婚后外出时好穿。”

“你去买什么?”

“一套伴娘礼服。如果我跟哈莉特一起出去，那么就可以去波道夫·古德曼百货，而不必和妈妈去奥尔巴克折扣店买东西。”

“你给我捎样东西好吗?”

“噢，尼尔，你又要提那件事了吗?”

“我只是开个玩笑，压根儿没想那事儿。”

“那你干吗还说?”

“我的天!”我说，走到外面。我开着车到米尔本镇，在那里吃了些鸡蛋，喝了点咖啡。

等我回来时，布伦达已经走了，屋里只剩下卡洛塔、佩蒂姆金太太和我。我竭力避免和她们待在一个房间里，但最后，我还是和佩蒂姆金太太面对面地坐在电视房中。她正在核对手中的一张长长的名单，时不时地翻下身边桌上放着的两本薄薄的电话簿。

“越累越不得空闲。”她对我说。

我会心一笑，玩味着这句谚语，仿佛是佩蒂姆金太太刚刚把它发明出来似的。“是的，当然，”我说，“要我帮忙吗？或许我能帮你核对些什么。”

“哦，不用，”她微微摇头以示谢绝，“这是替哈大沙干的。”

我坐着注视着她，直到她问：“你的母亲也是哈大沙的吗？”

“我不知她现在是否还是。她在纽瓦克时是的。”

“是活跃分子吗？”

“我想是的，她总是在以色列为别人植树。”

“真的吗？”佩蒂姆金太太说，“她叫什么名字？”

“埃丝特·克鲁格曼。她现在在亚利桑那。那里有哈大沙吗？”

“凡有犹太妇女的地方就有这组织。”

“那么我猜她是的。她和我父亲在一起。他们是因患哮喘病才去那里的。我和姨母住在纽瓦克。她不是哈大沙的。我伯母西尔维亚是的。您认识她吗？亚伦·克鲁格曼和西尔维亚？他们是你们俱乐部的人。他们有个女儿，我的堂姐多丽丝——”我不由得滔滔不绝，“——他们住在利文斯顿，可能西尔维亚伯母参加的不是哈大沙。我记得好像是什么结核病组织，要么是癌症组织，也可能是肌肉营养不良。我知道她对某些疾病感兴趣。”

“那很好。”佩蒂姆金太太说。

“哦，是的。”

“她们干得很好。”

“我知道。”

我感觉佩蒂姆金太太开始对我热情一点了；那双紫色眼睛不再审视我，而是随意地望着窗外的世界。“你对圣约之子会[1]感兴趣吗？”她问我，“罗恩一办完婚事就准备加入。”

“我想我还是等到那时候再看吧。”我说。

佩蒂姆金太太气鼓鼓地又去看她的单子。我认识到，在她面前表现得对犹太人的事情漫不经心是很愚蠢的。“您也去神殿集会的吧？”我问，竭力表示出饶有兴味的样子。

“是的。”她说。

“你们属于哪个会堂？”她隔了一会问道。

“以前属于哈得孙大街会堂。自从我走后，我就很少去了。”

我不知佩蒂姆金太太是否从我的话音里觉察出什么虚情假

---

① B’nai B’rith，世界上历史最悠久、规模最大的犹太人服务机构，一八四三年成立于纽约。

意，我个人认为我忏悔式的自我表白，特别是对在我离开双亲之前的十年异教徒生活的回忆，是表达得恰到好处的。佩蒂姆金太太对这些毫不在意，她立刻问我——似乎很会见机行事——“我们全家星期五晚上去会堂，你为什么不跟我们去呢？我是说，你是正统派还是保守派？”

我思索片刻。“唔，我很长时间不去了……有点正处于过渡期……”我笑着说，“现在我就只是犹太人而已。”我这样说完全出于好意，不料又使佩蒂姆金太太回到她的哈大沙的工作上去了。我挖空心思，想向她证实我不是异教徒。最后我问她：“您知道马丁·布伯①的著作吗？”

“布伯……布伯，”她念叨着，眼睛仍不离她的哈大沙名单，“他是正统派还是保守派？”她问道。

“……他是哲学家。”

“那他是改革派吗？”她问，看来有点气恼，不是由于我的含糊其辞就是由于布伯参加星期五夜礼拜可能不戴圆顶小帽，而布伯太太厨房里可能只有一套碟子②。

“正统派。”我小声说道。

“很好嘛。”

---

① Martin Buber（1878—1965），犹太哲学家、翻译家、教育家。
② 意指违反正统派的饮食戒律。

"是的。"

"哈得孙大街犹太会堂不就是正统派的吗?"

"我不知道。"

"我以为你是属于正统派的。"

"我是在那里受戒的。"

"那你还不知道那是正统派的?"

"不，我知道，是正统派。"

"那你一定是了。"

"嗯，是的，我是。"我说，"您呢?"我脱口而出，禁不住脸红起来。

"正统派。我丈夫是保守派。"对后半句话我的理解是他对这类事情漠不关心，"布伦达什么也不是，这你可能已经知道了。"

"是吗?"我说，"不，我并不知道。"

"她是我所见到过的最优秀的希伯来语学生，"佩蒂姆金太太说，"不过她太目空一切了。"

佩蒂姆金太太望着我，我在考虑出于礼貌是否要表示赞同。"哦，我不知道，"我最后说，"我看布伦达是保守派，可能有点改革派的……"

电话铃响了，我得救了，我像一个正统派教徒那样对耶和华默默祈祷一番。

“喂，”佩蒂姆金太太说，“……不……我不能，我得给所有哈大沙成员打电话……”

我装作在听屋外的鸟叫，虽然这紧闭的窗户是传不进大自然的声音的。

“让罗纳德开车带回来……可是我们等不及了，我们说要准时就得准时……”

佩蒂姆金太太瞟了我一眼，然后用一只手捂住话筒，“你替我到纽瓦克跑一趟好吗？”

我站起来。“好的，当然可以。”

“亲爱的，”她回头对着话筒说，“尼尔来取……不是的，尼尔，布伦达的朋友……对……再见。”

“佩蒂姆金先生有些银器我得看看。你开车到他那里去取好吗？”

“当然可以。”

“你知道他的店在哪里吗？”

“知道。”

“拿着，”她说，把一个钥匙圈递给我，“开那辆大众去吧。”

“我的车就在外面。”

“拿着钥匙。”她说。

佩蒂姆金厨卫水槽专卖店位于纽瓦克黑人区中心。许多年前，在大规模移民时期，这儿曾是犹太人聚居区。人们如今还可以看到小鱼铺、符合犹太教规要求的土耳其浴室。本世纪初，我的祖父母就在这儿买过东西、洗过澡。甚至连那时的气息也依然存在：白鲑、咸牛肉、酸番茄的味道。但如今，报废车零件售卖店浓烈的机油味、啤酒厂的酸臭味和皮革厂的焦臭味压倒了一切。大街上听到的不再是意第绪语，而是拿着扫帚柄及半只橡皮球在学威利·梅斯①的黑人小孩们的喧闹声。四邻也变了：像我祖辈那样奋斗过的犹太人已经去世，他们的子孙经过奋斗已繁荣昌盛，并且越来越向西迁移，先到纽瓦克的边缘，再到纽瓦克，沿奥兰治山坡而上，登上顶峰，接着沿山的另一侧下来，拥进非犹太教的领地，就像当年那些苏格兰-爱尔兰裔拥进坎伯兰峡那样。现在，黑人事实上正沿着犹太人的足迹进行着同样的迁移。那些还留在第三区②的人过着穷困潦倒的生活，躺在发臭的褥子上梦想着散发松香的佐治亚夜晚。

有一瞬间我脑海中掠过一个念头：我会在这里的街道上碰到图书馆里那个黑人男孩吗？当然，我并没有碰到，尽管我肯定他就住在这种四壁剥落的破房子里，什么狗啊、小孩啊，穿围裙的

---

① Willie Mays（1931—　），美国著名黑人棒球运动员。
② Third Ward，指得克萨斯州休斯敦的黑人聚居区。

女人啊，在这里不停地进进出出。在房屋的顶楼，窗子开着，一些老态龙钟的人——他们自己没有能力走下咯吱作响的楼梯上街——坐在别人给他们安排的没有遮蔽的窗前。他们的手肘靠在光秃秃的靠垫上，脑袋从脖子上无力地垂下来，俯视着街上那些年轻人、孕妇和失业者忙碌奔波。谁会步黑人的后尘呢？还有谁会被遗弃呢？没有人了。我想，有朝一日，这些祖父母曾在此用亲人逝世周年纪念日上的玻璃杯饮过热茶的街道将会空无一人，我们所有人将移往奥兰治山之巅，到那时，棺材里的死者不会停止踢他们的棺材板了吗？

我将大众停在一扇巨大的车库门前，门面上写着：

佩蒂姆金厨卫水槽专卖店

规格形制，一应俱全

走进里面我看到一间四周全是玻璃门窗的办公室，它位于巨大的仓库中央。后面有两辆卡车在装货。我见到佩蒂姆金先生的时候，他嘴里叼着一支雪茄，正对人大声喊叫。那人是罗恩。他身穿一件胸前印有“俄亥俄州运动员协会”字样的运动衫，虽然个头比佩蒂姆金先生高，并且几乎和他一样壮，可他却像个孩子那样，手有气无力地垂在两侧；雪茄在佩蒂姆金先生口中不断游走，六个黑人正在拼命地卸货，不断地把盥洗盆扔给对方——我的腹内随之翻江倒海。

罗恩从佩蒂姆金先生身边走开去指挥黑人干活。他的臂膀挥个不停，但总的来看，他显得有点不知所措，似乎并不关心卸货的过程中盆会不会被摔到。突然，我看到自己在指挥那些黑人——再这样下去，只消一小时我就会肠穿肚烂。我几乎听见搪瓷表面在地板上砸碎的声音。我听见我在说："当心，伙计们。当心点好吗？哎呀，不好！哎唷，请——小心点儿！小心！哎唷！"假如佩蒂姆金先生跑到我跟前说："好呀，小伙子，你要娶我的女儿，让我瞧瞧你能干啥。"当然，他会看到：不一刻地板上将尽是马赛克般的碎片，堆出一条搪瓷片咯吱作响的通道。"克鲁格曼，你算哪号工人？干活跟你吃饭一样！""对，对，我是只麻雀，让我走吧。""难道你连怎样装怎样卸都不知道吗？""佩蒂姆金先生，我连呼吸都感到麻烦，睡觉也使我疲倦，让我走，让我走吧……"

佩蒂姆金先生回到鱼缸一样的办公室去接正在丁零作响的电话，我从遐想中挣脱出来，也径直向办公室走去。当我进去时，佩蒂姆金先生从电话机旁抬头看到了我，夹着濡湿雪茄的另一只闲着的手朝我动了动，以示招呼。我听到罗恩在外面大叫："你们不可以同时去吃午饭。我们没有那么多时间！"

"坐吧。"佩蒂姆金急匆匆地向我招呼一声，但当他回头继续打电话时，我看到办公室里只有一把椅子，那是他的。在佩蒂姆金商店里的人们是不坐的，一天到晚只能站着，挣的是血汗钱。我目不转睛地看着挂在公文柜上的几本日历，上面画着的女人是如此梦幻，大腿和乳房令人神魂颠倒，让人很难把它们和色情画联系起来。为“刘易斯建筑公司”、“埃尔卡车和汽车修理厂”及“格罗斯曼父子纸箱公司”画日历女郎的艺术家正在源源不断地创作出来的，是我从未见识过的第三性别。

“当然，当然，当然，”佩蒂姆金先生对着电话说，“明天，别对我说明天，明天地球可能会爆炸。”

电话那头有人在说话。是谁呢？建筑公司的刘易斯？修车厂的埃尔？

“我是在做生意，格罗斯曼，不是搞慈善。”

原来电话那头被训斥的是格罗斯曼。

“放屁，”佩蒂姆金说，“城里并不是只你一个，我的好朋友。”他朝我眨眨眼。

啊——哈，合谋对付格罗斯曼，我和佩蒂姆金先生，我尽力装出一副心领神会的笑脸。

“那么就这样，我们在这里等到五点……再迟就不等了。”

他在一张纸上写了些什么。仅仅是一个大大的X。

“我儿子在这儿，”他说，“对的，他在学生意。”

不管格罗斯曼在电话里说什么，佩蒂姆金先生只是笑，挂上电话时也没说再见。

他往办公室后瞧罗恩干活。“上四年大学连卸车都不会。”

我不知说什么好，但最终决定说实话。“我想我也不会。”

“你可以学嘛。我是什么？天才？我也是学来的。困难难不死人嘛。”

这话我同意。

佩蒂姆金先生两眼盯着他的雪茄：“一个人只要卖力就有收获，坐着不干就一事无成，你说对不……这个国家的头面人物都是苦干的，相信我，即使是洛克菲勒也不例外。成功来之不易……”这番话似乎不是对我说的，而是在打量着自己的“王国”时，在深思中的自言自语。他不是个能说会道的人，我觉得诱使他大谈这番人生哲理的因素可能是罗恩的表现加上我的在场——我，这个有一天可能成为自家人的“外人”。可是佩蒂姆金先生考虑过这个可能性吗？我不得而知。我只知道他对他为自己和家庭创建的生活感到满意和惊奇，而刚才的寥寥数语还不足以表达他内心的这些感受。

他又朝外面的罗恩望去。“瞧他，如果他打起篮球也是那样，人家早把他赶出场子了。”不过他是微笑着说这番话的。

他走到门口。“罗纳德，让他们吃午饭去。”

罗恩大声回答："我想让几个现在去，其余几个晚一步。"

"为什么？"

"这样就总有人在——"

"这儿没有这么多花招，"佩蒂姆金先生叫道，"我们马上都去吃午饭。"

罗恩回过头去："好吧，伙计们，吃饭去！"

他的父亲微笑着对我说："精明的孩子？"他拍拍自己的脑袋。"那要用脑子，他对做生意不感兴趣。他是个理想主义者——"想来此刻佩蒂姆金先生突然意识到我是什么人，他忙不迭地自我纠正，以免冒犯我，"不过这也没关系，如果是老师，或者像你一样，是个学生或者跟学生差不多的人的话。在这儿你得需要点 gonif① 精神，你知道 gonif 是什么意思吗？"

"小偷。"我说。

"你比我的孩子懂得多，他们是亵犹分子，我的孩子，他们屁也不懂。"他看着一群黑人装卸工打办公室前走过，就对他们喊道："你们知道一小时有多久吧？去吧，一小时后都得回来！"

罗恩走进办公室，当然跟我握了手。

---

① 意第绪语，小偷。

“给佩蒂姆金太太的东西准备好了吗?”我问。

“罗纳德，把银器拿给他。”罗恩转身走了，佩蒂姆金先生说，“我结婚时，是从五分一角店买刀叉的。这孩子要就着金的吃。”然而这不是气话，他一点儿也没生气。

那天下午，我开着自己的车到山里去。我在铁丝网前站了好一会儿，看着欢蹦乱跳的小鹿在写着“禁止喂食——南方山区保护会制”的招牌保护下，怯生生地吃着食物。和我并排站在铁丝网前的是十来个孩子，当小鹿舔食他们手中的爆米花时，他们咯咯地笑，尖声叫喊，可一旦小鹿被他们的激动吓得大步跑开时，他们又十分伤心。小鹿奔向远处的原野，那里站着它们黄褐色皮肤的母亲，正庄严地注视着顺着盘山公路上来的车辆。在我身后的敞篷车里，肤色白皙的年轻妈妈——她们当中有许多比我年轻——一边闲聊，一边时不时地留意孩子的动静。以前我和布伦达外出吃便餐或驱车到这儿用午餐时曾见过她们。她们三五成群地坐在别具乡村风味的汉堡店里——保护区到处都是这种店，她们的孩子狼吞虎咽地吃着汉堡，喝着麦乳精，用大人给的硬币喂点唱机。虽然这些孩子中没有一个大到可以念出歌名，但他们都能喊唱出歌词。他们这么喊唱着的时候，他们的母亲（其中有几个我认出是我中学里的同学）就相互比较着谁晒得黑，哪家超市好，哪儿度假舒服。她们坐在那里，仿佛是不朽的女神，染着理想的发色，衣服质地考究、颜色时髦；她们家里的摆设是时髦简洁的瑞典现代风，如果笨重难看的巴罗克风重又流行，那些长长的短腿咖啡桌就会被搬出去，代之以路易十四式风格的家具。她们是女神，假如我是帕里斯，我将无法在她们中进行选择，因为她们之间的区别微乎其微。她们的命运把她们揉压成一个模样。只有布伦达闪着光，金钱和舒适不能磨灭她的独一无二——还是说尚未磨灭，以后终将得逞？我所爱的究竟是什么，我不知道，既然我不是那种惯于剖析自己的人，我就在铁丝网中扭动着一只手，让一只小鼻子的公鹿舔去我的思绪。

回到佩蒂姆金家时，布伦达正好在客厅，我从未见她像今天这样漂亮。她正给哈莉特和她母亲看她的新衣服。连佩蒂姆金太太也似乎因看到她而变得温柔，好像她身上注射了镇静剂，使她眼睛和嘴巴四周憎恨布伦达的肌肉松弛下来。

布伦达没戴眼镜，像模特那样展示着，她瞧我时眼神迷离，别人也许认为那是睡意惺忪，可在我看来却是欲念。最后，佩蒂姆金太太对她说她买了一套极好的衣服，我说她看上去很可爱，哈莉特则说她漂亮极了，应该让她当新娘。这时出现了一阵难堪的沉默，因为大家都在想新郎应当是谁。

后来，当佩蒂姆金太太把哈莉特领到厨房里去时，布伦达走到我面前说："我应当是新娘。"

"你应该是，亲爱的。"我吻了她，突然她哭了起来。

"怎么啦，宝贝？"我问。

"我们到外面去吧。"

到了草坪上，布伦达不哭了，但声音听来很疲倦。

"尼尔，我给玛格丽特·桑格节育诊所打过电话了，"她说，"在纽约打的。"

我没有答话。

"尼尔，他们还是问我是否结婚了。上帝，那女人讲话的口气就像我妈……"

"你怎么说的？"

"我说没有。"

"她又怎么说？"

"我不知道，我挂断了电话。"她走开去，绕着橡树转圈子。再出现时，光着脚，一只手抚着树，好像在围着五朔节花柱[①]转圈子。

"你可以再给他们打电话。"我说。

她摇摇头。"不，我不能。我甚至不明白起先为什么要打。

① Maypole，西方人庆祝五朔节时常绕此柱舞蹈游戏。

我们在买东西，然后我走开了，查到号码就打了。”

“那你可以去医院。”

她又摇头。

“听我说，布伦，”我说着冲到她面前，“我们一起去，去看医生，在纽约——”

“我不想到什么肮脏的小诊所去——”

“我们不上那儿。我们去全纽约第一流的妇科医院。那种接待室里摆着《时尚芭莎》的医院。怎么样？”

她咬着下嘴唇。

“你跟我一起去吗？”她问。

“我跟你一起去。”

“去诊所？”

“亲爱的，你的丈夫是不会到诊所里去的。”

“不会吗？”

“他得工作。”

“可你并不在工作。”

“我在度假。”我说，但我这是答非所问，“布伦，我会等你，你完事后我们去喝一杯。我们出去吃饭。”

“尼尔，我不该给玛格丽特·桑格打电话——那不合适。”

“合适，布伦达，这是我们能做的最合适的事。”她走开了，我苦苦哀求得筋疲力尽。不知为何，我觉得如果能讲究点策略，我原本可以说服她。但我不想靠耍小聪明来改变她的主意。她转回来时我一言不发，或许正是我的缄默促使她最终开口道：“我去问佩蒂姆金妈妈是否要我们把哈莉特也带去……”

七

那天下午我们驱车去纽约，天气非常闷热，让我终生难忘。这已是自她给玛格丽特·桑格打过电话的第四天了，她总是一拖再拖，直到星期五，罗恩结婚前三天，她返校前四天，我们才开车通过林肯隧道。这隧道似乎比往日更长，更烟雾缭绕，好像是座瓷砖砌成的地狱。终于到了纽约，沉闷的天气简直使人窒息。我开车绕过身穿衬衣正在指挥交通的警察，把车停到港务局的房顶上。

“有打车的钱吗?”我问。

“你不是跟我一块去吗?”

“我想我应该在酒吧间等你。这里，楼下。”

“你可以在中央公园等。他的诊所就在对街。”

“布伦，那有什么两样——”但当我看到她眼里露出的神色，就放弃了开着冷气的酒吧，陪她穿过城市。我们的出租车经过市区时，突然下起雨来，雨后的马路湿漉漉、亮光光的。人行道下是地铁的轰隆声，总之那感觉就像进了狮子的耳朵。

医生的诊所在斯夸波大楼，波道夫·古德曼百货公司的对面，所以是布伦达添置衣服的理想场所。由于某些原因，我们从未考虑过让她去纽瓦克看医生，或许是因为离家太近，有可能被人发现。当布伦达走向旋转门时，她回头朝我看，两眼泪汪汪的，即使戴着眼镜也可以看出。我一个字也没说，我不敢说。我吻她的头发，用手势示意我将在马路对面广场的喷泉边等她，然后目送她被卷进门里。马路上长长的车队缓慢地移动着，湿气像一道无形的墙壁阻挡着一切，连喷泉也仿佛在向池边的人喷洒冒着气的开水。就在这一刹那，我决定重新穿过马路，向南拐弯到第五大道，沿着蒸汽升腾的人行道朝圣帕特里克教堂走去。朝北的台阶上聚集着一群人，他们在看一个模特儿照相。她穿着柠檬色的外套，像一个芭蕾舞演员那样脚尖绷得直直的。当我进入教堂时，我听到一位女郎说："要是我一天吃上十次茅屋芝士，我不可能那样瘦。"

教堂里也并不凉快多少，虽然里面静穆的气氛和闪烁的烛光使我感到些许凉意。我在后排拣了个位子坐下，我不想下跪，就朝前靠在我前排椅子的靠背上，两手合十，双目微闭。我不知道我看上去是否像个天主教徒，疑虑重重之间我开始替自己祷告。

我能说我这些充满自觉意识的话是祷告吗？不管怎么说，我把听众叫作上帝。上帝，我说，我二十三岁了，我要好好干一番事业。现在医生要把我和布伦达连在一起，我不能完全肯定这是不是最美满的结合。我所爱的究竟是什么，主啊？为什么我这样选择？布伦达是谁？快跑的能赢。[①] 我是否该停下来想一想呢？

什么答复也没有，然而我继续祷告。如果我们最终能见到您，上帝，那是因为我们是有七情六欲的，而且渴望实现自己的欲望，因而也就能像您一样了。我是有欲望的，我知道这是您准许我的。但我的欲求又该到何种程度呢？我渴望实现自己的欲求，但这又会把我引向何方？我们在何处见面？您又将给我什么样的恩赐？

这一番独特的幽思之后，我突然感到羞愧。我起身走出教堂。第五大道的嘈杂声却给了我答案：

你想要什么样的恩赐，笨蛋？金餐具、运动器材之树、油桃、垃圾处理器、挺括的鼻子、佩蒂姆金厨卫水槽专卖店、邦维特·特勒高级百货商店——

可是，该死的，上帝啊，那就是您！

上帝只是笑着，那个小丑。

---

① 《圣经·旧约·传道书》第九章第十一节有言：见日光之下，快跑的未必能赢。

我坐在喷泉的台阶上，阳光照耀着喷泉的水雾，在我上方形成一弯小小的彩虹。我看到布伦达从斯夸波大楼走出来。她身上没带任何东西，看上去像只是在逛街。一瞬间，我为她最终没有按我的意愿行事而感到高兴。

当她穿过马路时，我那种轻飘飘的感觉就消失了，我恢复了常态。

她走到我跟前，低头朝我坐的地方望着。她站在那里吸足了空气，然后吁地一口呼出来。

“那东西呢?”我问。

迎上我回答的首先是她那胜利的目光。这种目光在她击败辛普的那个晚上，我单独跑完三圈的那个早晨我曾见到过。终于她说：“我戴着呢。”

“哦，布伦。”

“他问我要把它包起来呢还是直接戴上?”

“哦，布伦达，我爱你。”

那天晚上我们睡在一块。对那个新玩意儿我们是那么小心，表现得像两个幼儿园的小朋友，或用棒球世界的话来说，我们是一对蹩脚的双杀组合。第二天，我们几乎没有见面，因为在筹备婚礼的最后时刻，百事匆忙，发电报、喊叫、吵闹、奔跑——一言以蔽之，是疯狂。连饭菜也失去了佩蒂姆金家丰富多彩的特色，只有一些卡夫芝士、变了味的洋葱圈、干掉的意大利香肠、剁碎的肝脏以及水果鸡尾酒。整个周末是一片忙乱，我尽最大努力避开这一风暴，风暴眼中的罗恩和哈莉特，一个笨手笨脚但面带微笑，一个穿梭不停但彬彬有礼，他们仿佛越来越亲近。到了星期天晚上，疲倦平息了歇斯底里，佩蒂姆金一家，连同布伦达在内，都早早地睡了。罗恩在浴室里刷牙时，我决定也进去刷我的。他在检查他的下体护身干了没有，然后把它们挂在淋浴开关把手上。他问我是否愿意听听他的唱片，我欣然答应，这并非是因为我无聊和孤独，而是因为盥洗室的肥皂、水和瓷砖激发出一股短暂的更衣室里的同志情谊。我想罗恩邀请我，是因为他希望与另一个单身汉度过他单身生活的最后时刻。如果我的猜想正确，那么这是罗恩第一次承认了我的男子汉气度。我怎能拒绝呢?

我坐在还未使用过的双人床上。

“你想听曼托瓦尼吗?”

“当然。”我说。

“你更喜欢谁，他还是科斯特拉尼茨?”

“半斤八两。”

罗恩走到唱片柜边：“嘿，哥伦布唱片怎么样？布伦达给你放过吗?”

“没，我想没有。”

他从匣子里抽出一张唱片，像一个巨人拿一只海贝。他小心翼翼地把它放在唱机上，然后他朝我笑笑，倚靠在自己床上，双臂枕在脑后，眼睛盯着天花板。“他们给所有高年级学生一人一张这种唱片，还有年刊——”音乐声一起，他就住口了。我看着罗恩，听着唱片。

开头是一阵鼓声，继而鼓声消失，接着又是一阵——然后轻轻地响起进行曲，旋律十分耳熟，进行曲过后，我听到钟声，从柔和变得响亮，又变得柔和，最后出现一个低沉而庄严的声音，这声音使人联想到那些关于法西斯主义崛起的纪录片。

“一九五六年秋季。俄亥俄州立大学……”

闪电战！审判日！上帝放低了他的指挥棒，俄亥俄州立大学合唱团高唱校歌，似乎他们的灵魂就依附在这首歌上。一阵声嘶力竭的合唱后，他们的尖叫声慢慢低了下来，没入一片无底的寂静之中，解说声重又出现：

“树叶开始褪色，丛林染成绯红。烟火映照出友谊之树，仿佛要将众多落叶聚集起来，使它们变成袅袅轻烟。旧面孔迎新面孔，新面孔逢旧面孔，新年伊始……”

音乐声起。合唱团卷土重来。然后又是解说声：“奥伦坦吉河畔。一九五六年校友返校比赛。对手是颇具威胁性的伊利诺伊校队……”

人群呼喊。另一个解说员——比尔·斯特恩：“伊利诺伊队控制着球，回传，林德没法脱身，他发现了自己的队友，一脚长传——球被四十三号俄亥俄州的赫布·克拉克截获！克拉克避开对方来拦截的队员，接近中场时又避开一个。他现在边留意对方的阻拦，边朝球篮跑，只剩四十五秒、四十、三十五——”

比尔·斯特恩敦促克拉克跑进，克拉克带动比尔·斯特恩解说，躺在床上的罗恩似乎也跟克拉克一样在跑；克拉克得分后，他也轻松下来。

“现在是俄亥俄州立大学领先，二十一比十九，多精彩的比赛！”

庄严的男中音又出现了：“四季变换，等初雪覆盖了草地，整个球场上将响起赛球声和欢呼声。”

罗恩闭上眼。

“明尼苏达州比赛，”一个新的高亢的声音宣布道，“对于某些高年级学生来说，这是他们为俄亥俄州立大学的最后一场比赛……运动员已准备入场，观众期待着他们，因为有些小伙子明年不再回来，因此今晚他们的精彩表演必将博得热烈的掌声。七号拉里·加德纳出场了，主力队员拉里，来自俄亥俄州的阿克伦……”

“拉里——”扩音器里传来喊声，“拉里。”人群高呼响应。

“现在是罗恩·佩蒂姆金运球上场。罗恩是十一号，来自新泽西州的肖特希尔斯。这是主力队员罗恩最后一次参加比赛，俄亥俄州的球迷们将很难忘记他……”

喊到罗恩的名字时，罗恩紧紧地贴在他的床上，对他的喝彩声一定把篮网也震动了。其余运动员的名字被陆续宣读。篮球赛季过去了，接踵而来的是宗教周，毕业班舞会（体育馆上空回响着比利·梅①的乐曲），兄弟会的戏剧之夜，爱·埃·卡明斯②对学生朗诵诗歌（诗歌、寂静、欢呼），然后终于到了毕业典礼日：

“今天，校园里终于安静下来了。对数千名男女青年来说，这是个欢乐而庄严的时刻。而对于他们的父母亲来说，这是个欢笑和流泪的日子。今天，一九五七年六月七日，是个天朗气清的日子。对这些美国年轻人来说，这是他们人生中最激动的一天。对他们中的大多数人来说，这是此后许多年中最后看一眼哥伦布③校园的时刻。生活在向我们召唤，我们急不可耐地，如果不说是忐忑不安地，告别这爬满青藤的院墙，跨出校园，走向世

① Billy May（1916—2004），美国作曲家、编曲家。
② E. E. Cummings（1894—1962），美国重要的现代派诗人。
③ Columbus，俄亥俄州首府，也是俄亥俄州立大学所在地。

界。留下永久美好的回忆吧。即便它们不能成为我们生活的根基，它们也将与我们的生活相伴。我们将选择丈夫和妻子，选择工作和家庭，繁衍子孙，然而我们不会将您遗忘，俄亥俄。在今后的岁月里，我们将永远将您怀念，俄亥俄……”

轻柔地，节奏缓慢地，俄亥俄州立大学乐队奏起校歌，钟声中迎来了最后的时刻。轻柔地，非常轻柔地，因为春天已经来临。

话音还在继续，罗恩青筋暴凸的手臂上起了鸡皮疙瘩：“世界，我们将归属您，为寻求生活向您靠拢。对于你们，俄亥俄，哥伦布，我们向你们致敬，谢谢你们。再见了，哥伦布。我们将怀念您，无论春夏秋冬，总有一天我们会回来。再见，俄亥俄，再见，红白色校旗，再见，哥伦布……再见……”

罗恩双目紧闭，乐队奏着怀旧情调的曲子，越来越轻，越来越轻。我踮起脚尖，合着五七届二千一百六十三个学生的步伐，走出房间。

我关上门，随后又打开，看看罗恩：他还在床上哼着曲子。我不禁感慨道，我的大舅子啊！

婚礼。

让我从亲戚们说起。

先说佩蒂姆金太太一方：她的姐姐莫莉，一只矮小丰满的母鸡，脚踝胀鼓鼓的，肉堆在鞋口上，她会永远铭记罗恩的婚礼，没别的原因，就是因为她的脚在三英寸高跟鞋中受尽了折磨。莫莉的丈夫家财万贯，叫哈利·格劳斯巴特，在禁酒时期靠大麦和玉米发了财。现在他是圣堂中的活跃分子，他每见到布伦达，就要在她的屁股上拍一下，我想这种悄悄的肉体接触是佩蒂姆金家的亲昵的表示吧。还有佩蒂姆金太太的兄弟，马蒂·克雷格，是“热狗大王”，巨人，饭量和层叠的下巴一样，现年五十五岁，心脏病发作的次数跟他的食量和下巴层数加起来一样多。他刚从卡茨基尔疗养地回来，他说他在那里只吃粗制面包，玩金拉米[①]赢了一千五百块。摄影师来拍照时，马蒂把手放在他妻子扁平的乳房上说：“嗨，这样拍一张怎么样？”他的妻子西尔维亚是个小骨架、身材纤弱的女人。在婚礼仪式上，她始终哭个不停，当牧师宣布罗恩和哈莉特成为“上帝眼里新泽西州的丈夫和妻子”时，她竟当众哭出声儿来。吃饭时她好多了，已经可以在丈夫伸手取雪茄时打他的手。可是，当他伸过手去抓她乳房时，她有些惊愕，不过没吱声。

还有佩蒂姆金太太的一对孪生姐妹，罗丝和珀尔，两人都是

---

① Gin rummy，一种纸牌游戏。

一头白发，和林肯敞篷车颜色一样，讲话带鼻音。她们的丈夫跟在后面，但他们只顾两人讲话，这情形好像是姐姐和妹妹结了婚，丈夫和丈夫配了对。两个丈夫中一个叫厄尔·克莱因，一个叫曼尼·卡茨门，在婚礼上他俩比肩而坐，吃饭时也是如此。当乐队在上菜之前的空隙里奏乐时，他俩站起来，似乎要去跳舞，然而他们却走到大厅那一头，在那里用步子丈量地板的宽度。后来我才听说厄尔是做地毯生意的。显然，他是在预算如果这家皮埃尔饭店买他的地毯的话，他可以赚多少钱。

佩蒂姆金先生一方，只有他的异母兄弟利奥。利奥娶了个叫比的女人，看起来谁也不和她搭话。席间，比一直跑来跑去，到小孩席上去看女儿莎伦是否有人照顾。“我叫她不要把孩子带来，找个保姆带。”在布伦达和罗恩的伴郎弗拉里跳舞时，利奥那么对我说，“她说，我们是什么，百万富翁？老天，当然不是，但我兄弟的孩子要结婚，我可以稍稍庆祝下。不行，我们得带上孩子。啊哈，这样她就有事可做了！……”他环顾大厅。台上，哈里·温特斯（不是温伯格[1]）正指挥他的乐队演奏《窈窕淑女》中的曲子。大厅里，男女老少，无论高矮胖瘦，都在翩翩起舞。佩蒂姆金先生跟朱莉跳舞，她的连衣裙从肩上滑下来，露出她那

① Harry Weinberg（1908—1990），美国商人，亿万富翁，哈里和珍妮特基金会创始人。

像布伦达一样的柔嫩脊背和修长脖颈。佩蒂姆金先生舞步凌乱，竭力不踩到朱莉的脚趾。哈莉特，大家口中那位漂亮的新娘，正跟她父亲跳舞。罗恩陪哈莉特母亲跳，布伦达和弗拉里跳。我在利奥身旁的空椅子上坐了一会儿，这样可避开舞场的旋涡，以免被他们拖进去和佩蒂姆金太太跳舞。

“你是布伦达的男朋友，嗯?”利奥问。

我点点头——远在婚礼开始前，我就不再红着脸向人家作解释了。“你得处处小心，小伙子，”利奥说道，“别把事情搞砸了。”

“她非常漂亮。”我说。

利奥给自己倒了一杯香槟，然后停了一会儿，好像在等酒冒汽，酒没有冒汽，于是他把酒斟满到杯口。

“漂亮不漂亮有啥两样?我是个务实的人，处在社会底层，只能讲求实际。你要是阿里汗①，就要为娶电影明星而操心。我不是昨天生下来的……你知道我结婚时多大吗?三十五岁。真不知道当时有多仓促。”他干了一杯，又重新斟满，“我告诉你一件事，可能是我一生中碰到的一件好事。也许是两件吧。我从海外归来之前收到我妻子的一封信——那时她还不是我的妻子。我的

① Aly Khan（1911—1960），著名的花花公子，一九四九年和好莱坞女星丽塔·海华丝结婚，轰动一时。

岳母在皇后街给我们找了一套公寓房，租金是每月六十二块五毛。那是我一生中最后一件好事。”

“第一件是什么?”

“什么第一件?”

“你说有两件好事。”我说。

“我记不得了。我说两件是因为我妻子说我好挖苦人，玩世不恭，这样说她可能认为我脑子没那么灵光。”

我看到布伦达和弗拉里分开，就说了声对不起，朝布伦达走去。但就在此时，佩蒂姆金先生和朱莉也分开了，看样子，他们要交换舞伴再跳。然而他们只是站着，当我走到他们跟前时，他们在放声大笑，朱莉说：“真有意思!”弗拉里对我“嗨”了一声，一把拉走朱莉，后者笑得更起劲了。

佩蒂姆金先生原先只是把一只手搭在布伦达的背上，突然，他把另一只手放到我的背上。“你们玩得开心啊。”他说。

我们三人跟着《及时带我上教堂》这首曲子的节奏开始摇摆。

布伦达吻了吻她父亲。“好的，”她说，“我醉得厉害，脑袋好像不在脖子上了。”

“婚礼很成功，佩蒂姆金先生。”

“你们要什么，尽管对我说，”他说，也有了几分醉意，“你俩都是好孩子……你觉得你那结婚的哥哥怎样……嗯？……这个是姑娘呢还是那个是？”

布伦达微微一笑，尽管她显然认为她父亲在说她，可我肯定他是指哈莉特。

“你喜欢这婚礼吗，爸爸？”布伦达问。

“我喜欢我孩子们的婚礼……”他在我的背上拍了拍，“你们俩，你们需要什么？去痛痛快快地玩吧。记住，”他对布伦达说，“你是我的宝贝……”然后他瞧着我，“我的小鹿无论想要什么，对我来说都是好的。做生意总是需要人手的。”

我报之以一笑，虽然不是直接对他笑的。我看到那头，利奥在远处呷着香槟，注视着我们三人。当他的目光与我的相交时，他做了个手势，用大拇指和食指比了个圈，表示：“好小子！好小子！”

佩蒂姆金先生走开后，我和布伦达紧紧依偎着跳起舞来，直到侍者上主菜满场走时，我们才坐了下来。主宾席上闹哄哄的，尤其是我们这边，几乎都是罗恩的队友，他们吃下的卷饼多得惊人。罗恩的室友丹克·弗尔特曼，是从托莱多飞来的，他不停地叫侍者去取卷饼、芹菜、橄榄，而且时常使他的妻子格劳里娅·弗尔特曼尖声大笑。她是一个营养不良的神经质女人，不住地朝下看着她的连衣裙的前襟，好像衣服里面正在进行什么建筑工程似的。格劳里娅和丹克似乎以我们这边的代表自居，由他们来祝酒，放声歌唱，并老是把我和布伦达比成一对鸳鸯。布伦达对此笑逐颜开，我只是违心地装出一副快活的面孔。

夜在继续，我们吃着，唱着，跳着舞——罗丝和珀尔跳着查尔斯顿舞[①]，她们的丈夫则在鉴赏着木刻和枝形吊灯。当时我正和格劳里娅·弗尔特曼跳查尔斯顿舞，跳舞时她一直在忸怩作态，惹人生厌。将近午夜时，布伦达像她的叔叔利奥一样喝起香槟，自个儿跳起探戈舞来。朱莉躺在她从主宾席上拿走的蕨草做成的垫子上睡着了。我感到硬腭发麻，到三点钟时，跳舞的人们穿上了外套，没穿鞋子的女士们用餐巾包起大块大块的婚礼蛋糕给她们的孩子们作夜宵。最后，格劳里娅·弗尔特曼挤过人群来到我们这头，放肆地问："喂，我们的拉德克利夫机灵鬼，整个夏天你在干什么?"

"长蛋蛋。"

格劳里娅笑笑，像她来时那样迅速地走开了。布伦达二话没说，摇摇晃晃地朝女厕所走去，这是她喝多了的报偿。她刚走开，利奥就来到我跟前，一只手拿着杯子，一只手拿着刚开的香槟酒瓶。

---

① Charleston，二十世纪二十年代流行的一种交谊舞，起源于美国南卡罗来纳州查尔斯顿市黑人舞蹈。

“新娘和新郎不见了?”他斜着眼问。这时候的他，说话已不大带辅音，尽力拉长元音：“嗯，下一个轮到你了，小子，我在请帖上看到的……你可是个不好惹的……”他用瓶口戳戳我，香槟飞溅到我租来的礼服上。他直了直身子，手上和杯上又洒了些酒，但他突然停住。他注视着装饰在桌前的那一长排花丛中的灯光，摇晃着手中的酒瓶，好像要让里面的酒嘶嘶起泡。“那发明荧光灯的狗娘养的真该死!”他放下酒瓶喝了起来。

台上，哈里·温特斯叫乐师们停止演奏。鼓手站起来，伸了伸腰。他们开始打开箱子装乐器。大厅里，亲戚们、朋友们、同事们彼此勾肩搭背，孩子们在大人腿下挤作一团。有一对小孩在人群中穿来穿去，叫喊着捉迷藏，直到其中一个被大人抓住，被打了屁股为止。他哇哇地哭开了。人们开始成双成对地离开。我们的桌上一片狼藉：餐巾、水果、鲜花，空威士忌酒瓶，蔫了的蕨草，碟子里没吃完的樱桃甜点，放久了变得黏糊糊的。桌子尽头，佩蒂姆金先生挨着他妻子坐着，握着她的手。他们对面，拉到桌前的两张桥牌椅子上，坐着埃利希先生和埃利希太太。他们在侃侃而谈，好像多年的老相识。一切开始慢下来，不断有人走近佩蒂姆金夫妇和埃利希夫妇，祝他们好运，然后拖着他们的身子和一家子走出大厅，走进九月的夜色里。正如他们中有人说的那样，外面凉风习习，这使我立即想到冬雪很快就会降临。

“这些东西，它们永远用不坏，这你是知道的。”利奥指着花丛中的荧光灯，“它们能用上好几年。如果他们愿意的话，可以把汽车也做成这样，永远不会坏。夏天可以在水面上开，冬天在雪地上开。然而他们不干，这些大人物……瞧我，”利奥说，香槟酒洒在他衣服前襟上，“我卖一种好灯泡，你在杂货店买不到这种灯泡。这是高质量的灯泡。但我是个小人物，我连车也没有，到哪里都坐火车。我知道只有我每年冬天要穿坏三双胶鞋。大多数人鞋穿旧了就换新的，我得把它们穿烂才行。听我说，”他说着，靠在我的身上，“我可以卖次一点的灯泡，这不会叫我难受，可这不是好买卖。”

埃利希夫妇和其他佩蒂姆金们把椅子推回原处，走开了，只有佩蒂姆金先生顺着桌子朝利奥和我走来。

他拍拍利奥的背：“喂，你这边儿怎样啊？”

“不错，本，不错……”

“玩得还好？”

“你办得挺漂亮，一定花了不少钱，相信我……”

佩蒂姆金先生笑了，“我想弄清自己的所得税时就去找利奥，他知道我花了多少钱……你需要搭车回家吗？”他问我。

“不用，多谢。我在等布伦达。我们有自己的车。”

“晚安。”佩蒂姆金先生说。

我目送他走下摆放着主宾席的平台，朝出口走去。现在大厅里——被搞得一塌糊涂的大厅——只剩我、利奥、他睡着了的妻子和孩子。他们头枕着揉成一团的桌布。布伦达还是不见踪影。

“当你有了它，”利奥说，一面搓着自己的手指头，“你就可以像大人物一样讲话。谁还用得着像我这样的人呢？推销员，人们看不起他们。你完全可以到超市去买你想买的东西。我妻子买东西的地方，你也可以买到被单和枕套。想象一下，一个杂货店！我到加油站、工厂、小店里去推销，跑遍了东海岸。不错，你可以把不到一星期就会烧坏的灯泡卖给加油站的伙计，因为它毕竟还是可以用的。你卖给他们一只次品灯泡，一星期后他们换新的，当他们把新灯泡安进去时依然记得你的名字。我不是那号人。我卖的是优质灯泡，它可以用上一个月，中间都不会忽闪的。之后可能会暗些，但不至于让你摸黑。它经久耐用，是好灯泡。甚至在它烧坏前，你可以注意到它慢慢变黑，让你能及时换上新的。人们不喜欢的是一忽儿亮如白昼，一忽儿黯然无光。有几天光线弱一点，人们也不会感到那么糟的。从来没有人会扔掉我的灯泡——他们算计着把它们存起来，紧要时好用。有时我问别人，你有没有扔掉过从利奥·佩蒂姆金那里买来的灯泡？你得用心理学，这就是为什么我将来要送孩子上大学。如今不懂一点心理学，你就很被动……”

他举起一只手指向他的妻子，然后颓然倒在椅子里。

“啊唷唷!”他叫着，一口干完半杯香槟，“我告诉你，我得跑到康涅狄格的新伦敦去，我要跑那么远。晚上回家，我先得喝上两杯。马提尼，喝两杯，有时三杯。这没什么大不了的，对吗？可对她来说，尝一丁点儿就等于喝上一大桶。她说我带着满身酒气回家，对孩子不好，孩子还小，看在上帝面上，我不能让她闻这种味儿。四十八岁的男人有一个三岁的孩子！那孩子会让我得脑血栓。我妻子要我早点回家，好在她睡觉前跟孩子玩一会儿。她说，我会给你找点酒的。啊哈，我成天价地闻汽油味儿，在新伦敦，身边尽是满身污垢的 poilishehs[1]，在机器罩下弯着腰尽力将那劳什子的灯泡拧进灯座中——我自己拧进去的，我告诉他们。她以为我回家要喝杯马提尼！她问，你要在酒吧间待多久？你一进去就根本没有出来的时候!”

“瞧,”他喝了一口又说，“我就像本爱布伦达一样爱我的孩子。不是因为我不爱逗她玩，而是如果我和她逗着玩，那么晚上我和妻子睡觉时，她甭想我还能和她作乐。非此即彼，我可不是电影明星。”

利奥看看他喝干的酒杯，把它放在桌上，他举起酒瓶，像喝

① 意第绪语，波兰人。

汽水那样喝香槟。“你猜我一周挣多少钱？”他说。

“我不知道。”

“猜一猜。”

“一百块？”

“要是这样，明天他们会把中央公园的狮子从笼中放出来的。你猜我究竟能挣多少？”

“我说不上来。”

“一个出租车司机挣得比我多，这是事实。我老婆的兄弟是个开出租车的，住在邱园，他可不好惹，先生，这些出租车司机都不好惹。上星期一晚上下着雨，我说，去他的，我要打车回去。在马萨诸塞的牛顿耗了一整天，通常我不会跑那么远，但早上在火车上我对自己说，乘下去，再跑得远些，会有转机的。我知道我在自欺欺人，我甚至赚不回我多花的车费，但我还是往前走，到晚上我身边还有两箱。所以当一个司机在中央车站停车时，我鬼使神差地上了他的车。我甚至把灯泡往里一扔，也顾不得它们是否会被砸碎。那司机说，你要干什么，伙计。你是不是想把车座上的皮弄破？这可是我刚换上的新车座。不会的，我说。耶稣基督，他说，该死的家伙。我上了车，给了他我皇后街的地址，这样他就不必开口，但事与愿违。一路上，他左一个耶稣，右一个基督，没完没了的。车里很热，我打开车窗，他回过头来说，你要干什么，让我脖子受风吗？我那该死的感冒刚刚好……”利奥醉眼蒙眬地瞧着我，“这个城市疯了！假如我有一丁点儿钱，我就立刻离开这里。我要到加利福尼亚去。那里很亮堂，不需要灯泡。战争期间我从旧金山到过新几内亚，”他的话像决了堤的水，“在那里我又碰上了另一件好事。那天晚上在旧金山，我跟一个叫汉娜·施莱伯的在一块——加上这，我就有两件好事了，你要我告诉你，我现在就告诉你——就在我岳母给我搞的公寓房，和这个汉娜·施莱伯过了一夜。我去参加圣约之子会在一个神殿地下室为军人举行的舞会，在那里遇到了她，那时我还没有结婚，所以你不要一脸嫌弃。”

“我没有。”

“她自己有间很好的小房间。她准备到学校当老师。我已经知道事情有些蹊跷，因为她在出租车里让我朝她衬裙里面摸。听着，我把自己说成像是老坐出租车的人。可能我一生中只另外坐过两次。说老实话我不爱坐这种车。坐在车上我总看计价器，一点乐趣也尝不到。”

“汉娜·施莱伯怎么样？”

他笑了，口中金牙闪着光。“你觉得这个名字怎么样？她是个小姑娘，却有个老太婆的名字。在她房间里她对我说她相信‘口头爱’。她的声音似乎还在我耳边回响：利奥·佩蒂姆金，我相信口头爱。我不明白她究竟是啥意思。我想她是基督教科学教派的，或者是某种奇怪教派的，或别的什么。所以，我说，那些兵士，那些会在海外被打死的人怎样呢？可怜可怜他们吧，”他耸耸肩膀，“我不是这世界上最精明的。但那已有二十多年了，我那时是个乳臭未干的毛孩子。我告诉你，我妻子常常——你知道，她现在和我干的同当时汉娜·施莱伯和我干的是一样的。我不勉强她，她含辛茹苦，她干活就如我乘出租车去兜售灯泡一样。我不愿勉强她，我敢打赌，每一次我都记得。有一次是在逾越节之后，那时我母亲还活着，愿她现在安息。事实上，逾越节后有两次。啊哈，我生活中的好事屈指可数！但愿上帝不要让人留给我一百万，那样我连鞋都不用脱了。可我这一只手好好的。”

他把几乎喝干了的香槟酒瓶子指向荧光灯。“你管这个叫灯吗？你能在这下面读书吗？这是紫色的，上帝啊！世上一半的瞎子就毁在这该死的东西上面！你知道这玩意儿背后是什么人？是验光员！我告诉你，假如我所有存货和经销场地能卖二百块的话，我明天就卖。是的，利奥·A. 佩蒂姆金，学过一学期的会计学，上过夜大，将出售设备、经销场地和好名声。我要在《时代周刊》上登二英寸版面的广告。我经销的地方打这里到每个角落。我哪里都去，我就是自己的雇主，没有人指挥我。你知道《圣经》吗？‘要有光——就有利奥·佩蒂姆金！’这是我的商标，我要将它卖掉，我告诉他们这句广告语，那些 poilishehs 会以为它是我发明的。精明有啥好处？低层的还是在低层！本的脑瓜子还抵不上我的一根小指头呢！可为什么他在天上我在地下？为什么！相信我，如果你生来有福气，你就一辈子走运。”他突然沉默了。

我感觉他要哭了，于是就俯身悄悄对他说：“还是回家去吧。”他同意了。我得将他从椅子上拉起来，抓住他的一条胳膊扶着他到他的妻子和孩子那里。小女孩唤不醒，利奥和比请我看着她，他们到门廊去取外套。待他们回来时，利奥似乎已恢复了他往常的交际能力。他深情地握着我的手。我也深为感动。

“你还有很长的路要走，”他对我说，“你是个机灵的孩子，你会顺利的。别把事情搞砸。”

“我不会的。”

“下次我们见面时该是你的婚礼了。”他朝我挤挤眼。比站在一旁，在他说话时一直嘟哝着“再见”。他再次握了下我的手，然后抱起孩子，转身向门口走去。看他的背影，那浑圆的肩膀上背着沉甸甸的孩子，宛如从沦陷的城市中逃出来的难民。

我发现布伦达睡在大厅的一张躺椅上。将近四点了，大厅中只有我们俩和值班人员。起先我没有叫醒布伦达，因为她脸色苍白，精神萎靡，我知道她一直不舒服。我坐在她身旁，将她的头发捋到耳后，我不知怎样才能完全了解她。她沉睡着，我觉得我对她的了解并不比从照片上看到的更多。我轻轻推了推她，她半睡半醒地和我一起走出饭店，上了车。

当我们驶出林肯隧道到新泽西州时已经是黎明时分了。我打开右尾灯，驶向付费高速公路。前面是一片沼泽地，满是泥泞，坑坑洼洼，臭气熏人，这里好像是被上帝疏忽的地方。我想起了上帝的另一个疏忽，利奥·佩蒂姆金，本的异母兄弟。几小时后，他将坐在北去的火车上，当他经过斯卡斯代尔和怀特普莱恩斯时，他会打着嗝，回味喝过的香槟，让酒味在他嘴里流连盘桓。在他身旁的座位上，像另一个乘客似的，是他装灯泡的箱子。他可能在新伦敦下车，或者，由于他见到异母哥哥而产生的激奋心情，他将继续坐下去，希望在北行途中交上好运。因为这世上的每一座城市，每一块沼泽，每一条街道和公路，都是利奥推销货物的场地。如果他愿意，他可以坐到纽芬兰、哈得孙湾，一直到图勒。如果他愿意，他可以朝地球另一侧滑下去，去扣响西伯利亚大平原上冰冻的窗户。但他不会。利奥已经四十八岁了，他知道。他这辈子有的只是烦恼和忧愁。可是，如果你到达新伦敦时已满腹愁肠，那又何必担心在海参崴遇到新的痛苦呢？

翌日，风吹来了秋意，垂柳的枝条轻抚着佩蒂姆金家门前的草坪。中午，我开车送布伦达去车站，她离开了我。

八

转眼便到了秋天。天冷了，新泽西的树叶也由绿变黄，一夜间都掉了。星期六，我开车去看鹿。但我连车门也未出，因为站在铁丝网边风太大。我望着那些鹿在朦胧的暮色中奔驰。没过多久，所有的一切，甚至大自然的事物，树木、云霞、草地、杂草都勾起我对布伦达的怀念，我驱车赶回纽瓦克。我们已经互通了一次书信，某天深夜我还给她打了电话。但通过书信和电话要真正了解对方有些困难，我们不习惯这种交往方式。那天晚上，我又打电话给她。她同楼的人说她外出不在，要很晚才回来。

刚回到图书馆，斯格培罗先生就来问我关于高更的书。那个有双下巴的男人写了一封恶毒的信，告发我的鲁莽之举。我只能以愤慨的语调胡诌一通，来为自己开脱。实际上，我甚至颠倒了是非，斯格培罗先生一边向我道歉，一边领我到新的岗位，管理百科全书、自传、索引和入门书籍等。我的狡诈使我自己也感到吃惊，我猜测我这种本领可能部分是从佩蒂姆金先生那儿学来的，那天早晨，我听他在电话中声色俱厉地把格罗斯曼训斥了一顿。或许我比自己想象的更是块生意人的料。也许我能轻而易举地学会做佩蒂姆金那样的人……

光阴荏苒，我再也没有见到那个黑人男孩。一天中午，我看了一下书架，发现高更的书不翼而飞，显而易见，最后还是被双下巴借走了。我想，如果那天黑人男孩发现高更的书不见了，那将会是怎样的情景啊！他哭了吗？不知怎地，我想象他责怪了我，但我立即又意识到我把梦中所见与现实生活混淆起来了。很可能他发现了其他人，比如凡·高、弗美尔……但他们不是他所需要的那类艺术家。很可能他已放弃了图书馆，回到大街上学威利·梅斯那样打棒球了。我认为他这样更好。如果你出不起路费，头脑中却做着塔希提的美梦，这又有何意义呢？

让我们看看，我还干了些什么呢？吃饭、睡觉、看电影、把书脊断裂的书送到装订室——做我以前做过的一切。但现在的每一个行动都被一道道屏障所包围，一个人的时候，我的生活就是从一道屏障跳到另一道屏障。再也没有生活的活力，只有布伦达才能给我活力。

布伦达来信说她将来这里度过一星期后的犹太节日。我激动得简直想给佩蒂姆金夫妇打电话，就为了告诉他们我有多高兴。

然而一到电话机旁，刚拨头两个号码，我意识到电话那一头将会是无话可说；如果还有什么可说的，也不过是佩蒂姆金夫人的问话："你想怎样？"而佩蒂姆金先生也许早把我的名字忘到九霄云外了。

那天晚饭后，我吻了格拉迪丝姨母，并劝她不要太操劳。

"不到一星期便是犹太新年了，他认为我该休假。我们一共十口人。你以为鸡自己会把自己洗干净吗？谢天谢地，一年就这么一次，不然我早早就变老太婆了。"

但事后证明那天总共是九口人，因为在布伦达来信两天后，她又打来了电话。

"我的上帝，"格拉迪丝姨母喊道，"长途电话。"

"喂。"我说。

"喂，亲爱的？"

"是我。"我说。

"什么事？"格拉迪丝姨母拉了一下我的衬衫，"什么事？"

"打给我的。"

"谁啊？"格拉迪丝姨母指着话筒问。

"布伦达。"我说。

"怎么了？"布伦达问。

"是布伦达？"格拉迪丝姨母说，"她打长途干吗，我差点犯心脏病。”

“因为她在波士顿，”我说，“格拉迪丝姨母，拜托……”

格拉迪丝姨母走开了，口中念念有词：“这些孩子……”

“喂。”我又对着话筒说。

“尼尔，你好吗？”

“我爱你。”

“尼尔，告诉你个不幸的消息。这星期我不能来了。”

“但是，亲爱的，那是犹太人的节日啊。”

“亲爱的。”她笑了起来。

“你难道不能就这么说，把这当成借口？”

“我星期六要考试，还有一篇论文，你也知道，如果我回家的话，就什么事也做不成了……”

“能做成的。”

“尼尔，我实在来不了。我母亲会要我去犹太会堂，我连去看你的时间也没有。”

“啊，上帝！布伦达。”

“亲爱的？”

“嗯？”

“你不能到我这里来吗？”她问道。

“我上班呢。”

“是犹太人的节日啊。”她说。

“亲爱的，我不能。去年我没休假，我不能——”

“你可以讲你已经信教了嘛。”

“再说，我姨母要全家人节日那天一起吃饭，你也知道，我父母他们——”

“来吧，尼尔。”

“两天假可不是说请就请的，布伦达。我刚被提拔，加了薪——”

“去他的加薪。”

“宝贝，这是我的饭碗。”

“你准备一直干这差事？”她说。

“不。”

“那就来吧，我已订好了旅馆房间。”

“给我？”

“给我们俩。”

“你能那样做吗？”

“不能，可也能，有人这么干。”

“布伦达，你在引诱我。”

“那就接受这引诱吧。”

“我星期三下班后立即乘火车过去。”

“你可以一直住到星期天晚上。”

“布伦达，我不能，星期六必须回来上班。”

“你连休息日也没有吗?”她问道。

“我星期二休息。”我闷闷不乐地说。

“上帝啊!”

“还有星期天。”我加了一句。

接下去布伦达讲了些什么我没有听清，因为格拉迪丝姨母在喊:“你长途要打一整天吗?”

“别吵。”我大声回敬一句。

“尼尔，你愿意吗?”

“该死的，好吧。”我说。

“你生气了吗?”

“我想没有。我会过去的。”

“住到星期天。”

“之后再说吧。”

“不要难过，尼尔。你听上去有点难过。这是犹太人的节日，我的意思是你应该好好休息。”

“没错，”我说，“不管怎么说，我是个正统的犹太人。我应该充分利用这一点。”

“这就对了。”她说。

"六点左右有火车吗?"

"每小时都有。"

"那我乘六点的那班。"

"我到火车站接你。"她说,"我怎么认出你呢?"

"我会扮成一个正统的犹太人。"

"我也一样。"她说。

"晚安,亲爱的。"我说。

当我告诉格拉迪丝姨母要在外面过犹太新年时,她哭了。

"我还在忙着为你们准备一顿丰盛的饭菜呢!"她说。

"你就继续准备吧。"

"我怎么对你母亲说呢?"

"我自己会告诉她的,格拉迪丝姨母。你不必为此烦恼……"

"等你有一天成家了,就会知道家是怎么样的了。"

"我现在就有家啊。"

"怎么回事啊,"她擤擤鼻子说,"那姑娘连放假都不能回家看看吗?"

"她在学校,所以不能——"

"如果她真爱自己的家人的话,她就会挤出时间。我们总不可能活到六百岁。"

"她很爱她的家人。"

“那么一年总有一次，你再怎么困难也要回家看看。”

“格拉迪丝姨母，你不懂。”

“当然，”她说，“我二十三岁的时候什么都懂。”

我走过去亲她，但她说：“走开，快去你的波士顿……”

第二天早上，我发现斯格培罗先生也不想让我在犹太新年期间休假，然而我使他不知所措。因为我对他暗示，对我休假两天的冷淡态度就是含蓄的排犹行为。但总的说来，他还是比较好说话的。午饭时，我散步到宾州车站，拿了一张去波士顿的火车时刻表。接下去的三个晚上，我睡前都在床上研究这张表。

她看上去不像布伦达了，至少第一眼看上去不像。可能在她看来我也不像以前的我了。但是我们还是互相亲吻和拥抱。手触到对方厚厚的外套时，产生一种异样的感觉。

在出租车里她说：“我把头发留长了。”事实上，她就说了这寥寥几句。我扶她出车门时才注意到她左手戴着一根细细的金手链，闪闪发光。

我在旅馆登记表上填写“尼尔·克鲁格曼夫妇”时，布伦达留在后面，漫不经心地在大厅里踱着。随后我们进了房间，又开始接吻。

“你的心在跳。”我对她说。

“我知道。”她说。

“你紧张吗?”

“不。”

“你以前这样干过吗?”我问。

“我读过玛丽·麦卡锡的书。”

她脱下外衣，没有把它挂到衣橱里，而是朝椅子那边扔去。我在床上坐下，她没坐。

“怎么了?”

布伦达深深地吸了一口气，走到窗前，我想现在最好还是什么也别问——好让我们习惯默默地待在一起。我把我们的衣服挂在空衣橱里，把我的和她的箱子放在床边。

布伦达跪在椅子上，背对着我，两眼凝视着窗外，仿佛窗外才是她向往的地方。我走到她身后，抱住她的身体，手捧着她的乳房。一阵凉风吹过窗台，我意识到，自从那个温暖的夜晚我第一次伸出双手拥抱她并感受到她背后有两只小小的翅膀在颤动以来，已过去好长时间了。接着我意识到自己来波士顿的真正动机——已经够久了。是时候认真考虑结婚的事了。

“出了什么事吗?”我问。

“是的。”

她的回答出乎我的意料，我并不真正想得到什么回答，只想用安慰来缓和她的不安。

但是我问道："什么事？为什么在电话里不提？"

"今天才发生。"

"学校的事？"

"家里的。我们的事被他们发现了。"

我把她的脸转向我。"没关系。我也告诉我姨母我要到这儿来。不是一样吗？"

"是夏天的事。我们一起睡的事。"

"啊？"

"是的。"

"……是罗恩？"

"不是。"

"你是说那天晚上，朱莉她……"

"不，"她说，"谁也不是。"

"我不明白。"

布伦达起身走到床边，坐在床沿上，我坐在椅子上。

"我母亲发现了那东西。"

"子宫帽？"

她点点头。

"什么时候？"我问。

“我猜是几天前。”她走到梳妆台前，打开她的皮夹，“这里有两封信，你可以按我收到的先后顺序读一读。”她把边缘已又脏又皱的信封扔给我，好像她从口袋里放进拿出许多次，“这一封是今天早上才收到的。”她说，“是特快专递。”

我取出信，读了起来：

佩蒂姆金厨卫水槽专卖店

规格形制，一应俱全

亲爱的布伦达：

收到你母亲的信时请别介意。我是爱你的，宝贝，你要买衣服我就给买。你想要什么就有什么。我们完全相信你，所以不必为你母亲信中所说的而难过。当然她是有一点歇斯底里，因为震惊和忙于哈大沙的工作。她是个女人，很难理解生活中某些令人震惊的事。当然，我不能不说我们都大吃一惊，因为我一开始就待他很好，以为他对我们给他提供的这个美好假期一定心怀感激。但是有些人永远不会变成你所希望和祈求的那样，但我仍愿意给予原谅，过去的事就让它过去吧。你到目前为止一直是个乖孩子，学业优秀，罗纳德也是我理想中的乖孩子，更重要的是，他还是个好孩子。相信我吧，我已到了这个年纪，是不会憎恨自己的亲骨肉的。至于你的过失，那是两个人造成的，目前你已经在学校了，离开了他，我相信你会做好你该做的事。人必须相信自己的孩子，就像相信自己的买卖和从事的重要事业一样，没有什么是糟糕到让我们难以饶恕的，尤其是涉及自己亲骨肉的事。我们是和和睦睦的一家，为什么不能原谅呢??? 祝你节日愉快。我将像往年一样，在会堂为你祈祷。希望你星期一去波士顿，给自己买件大衣。你想要什么就买吧，我知道你那里很冷……向琳达问好。像去年感恩节一样，带她到家里玩玩。你们曾那么要好。对你和罗恩的朋友，我从未有过非议。这次的事仅仅是个例外，它正应验了“凡事皆有例外”这句话。祝你节日愉快。

你的父亲

签名曾是“本·佩蒂姆金”，但之后被涂掉，在下面又写上“你的父亲”，“你的父亲”这几个字，如同回声一般。

“谁是琳达?”我问。

“去年和我同寝室的人。”她又把另一封信扔给我，“这一封是今天下午才收到的，航空信。”

信是布伦达母亲写的。我开始看信，然后又放下，稍停片刻：“这封信是后来收到的?”

“嗯，”她说，“收到父亲的信时，我还不知道究竟发生了什么事。你看她的信吧。”

我接着看下去。

亲爱的布伦达：

我真不知从何说起。我整整哭了一个上午了。由于哭红了眼而不得不推掉下午的理事会会议。我做梦也没想到这种事竟发生在自己女儿的身上。不知道你是否理解我的意思，哪怕至少是良心负疚，也用不着我再重复一遍，省得丢我们自己的脸。我所能说的就是今天早上当我整理抽屉，收拾你的夏装时，在最下面的抽屉里翻出了一样东西，就压在运动衫底下，也许你还记得你留下来的那几件运动衫。我一看到这东西就哭了，直到现在还未停止哭泣。几分钟前给你父亲打了电话，他现在正赶回家来，因为他在电话里听出我是多么伤心。

不知道我们作了什么孽，要你这样回报我们。我们给了你一个温暖的家，一个孩子所需要的全部的爱和尊重。你自小就很会照料自己，我常常以此为傲。对朱莉你也照料得很好，这让我们多么高兴啊，你那时才十四岁。尽管我们把你送进了最好的学校，给了你可以买到的最好的东西，但你背叛了这个家。为什么你要这样报答我们？这个问题我到死也想不通。

至于你的男友，我没有什么要说的。他是他父母的责任，我真想象不出他过的什么样的家庭生活，使他干出这种事来。诚然，这是他，一个萍水相逢的陌路人回敬我们热情款待的最佳方式了。你们俩竟然在我们的房子里干出那种事，我是一辈子也想不通的。时代当然与我当姑娘时不同了，所以竟能出现这种事。我不断问自己，你们那么做时有没有至少想到过我们。就算不为我考虑，你这样做对得起你父亲吗？但愿上帝保佑，不让朱莉知道这件事。

这些年来我们一直信任你，但天知道你这几年都干了些什么！

你伤透了你父母的心，你应该知道这一点。这就是你对父母之恩的报答。

母亲

她只签了“母亲”两个字，字写得很小，如同耳语一般。

“布伦达。”我说。

“什么？”

“你要哭了吗？”

“不，我已经哭过了。”

“不要再哭了。”

“我无论如何要克制自己。”

“好的……布伦达，我可以问你一个问题吗？”

“什么问题？”

“你为什么把它留在家里？”

“因为我没打算在这里用，仅此而已。”

“假如我来呢？我是说我已经来了，那怎么办？”

“我原以为我会先回去的。”

“那你难道不能带着它回去吗？就像带着牙刷一样？”

“你是在开玩笑吗？”

“不，我只是问你为什么把它留在家里。”

“我已经告诉你了，”布伦达说，“我以为我会回家的。”

“但是，布伦达，这还是解释不通啊。假如你回了家，之后你再回来。那你回来的时候难道不要随身带吗？”

“我不知道。”

“别发火。”我说。

“发火的人是你。”

“我是心烦不是生气。”

“那我也是心烦。”

我没有回答，走到窗前，眺望着窗外。星星和月亮出来了，冷冷地发出银色的光。透过窗户，我看到哈佛大学的校园里灯火辉煌，当风吹树摇，叶影婆娑之时，那灯光变得闪闪烁烁。

“布伦达……”

“什么？”

“你知道你母亲对你的态度，还把它留在家里，不是太愚蠢、太危险了吗？”

“这跟她对我的态度有什么关系？”

“你不能相信她。”

“我为什么不能相信她？”

“你还不明白，你不能信任她。”

“尼尔，她只是在整理抽屉。”

“难道你不知道她会整理吗？”

“她过去从未整理过。也许她曾经收拾过，尼尔，我不可能把每件事都想到。我们夜夜睡在一起，也没被别人听到或察觉。”

“布伦达，你为什么故意要把事情搅混？”

“我没有！”

“好吧，”我温柔地说，“好吧。”

“是你在把事情搅混，”布伦达说，“你的言外之意好像是我想让她发现这事。”

我没吭声。

“你相信有那种事吗?”我俩默然相对一分钟以后，她说道。

“我不知道。”

“啊，尼尔，你疯啦。”

“还有比你留下那东西更疯的吗?”

“那是一个疏忽。”

“现在是疏忽，但以前是存心的。”

“放进抽屉是疏忽，但把它留下来不是。”她说。

“布伦达，宝贝，随身带着它才是最安全、巧妙、方便、简单的事，不是吗?”

“随便怎样，都没有什么两样。”

“布伦达，这是我一生中最让人沮丧的争论!”

“你一直搞的好像是我想要她去发现似的。你认为我需要这样吗? 我几乎没脸回家了。”

“是这样吗?”

“是的!”

“不会吧，”我说，“你照样可以回家——你爸爸买了两件大衣、半打裙子在等着你呢。”

“那我的母亲呢？”

“她也一样。”

“别说傻话了。我怎么有脸见他们呢！”

“你为什么没脸见他们？你做错了什么？”

“尼尔，正视现实好不好？”

“你做错了吗？”

“尼尔，他们认为这是错的，他们总还是我的父母啊。”

“可是你自己认为是错的吗——”

“这不重要。”

“对我说来重要，布伦达……”

“尼尔，你为什么把事情搞混？你老是责备我。”

“真见鬼，布伦达，有些事你是有错的。”

“什么？”

“把子宫帽留在那里，怎么能说成是疏忽呢？”

“啊，尼尔，不要讲那些精神分析的废话了！”

“那你为什么要那么做？你想要她发现！”

“为什么？”

“我不知道为什么，布伦达，为什么？”

“噢！”她说着，拿起枕头，扔到身后的床上。

“现如今怎么办，布伦达?”我说。

“你这是什么意思?”

“就那意思，现在怎么办?”

她滚到床上并蒙住了头。

“别哭。”我说。

“我没哭。”

我还拿着两封信，从信封内取出佩蒂姆金先生那信。

“为什么你父亲的信都用大写体?”

她没有回答。

“至于你的过失，”我对着布伦达高声念道，“那是两个人造成的，目前你已经在学校了，离开了他，我相信你会做好你该做的事。你的父亲。你的父亲。”

她转过身看着我，但一言不发。

“对你和罗恩的朋友，我从未有过非议。这次的事仅仅是个例外，它正应验了‘凡事皆有例外’这句话。祝你节日愉快。”我停下来，布伦达没有流泪，看上去突然显得坚定、胸有成竹。“好吧，你准备怎么办?”我问。

“不知道。”

“感恩节时你准备带谁到家里——琳达还是我?”我问。

“尼尔，你看我能带谁回家?”

“我不知道你能带谁。”

“我能带你回家吗？”

“不知道，”我说，“你能吗？”

“别翻来覆去地问了！”

“我肯定给不了你答案。”

“尼尔，还是现实一点。这件事后我还能带你回家吗？你还能看到我们围坐一桌吗？”

“你不能我就不能，你能我就能。”

“你这是在念经吗？真是见鬼！”

“布伦达，这个选择不在我。你可以带琳达去，也可以带我去，你可以回家，也可以不回。还有另外一个选择，你甚至用不着为选琳达还是我而为难。”

“尼尔，你不懂。他们毕竟是我的父母。他们确实把我送进了最好的学校，是不是？给了我需要的一切，是不是？”

“是的。”

“那么，我怎么能不回家呢？我不得不回去。”

“为什么？”

“你不了解。你父母不再操心你，这是你的造化。”

“嗯，没错，跟疯疯癫癫的姨母住一起，我真是捡了大便宜。”

“家跟家不一样，你不理解。”

“见鬼，我懂的比你想象的要多，我知道你为什么把那东西随随便便留在那儿，是不是？你不知道二加二等于几吗？”

“尼尔，你在讲些什么啊！是你自己不懂。是你从我们认识的那天起就不停数落我，还记得吗？你为什么不去做个近视眼手术？为什么不去整整这个，整整那个？好像我做整形手术就成了我的罪状。你一直表现得好像我每时每刻要从你身边逃走。现在你又来了，说我是故意那么做的。”

“我爱过你，布伦达，所以我才担心。”

“我爱过你，所以我才去弄来了那个该死的东西。”

我们听到了，双方都用的是过去时，于是我们各自安静下来，不再说话。

几分钟后，我拿起包，穿上衣服。我想我走出房间时，布伦达一定在哭。

我没有立即叫出租车，而是顺路朝哈佛大学走去。我以前没到过哈佛，我从其中的一个校门进去，沿着一条小道向前走。头顶是枯黄的秋叶和昏暗的天空。我只想孤身一人在黑暗中行走，倒不是想思考什么问题，恰恰相反，是想有一个思想放空的时刻。我穿过院子，登上小山，到了拉蒙特图书馆前。布伦达以前曾告诉我，里面的休息室中装有佩蒂姆金牌盥洗盆。路灯的亮光把我的身影映在大楼的玻璃窗上。楼里一片漆黑，没有一个学生，也没有图书馆人员。突然我想放下行李，拾一块石头砸破玻璃窗，当然我没有这么干。我仅仅是端详着玻璃窗里自己的形象。我想，我就是这样一块料，就是这在我面前的四肢和脸庞。我端详着，然而我的外表提供不了任何关于我内心的信息。我真想飞奔到玻璃窗的另一头，用比光、比声、比返校节的赫伯·克拉克还快的速度，站在玻璃上那个影像的后面，看看究竟是什么东西正透过那双眼睛在张望，是什么促使我将追求与执著变成爱情，然后又将它变回来？是什么把得到变成失去，又把失去的——天知道有没有这种可能——变成得到的？我敢肯定我爱过布伦达，尽管站在这儿，我知道我再也不会爱她了。我知道今后很长一段时间，我不会像爱布伦达那样去爱任何人。和别人在一起时，我还会有同样的激情吗？那激起我爱她的一切，还会激发对别人的欲望吗？如果她与布伦达稍有不同……那我还会爱她吗？我凝视着渐渐暗下去的玻璃窗，凝视着自己的影像，接着我的目光透过窗子，越过阴凉的地板，落到一堆乱七八糟的书上。

我没有看得太久。就在犹太新年的第一天，太阳冉冉升起之时，我搭上去纽瓦克的列车，提前回到了工作岗位。

犹太人的改宗

“你真是个嘴快的家伙，”伊兹说，“你为什么总爱提问?”

“不是我提的，伊兹，不是我。”奥兹答道。

“你为什么对耶稣基督那么感兴趣?”

“不是我对耶稣基督感兴趣，是他。我甚至不明白他在讲什么。耶稣在历史上确有其人，他总这样说。耶稣确有其人。”奥兹模仿宾德尔拉比那庄严的语调说。

“耶稣是人，是像你我这样实际存在的人，”奥兹接着说，“宾德尔讲的——”

“是吗? ……那又怎么样！他存不存在与我毫不相干。你干吗一定要张嘴问!”伊兹·利伯曼倾向于闭嘴不语，尤其在奥兹·弗雷德曼提问的时候。因为奥兹的问题，弗雷德曼太太已被宾德尔拉比叫去过两次，而这星期三的下午四点半将是第三次。伊兹情愿他妈待在厨房里；他好在背地里搞小动作，比方打手势，扮鬼脸，下诅咒，在仓院制造噪声。

“他是真的人，耶稣，他不是上帝。我们不相信他就是上帝。”奥兹慢吞吞地向伊兹解释着宾德尔拉比的见解，因为前一天下午伊兹没去希伯来语学校上课。

“天主教徒，”伊兹提醒说，“他们相信耶稣基督，认为他就是上帝。”伊兹·利伯曼指的最宽泛意义上的“天主教徒”——连新教教徒也包含在内。

奥兹对伊兹的话仅是稍一点头，似乎只将它当作补充说明，自己只管往下说。“他母亲是马利亚，他父亲可能是约瑟，”奥兹说，“但《新约》说他真正的父亲是上帝。”

“他真正的父亲？”

“是的，”奥兹说，“那才是关键，他父亲被认为是上帝。”

“吹牛。”

“宾德尔拉比也那么说，他说那不可能——”

“当然不可能。全是胡说八道。生孩子当然先得受孕，”伊兹搬出了神学用语，“马利亚得先受孕。”

“宾德尔就是这么说的：‘女人生孩子的唯一途径是与男人交合’。”

“他真那样讲，奥兹？”有那么一会儿，伊兹似乎把神学问题扔到了一边，“他真的说了‘交合’？”伊兹的脸的下半部分浮起一弯浅笑，像一撮粉色的小胡子，“大家听了有啥反应，奥兹，是哄堂大笑还是怎样？”

“我举手了。”

“是吗？你说了什么？”

“我提了个问题。”

伊兹脸上露出笑容。“问什么——交合吗？”

“不，问有关上帝的事，他如何在六天内创造天地，又如何在六天内创造所有鸟兽，鱼，还有光——尤其是光，我真不明白他竟能创造光。创造鱼，鸟兽，真是不错——”

“是好极了。”伊兹坦率地表示赞赏，但这种赞赏缺乏想象力：就像上帝这个投手全场只被击出一支安打。

“但创造光……我是说当你认真考虑一下，就会觉得不简单了，”奥兹说，“不过，我问宾德尔，如果上帝能在六天内创造一切，能从一片乌有中选取出这六天，那他为什么不能使女人不交合就生孩子呢？”

“你对宾德尔说了‘交合’吗，奥兹？”

“是啊。”

“就在教室里吗？”

“是的。”

伊兹拍拍自己的额角。

“我的意思是，讲真，”奥兹说，“那有什么大惊小怪的。同其他的事相比，那根本算不了什么。”

伊兹想了一会儿。“那宾德尔怎么说？”

“他又从头解释耶稣历史上确有其人，就像你我一样的人，而不是上帝。于是我说这我全懂，但我想要知道的不是这些。”

奥兹想知道的事总是与众不同，第一次他想要知道，宾德尔拉比怎能称犹太人为“上帝特选的子民”，而《独立宣言》却声称人类生而平等。宾德尔拉比试图用政治平等和精神合法性两者的区别来说服他，但奥兹激动地坚持说，他想要知道的与此不相干。这导致他母亲第一次被叫来学校。

后来，发生了一起飞机失事。五十八人在拉瓜迪亚发生的飞机失事中丧生。在读报上所载伤亡人员名单时，他母亲从死亡人员名单中找到八个犹太人名（他祖母说有九个，因她误将米勒当作犹太名字了）；由于这八个人，她说这次飞机失事是场“悲剧”。星期三课堂自由讨论时，奥兹说他的“某些亲属”总喜欢找犹太人名，这引起了宾德尔拉比的注意。于是宾德尔拉比开始阐述文化的统一性和其他一些问题，但奥兹在他座位上站起来说，他想要知道的不是这些。宾德尔拉比一定要他坐下，就在这时奥兹嚷道，他希望那五十八人全是犹太人。这使得他母亲第二次被叫。

“他总解释说历史上确有耶稣其人，于是我老是问他问题。我不骗你，伊兹，他总想让我被人当傻瓜看。”

“那他最后怎么样？”

“最后他竟尖叫着说我装作头脑简单，其实是个聪明学生，并说一定要我母亲来，最后一次叫她来。如果他有办法，就一定不让我参加成人仪式。然后，伊兹，然后他开始学起一尊雕像的腔调，又慢又深沉地说话，他说要我好好想想说过哪些对上帝不敬的话。他吩咐要我上他办公室好好反省反省。”奥兹将身子朝伊兹探了探，“伊兹，我整整想了一个小时，现在我相信上帝有能力这样做。”

奥兹计划等母亲下班一到家，就向她忏悔自己上次违反校规之事。但这是十一月中一个星期五的夜晚，天色已暗，当弗雷德曼太太跨入家门时，她急忙脱去上衣，匆匆地吻了下奥兹的脸，就走到厨房餐桌旁，燃起三支黄蜡烛，两支纪念安息日，另一支纪念奥兹父亲。

当他母亲点燃蜡烛时，她总将自己的两条手臂在空中划过，慢慢移向自己，就像在劝说那些犹豫不决者。她那充满泪水的眼睛显得有些迟钝。即使她的父亲在世时，奥兹记得母亲的眼神也是这样的；显然，这与父亲的谢世无关，而仅同点燃蜡烛有关。

当她将划着的火柴触到安息日蜡烛尚未点燃的烛芯时，电话铃响了。离电话机近在咫尺的奥兹拿起话筒，将它紧紧按贴在胸前。母亲点蜡烛时，奥兹希望四周鸦雀无声，甚至连呼吸也应尽量轻些。奥兹将话筒按在胸前，一面目不转睛地盯着母亲的手臂在空中划过的动作，他感到自己的眼睛也变得迟钝了。他母亲体态臃肿，头发斑白，灰色的皮肤已显得松弛，从这些可以窥知她艰难的身世。即使她穿戴打扮一番，也不能引人瞩目。但当她点燃蜡烛时，看上去可就大不相同，就像万能的上帝把她变成了另一个女人。

过了好几分钟，她才结束那神秘的仪式。奥兹挂上话筒，向餐桌走去，母亲正着手摆设两套餐具，准备上四道的安息日大菜。他告诉母亲，下星期三下午四点半，她得再去学校见宾德尔拉比，并将原由告诉了她。在母子俩相依为命的共同生活中，母亲第一次动手打了奥兹一记耳光。

在吃炒肝片和鸡汤这前两道菜时，奥兹一边吃一边哭泣；下面的两道菜，他再也没胃口吃了。

星期三，在犹太会堂底层三间教室中最大的那间，马文·宾德尔拉比从口袋里掏出手表，看到指针正指着四点。他高大英俊，宽肩浓发，年近三十。在教室后部，七十一岁的教堂看守人雅可夫·布洛特尼克一边慢慢地擦着大窗户，一边对自己咕哝着什么，他对四点钟还是六点钟，星期一还是星期三丝毫不感兴趣。在大多数学生眼里，雅可夫·布洛特尼克的咕哝，他那棕色卷曲的胡须，镰钩鼻和他那两只形影不离的黑猫，使他成为怪物，外邦人，古代文物；学生们既怕他但又瞧不起他。而奥兹却总感到他的咕哝好像是种单调奇特的祈祷；之所以奇特，是因为老布洛特尼克这么多年来一直这样不紧不慢地咕哝着，奥兹甚至怀疑他记住了祈祷词，而将上帝忘却在脑后。

“现在开始自由讨论，”宾德尔拉比说，“不必拘束，任何同犹太人有关的都可谈，比如宗教啦，家庭啦，政治啦，体育运动啦——”

没有人发言。这是十一月的一个下午，刮着风，天空布满阴霾。这种天气，谁也不会想到棒球这样的体育运动。因此，这星期来没有人谈起以往他们心目中的英雄汉克·格林伯格①。这使自由讨论的话题大受限制。

奥兹·弗雷德曼刚受到宾德尔拉比的责难，这使他无法集中思考其他事情。轮到他大声朗读希伯来语《圣经》时，拉比急躁地问他为什么不读得快些，连一点进步也没有。奥兹说他能够读

① Hank Greenberg（1911—1986），美国职棒大联盟的球员，被认为是二十世纪三十到四十年代最有长打能力的球员。

快，但一读得快，他就无法理解自己所读的内容。而拉比一再坚持，奥兹只得试一下，并显示出他出众的才能，但读到一篇长文章的中间，他突然停住了。他说他连一个读的字都不理解，于是便拖长声调重新读了起来。这就招致了拉比的责难。

因此，随着自由讨论的时间悄悄逝去，每个学生都感到很不自在。拉比的邀请所得到的唯一答复是衰老的布洛特尼克的低声咕哝。

“你们难道没任何话题可谈论吗?”宾德尔拉比看着手表再次问道，“一点都没有?”

第三排有人低声埋怨了一句。拉比随即要奥兹站起来，向全班其他同学说说他的想法。

奥兹站起身来，“我现在想不起来了”。他说着又坐到了自己座位上。

宾德尔拉比向奥兹逼近了一个座位，身子靠着课桌边。这是伊兹的课桌，他的脸离拉比的身体仅隔一把匕首那么一点距离，于是，他赶紧坐正身体。

“再站起来，奥斯卡，”宾德尔拉比镇静地说，“把你的想法给大家谈谈。”

奥兹站了起来，他所有的同学都从座位上转过身盯着他看，而他却不置可否地搔搔额头。

“我理不出任何头绪来。”说着，他坐下身去。

“站起来！”宾德尔拉比从伊兹的课桌走到奥兹正前方的那张课桌；拉比一背过身，伊兹就用拇指贴在鼻尖，摆动其余四指做了个嘲弄的动作，教室里发出低低的窃笑声；宾德尔拉比一心一意想叫奥兹就范，对教室里的窃笑竟并未介意，“站起来，奥斯卡。你要提什么问题？”

奥兹只迸出一个词，是那最容易想到的一个词，“宗教”。

“噢，你现在总算想起来了？”

“是的。”

“具体一点，好吗？”

奥兹陷进了圈套，不禁脱口而出他所想到的头一句话：“上帝为什么做不了他想做的事情？”

宾德尔拉比准备作答，作最后的回答；这时，离他身后十英尺处的伊兹左手竖起一根手指，故意朝着拉比后背比划，引得全班学生哄堂大笑。

宾德尔急速扭过身，想看个究竟。混乱之中，奥兹朝拉比的后背叫嚷起来；要是当着拉比的面，他可绝不敢这样做。那是一种高亢单调的叫声，发泄着六天来的全部积怨。

“你根本不懂！你对上帝根本一窍不通！”

拉比转回身，面朝奥兹。“你说什么？”

“你根本不懂——你根本不——”

“你得道歉，奥斯卡，得道歉!”他语调中夹着威胁。

“你根本不——”

拉比的手猛然挥向奥兹的面颊。他或许本只想要孩子住嘴，但奥兹一俯身子，于是手掌正击在他鼻梁上。

鲜血流淌着，奥兹的前襟血渍斑斑。

不一会儿，教堂里乱成一团。奥兹一边尖声叫嚷着“你这大坏蛋，你这大坏蛋”，一边冲向教室门。宾德尔拉比踉跄着倒退了一步，就像他自己的血正在朝相反方向猛烈喷射，接着也跌跌撞撞尾随奥兹奔出门外。全教室学生都跟着拉比那穿着蓝长袍的背影冲了出去。当老布洛特尼克从他的窗户前转过头来时，教室里早已空无一人，每人都以最快速度登上三级楼梯，直向房顶冲去。

若将日光比作人生，那日出就是诞生，日落——太阳在天际降落——就是死亡。奥兹·弗雷德曼挣扎着钻出教堂顶楼的天窗，他的脚像野马似的朝后踢在宾德尔拉比伸出的手臂上——此刻正值五十岁的中年。人们常把五十或五十五岁比作十一月的傍晚；在那个月份，在那几个小时里，日光已不可见，但似乎仍听得到：白昼在伴随时钟的滴答声逝去。事实上，在奥兹当着拉比的面锁上天窗时，窗闩插入闩孔那刺耳的咔嗒声几乎可被误听作沉重的夜幕划破天空发出的震响。

奥兹双膝跪倒在锁住的天窗门上，用全身重量压着它。他确信宾德尔拉比的肩头随时会把它顶开，碎片飞溅，将他的身体弹入空中。但门一动也不动，在他的下面，听到的只有嘈杂的脚步声，开始响得很，然后渐渐轻了下去，就像雷声隆隆渐远渐逝。

一个问题突然跃入他的脑海，"这真是我吗？"对于一个刚两次把他的宗教老师骂作大坏蛋的十三岁孩子，问这样的问题也在情理之中。发问声越来越高——"是我吗？是我吗？"——直到他发现自己不再跪着，而正疯狂地奔向房顶的边缘；他的眼睛淌着泪水，他的喉咙发出尖叫声，他的手臂在空中乱舞，似乎这手臂不生在他身上。

"是我吗？是我我我我我吗？一定是我——但真是吗？"

这个问题一定是小偷在生平头一次撬开窗户行窃的那个夜晚问过自己的。据说，新郎在神坛前也会这样自问。

在奥兹的身体驱使着他奔向房顶边缘那疯狂的几秒钟内，他的自问开始变得模糊。朝下望着大街，他甚至对在自问什么也糊涂起来：是在问，"是我骂宾德尔大坏蛋吗？"还是在问，"是我在房顶上昂首阔步走来走去吗？"但下面的情景解决了他的一切疑虑，因为在任何行为中总有那么一刹那，你会感到是你还是别人无关紧要：小偷把钱塞进口袋越窗而逃；新郎代表新娘在旅馆登记册上签名；房顶上的孩子发现满街的人都在引颈而望，仿佛他是海顿天象馆的天花板。突然，你意识到这就是你自己。

“奥斯卡！奥斯卡·弗雷德曼！”人群中央响起喊声，这喊声如果看得到，那它一定是像经卷上的笔迹。“奥斯卡·弗雷德曼，下来，立刻下来！”宾德尔拉比的一只手臂正僵直地朝上举着；而在那只手臂的顶端，一根指头正威胁地指着他。这是独裁者的姿态，但这是一个连他的贴身奴仆也敢朝他脸上吐唾沫的独裁者——他的眼神把这一切都暴露无遗。

奥兹不回答，他仅朝宾德尔拉比瞥了一眼。他的一双眼睛开始盯向他下面的那个世界，他要区别人和场所，敌人和朋友，参与者和旁观者。在星齿状的小簇人群中，他的朋友们围着宾德尔拉比站立，他的手还指着。由五个男孩子而不是由天使所组成的那颗星的最顶端站着伊兹。那些星星在他脚下，宾德尔拉比在他脚下，这真是个奇妙莫测的世界……片刻之前，奥兹还无法控制他自己的身体，现在他开始理解“控制”这个词的含义：他感觉到安宁，他感觉到力量。

“奥斯卡·弗雷德曼，我命令你在我数到三之前下来。”

很少有独裁者允许其臣民在数到三后才执行命令的；而宾德尔拉比就如平时一样，仅有一副独裁者的外表而已。

“准备好了吗，奥斯卡？”

虽然奥兹肯定地点了下头，但他今生今世再也不想走下楼去——不管这个世界是下面的尘世还是他刚跨入的天界；哪怕宾德尔拉比数上一百万也没有用。

“那好吧，”宾德尔拉比说着，用手捋了下他那力士参孙一般的黑发，就像是在做开始数一的手势。接着，他另一只手在空中划了个圆圈，喊道：“一！”

没有雷声轰鸣。相反，“一”就像久待的口令，刚一喊出，教堂的台阶上出现了一个世界上最无声无息的人。他的上身刚探出教堂大门，便没入渐浓的暮色中，脚却仍留在门内。他一手握着门把，抬头仰望着楼顶。

“唷！”

雅可夫·布洛特尼克的老脑筋转得就像拄拐跛行般缓慢，尽管他并不确知那孩子在楼顶上干什么，但他知道那不是好事——不属于“犹太人的好事”。因为雅可夫·布洛特尼克一生泾渭分明，他简单地认为：世上诸事，不属于“犹太人的好事”就属于“犹太人的坏事”。

他用他空着的那只手轻轻拍了下他凹陷的面颊。“唷，见鬼！”然后，他尽快缩回仰着的头，用眼睛扫视着大街。他看到宾德尔拉比（就像一个口袋里只有三块钱的拍卖者，他刚刚颤声喊出一个“二”字!），还看到许多学生，只此而已，到目前为止，事情对犹太人来说并不十分糟糕。但那孩子得立即下来，以免让人看见。问题是，怎样才能使他下房顶呢?

人人都知道怎样使自己蹿上房顶的猫下来。打电话向消防队求援，或者先打电话给接线员，求她通知消防队。几分钟后，消防车蜂拥而至，警铃声、命令声喧嚣嘈杂。不一会儿，猫便蹿下房顶。要孩子下房顶就跟要猫下房顶一样。

如果你是雅可夫·布洛特尼克，而你的猫蹿上了房顶，你一定也会这样做。

当四辆消防车来到现场时，宾德尔拉比已对着奥兹数过四遍三了。庞大的云梯消防车一拐过街角，一位消防队员便从车上跳下，朝着教堂前面黄色的消防栓飞奔而去。他开始用大扳手拧开顶端的喷嘴。宾德尔拉比冲到他面前，用手拉住他的臂膀。

“不是火警……”

消防队员转过头咕哝了一句，又继续拼命拧喷嘴。

“没着火，没着火……”宾德尔喊着。当消防队员再次咕哝时，拉比双手捧住消防员的脸，把它转向房顶。

而奥兹却觉得，宾德尔拉比是想把消防员的头从他身上拧下来，就像从瓶上拔下瓶塞一般。奥兹看着这幅活生生的画面，不禁咯咯笑出声来；这是幅全家福——头戴黑色圆顶小帽的拉比，头戴红色消防帽的消防员，而黄色的小消防栓就像蜷蹲在一旁的小弟弟，光着脑袋。奥兹站在房顶的边缘，朝这幅全家福挥着手，他一只手嘲弄般地挥舞着。挥着挥着，他右脚下滑了一下。宾德尔拉比急忙用双手捂住眼睛。

消防员动作真快。奥兹还没来得及恢复平衡，一张黄色大圆网就已张开在教堂的草坪上方。张着网的消防队员全都脸色严峻，不露声色地抬头望着奥兹。

一位消防队员转过头，看着宾德尔拉比。“见鬼，这孩子疯了还是怎的？”

宾德尔拉比像揭胶布一般缓慢而又痛苦地移开捂住眼睛的双手。然后看了看：人行道上什么也没有，网也一点没有下凹。

“他想跳楼还是怎的？”消防员喊着问。

宾德尔拉比最后用一种不全像雕像的声调答道：“是的，是的，我想是这样……他一直威胁着要跳……”

威胁要跳？奥兹记得他是逃到房顶上来的；他从未想过要跳楼，他只想逃避惩罚而已。老实说，他并不想上房顶，他是被追才逃到房顶上来的。

“这孩子叫什么？”

“弗雷德曼，”宾德尔拉比回答，“奥斯卡·弗雷德曼。”

消防员抬头望着奥兹。“你要干什么，奥斯卡？你要跳楼还是怎的？”

奥兹没回答。坦率地说，这对他还是个新问题。

“喂，奥斯卡，你如果想跳，就跳——如果不想跳，那就别跳。别浪费时间，好吗？”

奥兹看着消防员，然后转向宾德尔拉比。他想要看宾德尔拉比再一次用手捂住眼睛。

“我要跳了。”

于是他绕着房顶的边缘奔到楼角，这下面没有张网，他用力在两侧挥舞着双臂，搅得空气沙沙作响，他的手掌拍打着裤腿，发出有节奏的强拍。他开始学消防车的尖叫声，“呜噫噫噫噫……呜噫噫噫噫”，同时将上半个身子探出房缘。消防员们急忙赶到楼角，张开大网。宾德尔拉比不知对谁咕哝了些什么，又用手捂住眼睛。这一切都发生在瞬息间，简直像部无声电影。随着消防车蜂拥而至的人群发出长长的、七月四日观焰火时惊叹般的哦唷声。在这紧张时刻，几乎没人对人群产生兴趣，当然，雅可夫·布洛特尼克例外。他从门把手处转过身，点起人数来：“一五，一十……十五，二十……唷，见鬼！”这到底同猫不一样。

宾德尔拉比透过指缝，审视了一下人行道和网，两者都是空的。而奥兹此刻却直奔另一个楼角。消防员们跟着他奔跑，但赶不上他。奥兹随时都可能跳下来，跳在人行道上粉身碎骨，而当消防员们全速赶到那楼角时，恐怕只能用他们的网遮盖那堆碎尸了。

“呜噫噫噫噫……呜噫噫噫噫……”

“嘿，奥斯卡，”那个喘着气的消防员嚷着，“你搞什么名堂，开玩笑还是怎的?”

“呜噫噫噫噫……呜噫噫噫噫……”

“嘿，奥斯卡——”

但他这时猛地甩动双臂，又冲向另一个楼角。宾德尔拉比再也受不了了——这些不知来自何方的消防车，这尖叫着要自杀的孩子，还有这张网。他屈膝跪倒在地，筋疲力尽。他的双手在胸前蜷缩成一个小圆顶，恳求地喊道：“奥斯卡，止步，奥斯卡。别跳，奥斯卡。请下来吧……千万别跳。”

他身后的人群中突然迸发出一声喊叫，一声稚气的喊叫，这喊声只有一个字，它冲着房顶上那个孩子。

“跳!”

是伊兹在喊。奥兹一时竟停止了挥手臂。

“不要怕，奥兹——跳!”伊兹离开他所在的星尖位置勇敢地挺身而出，他要以追随者，而不是以智多星的身份激励奥兹，

“跳吧，奥兹，跳！”

宾德尔拉比扭过身子，他的双腿仍跪着，双手仍蜷缩着。他注视着伊兹，然后又转过头，极度痛苦地盯着奥兹。

“奥斯卡，别跳！千万别跳……千万，千万……”

“跳！”但这次喊的不是伊兹，而是站在星状人簇另一个星尖位置的什么人。当弗雷德曼太太应宾德尔拉比之约四点半准时赶到时，那整个颠倒过来的小天堂都在叫嚷，都在唆使奥兹往下跳。这时，宾德尔拉比不再哀求他不要跳，而是将脑袋埋入双手围成的圆顶里大哭起来。

可想而知，弗雷德曼太太并不知道她儿子在房顶上干什么。于是她问道：

“奥兹，我的奥兹，你在干吗？我的奥兹，怎么回事？”

奥兹止住怪叫声，双臂像鸟儿在和风中翱翔一般缓慢地垂下，但缄口不答。他挺立在低垂、多云、暗淡的天空下——日光正像转入高速挡的汽车一般疾驰——他的双臂在缓缓摆动，他的目光落到他蜷缩成一个小团团的母亲身上。

“你在干吗，奥兹？”她转向跪着的宾德尔拉比，冲到他跟前，他俩现在离得这么近，她的腹部与他的肩头几乎仅一纸之隔。

“我孩子在干吗？”

宾德尔拉比仰起头盯着她，但一声不吭。只有他那紧抱的双手移动着，一会儿朝后，一会儿向前，就像微弱的脉搏在跳动。

“拉比，让他下来！他这样会出事的。让他下来，我只有这一个孩子……”

“我没法子，”宾德尔拉比说，“没法子……”他转过他那漂亮的头，看着背后那群孩子，“是他们。听听他们在喊什么。”

弗雷德曼太太第一次注意到那群孩子，她听清楚了他们在喊什么。

“他在为他们作牺牲。他不肯听我的，只听他们的。”宾德尔拉比梦呓般说着。

“为他们？”

“是的。”

“为什么为他们？”

“他们要他……”

弗雷德曼太太朝上举起双臂，像在指挥天空。“为他们作牺牲！”然后，她又把两臂垂向身边，摆出一种比金字塔还古老，比先知和大洪水还古老的姿势，“我的殉教者。瞧！”她翘首朝房顶望去，奥兹仍缓缓地挥着手臂，“我可怜的殉教者。”

“奥斯卡，请下来吧。”宾德尔拉比呻吟着。

弗雷德曼太太却出乎意料地用一种平稳语调喊着房顶上的孩

子："奥兹，下来，奥兹。别当殉教者，我的孩子。"

宾德尔拉比祈祷般地重复着她的话："别当殉教者，我的孩子。别当殉教者。"

"别理他们，奥兹——就当马丁[①]!"这是伊兹在喊，"当马丁，当马丁，"所有声音都跟着一起喊起来，不理会这"马丁"到底是什么，"当马丁，当马丁……"

不过，人站在房顶上，天色越暗，他就越听不清楚。奥兹只知道下面已分成各行其是的两派：他的朋友们精神抖擞，奏乐般喊着他们的要求；而他母亲和拉比则语调平和，吟圣歌般求他别这样做。拉比的嗓音中失掉了悲泣声，他的母亲也如此。

大网像一只盲人的眼睛那样凝视着奥兹。茫茫的朦胧夜空直往下压。从下面看去，它就像一张灰色的瓦楞纸板。抬头望着冷酷无情的夜空，奥兹突然领悟了这些人——他的朋友们——所要求的全部含义：他们要他跳下去，跳楼自杀；他们正为此欢唱着——这使他们兴奋得很。但还有一件更不可思议的事：宾德尔拉比跪在地上发抖。如果现在要他提问，那他不会再问，"这是我吗？"而是要问，"这是我们吗？……这是我们吗？"

---

① 伊兹和其他学生将"殉教者"（martyr）听成了"马丁"（Martin）。

站在房顶上，奥兹开始感到进退两难。如果他跳下楼去，那欢唱不是要变成欢舞了吗？会吗？跳下去又会阻止什么呢？奥兹真想劈开夜空，插入双手捧出太阳，像抛硬币那样，看看哪面朝上，是“跳”还是“不跳”。

奥兹的双膝摇晃着微微朝下弯曲，就像在准备往下跳。他从肩头到指甲的每块肌肉都绷得紧紧的，双臂在变僵，在凝固。他感到全身各个部分正在投票决定他是否应当毁灭自己——好像它们全是独立于他的单体。

日光急剧暗淡，暮色更浓，它就像一块堵嘴巴的布，迫使朋友们停止欢唱，迫使母亲和拉比停止了吟诵。

奥兹停止计票，就像原先没做好讲话准备的人那样，用一种奇特的尖声，他开口了。

“妈妈?”

“我在，奥斯卡。”

“妈妈，跪下，像宾德尔拉比那样跪下。”

“奥斯卡——”

“跪下，”他说，“否则我就跳。”

奥兹听到一阵抽泣声，接着是一阵快速的瑟瑟声。他朝下望去，只见在他母亲站过的地方，有一颗脑袋，它的底下散乱着一团衣服。她跪在了宾德尔拉比的身旁。

他又命令道："每个人都跪下。"传来了人们下跪的声音。

奥兹的目光巡视了一周。然后，又将手指向教堂的入口。"叫他也跪下。"

传来了响声，但这不是跪倒声，而是身体和布块的舒展声。奥兹听见宾德尔拉比粗声粗气地低语："……否则他会跳楼自杀的。"当他再朝那边望去时，雅可夫·布洛特尼克已经离开门把手，生平头一次以非犹太式的祈祷者姿势跪倒在地。

至于这些消防员——拉紧了网跪着并不如想象中那么困难。

奥兹又一次环视四周，然后他高声叫宾德尔拉比。

"拉比?"

"我在，奥斯卡。"

"宾德尔拉比，你相信上帝吗?"

"是的。"

"你相信上帝能做任何事情吗?"奥兹把头探进黑暗之中问，"任何事情?"

"奥斯卡，我想——"

"告诉我你相信上帝能做任何事情。"

拉比迟疑了一会说："上帝能做任何事情。"

"告诉我你相信上帝无须交合就能创造生命。"

"他能。"

“告诉我他能什么!”

“上帝,”宾德尔拉比承认说,“无须交合就能创造生命。”

“妈妈,你给我讲一遍。”

“上帝无须交合就能创造生命。”他母亲说。

“要他给我讲一遍。”谁都清楚这个“他”指的谁。

不一会儿,奥兹听到从愈来愈浓的暮色中传来用衰老而滑稽的声调说出的这句话。

接着,奥兹要每人都重复一遍。然后他又要所有人起誓说他们相信耶稣基督——先一个个起誓,再全体一起起誓。

当这种问答结束时,夜幕开始降临。它使满街的人感到房顶上的孩子似乎在叹息。

“奥兹?”一个女人的声音大胆问道,“你现在下来好吗?”

没有回答,那女人只得耐心等待着,最后终于等来了回答声,但这声音既微弱又带哭腔,就像一个刚拉毕床铃的老人,已经声嘶力竭。

“妈妈,你该知道——你不该揍我。他也不该揍我。你不该为上帝的事揍我,妈妈。你不该再为上帝的事揍我——”

“奥兹,请快点下来吧。”

“答应我,答应我你以后不再为了上帝的事揍任何人。”

他仅在对他母亲讲,但不知为什么,每个人都跪倒在街上,发誓以后再也不为上帝的事揍人。

又是一片寂静。

“我现在就下来，妈妈，”房顶上的孩子终于说道，他扭头朝两旁望了望，似乎在看交通灯的指示，“我现在就下来……”

他纵身一跳，身子正落在黄色大网的中央，那张网像放大了的光晕，在落日的余晖中闪烁着。

信仰的卫士

一九四五年五月，欧洲休战才几个星期，我就换防回国，此后至大战结束的这段日子，我是在密苏里州的克罗德军营与训练连一起度过的。冬春之交我曾随同第九集团军的余部火速穿越德境东征，因此，当我登上飞机时竟不敢相信这是往西飞的班机，我或许会有其他想法，但思维的惯性告诉我，现在我们正飞赴新的战线，并将在那儿集结后继续东进——直至东进到绕地球一周，我们将列队沿着蜿蜒曲折的鹅卵石大街，在成群结队的敌军的睽睽众目之下，穿村越寨去攻占敌人至今还认为属于他们的阵地。这两年中我的变化真够大的，老人的颤抖，小孩的哭叫，乃至昔日骄横的敌人那犹豫恐惧的眼神，都不再使我动情。我这个幸运者练就了一颗步兵的心，它如同他那一双脚一样，刚开始行军时打泡肿疼，但终于长满老茧，行军在最崎岖的道路上如履平地。

保罗·巴雷特上尉是我在克罗德营地时的指挥官。我报到那天，他走出办公室同我握手。他身材矮小，性情乖戾暴躁，无论在室内还是户外，总头戴着擦得发亮的钢盔，盔衬低拉到他的小眼睛旁。在欧洲战场参战时，他曾胸负重伤，数月之前刚刚回国。他同我寒暄了一番，傍晚列队时又把我介绍给他的部属。“先生们，”他说，“大家知道，瑟斯顿中士已离开本连。这位是你们的新任军士长内森·马克斯中士。他是欧洲战区的一位老兵，他希望能在这儿看到的是一连士兵，而不是一群孩子。”

那晚我在文书室里熬到深夜，心不在焉地翻阅着各种值岗名册、人事表格和阵中日记。军营主管在地板上的褥垫上张嘴鼾睡着，一个新兵正站在纱门内侧的布告栏前看贴在上面的第二天值勤表。这是个暖和的夜晚，我耳边响着军营中传来的收音机里播放的舞蹈音乐。那士兵不住地打量我，希望我会注意他，他终于抬步朝我走来。

“嗨，中士，明天晚上要大扫除吗？”他问道。大扫除是指军营大扫除。

“你们通常安排在星期五吗？”我问他。

“是的，”他说着又神秘地加了一句，“就这事。”

“那你们得大扫除。”

他转过身，但我听到他在嘟囔。他的肩头抖动着，我不知他是否在哭。

“你叫什么名字，士兵?”我问。

他转回头，可没在哭。他那双碧眼又长又细，像阳光下的鱼儿那样闪着光。他走到我面前，坐在我的桌边上，并朝我伸出手。“谢尔登。”他自我介绍说。

“站好，谢尔登。”

他离开桌子站直了说：“谢尔登·格罗斯巴特。”然后随便地朝着我微笑，这使我也变得随和起来。

“你们不喜欢星期五晚上在军营大扫除吗，格罗斯巴特?”我说，“或许我们不应该大扫除，或许我们该雇个女仆。”我的语调使我自己也觉得惊讶。我感到自己像在发号施令，如同我见过的每一位军士长一样。

“不，中士。”他变得严肃起来，但这种严肃仅仅是收敛一些笑容而已，“一星期七个夜晚，偏偏星期五晚上搞大扫除。”

他再次斜倚在桌角上，既非全坐着，也非全站着。他瞧着我，一双碧眼炯炯发亮，并接着用手打了个手势。这几乎称不上手势，只不过手腕前后动了一下，却将文书室内的一切全排除在外，而使我俩成为世界的中心。事实上，它似乎将我俩也排除在外，留下的只是我们的两颗心。

“瑟斯顿中士有他的一套规矩，”他悄声说着，用眼睛扫视了一下斛睡着的军营主管，“但我们想，你来这儿任职，可能会带来些变化。”

“我们？”

“都是犹太士兵。”

“为什么？”我严厉地问，“你们脑子里在想什么？”我自己也不明白在对谁发火，对谢尔登还是对别的什么事情，但有一点很清楚，我确实在发火。

“我们认为你——马克斯，一定同卡尔·马克思一样，卡尔·马克思也是犹太后裔。马克斯兄弟[①]。那些人都叫 M-a-r -x。难道你的名字不是这样拼写的吗，中士？”

“M-a-r-x。”

“菲希拜因说——”他顿住了，“我是说，中士——”他的脸颈涨得通红，他的嘴动了动，但没出声，忽然间，他起身立正，眼睛朝下盯着我看，似乎突然明白我不会比瑟斯顿更同情他们，因为我的信仰与瑟斯顿相同，与他的不同。那青年对我究竟信仰什么感到困惑，而我又不想加以澄清。很简单，我不喜欢他。

于是我不加掩饰地用凝视作为回报，这时，他改变了语调，“噢，中士，”他向我解释说，“星期五晚上，犹太人都要去做

① Marx Brothers，影史上著名的讽刺喜剧大师，他们的母亲为犹太人。

礼拜。”

“瑟斯顿中士告诉你们碰到大扫除就不能去做礼拜吗?”

“不。”

“他说你们必须留下擦地板吗?”

“不，中士。”

“是上尉说你们必须留下擦地板吗?”

“也不是，中士。是军营中的其他人。”他把身子探向我，“他们认为我们游手好闲，但实际并非如此。星期五晚上是犹太人做礼拜的时间。我们必须去。”

“那就去吧。”

“可那帮人会责备我们。他们没权利这样做。”

“那与军队毫不相干，格罗斯巴特。那是个人问题，你们得靠自己解决。”

“这不公平。”

我起身准备离开。“对此我爱莫能助。”我说。

格罗斯巴特直挺挺地站在我面前。“但此事有关宗教信仰，长官。”

“说‘中士’。”我说。

“我是想说‘中士’。”他几乎咆哮着说。

“好，那你去见牧师。你要见巴雷特上尉，我可以给你安排个时间。”

“不，不。我不想惹出麻烦，中士。他们向你唠叨的第一件事就是这个。我只想得到我的权利！”

“见鬼，格罗斯巴特，别再唠叨了。你有你的权利。你可以留下擦地板，也可以去 shul[①]——”

他脸上再次露出笑容。唾沫星儿在嘴角边闪亮。“你是说教堂，中士。”

“我是说 shul，格罗斯巴特！”

我越过他走到室外。在附近，我听到有位士兵的靴子踏在沙砾上嘎吱作响。在军营中灯光照亮着的窗户那边，身穿汗衫工作裤的年轻士兵们正坐在床铺上擦步枪。突然我觉察到背后有低低的瑟瑟声，回头正瞧见格罗斯巴特黑色的身影朝军营遁去，他正跑着去告诉那些犹太朋友，他们是对的——同卡尔和哈普[②]一样，我也是他们中的一员。

第二天早晨在同巴雷特上尉闲谈时，我把昨晚的事讲述了一遍。不过在讲述中，上尉一定以为我不是在解释格罗斯巴特的见解，而是在为他辩护。“马克斯，我愿同一个黑鬼并肩战斗，只要他证明自己是个真正的男子汉。我引以自豪的是，”他说着朝

---

① 意第绪语，犹太会堂。
② 卡尔（Karl）和哈普（Harpo）是德裔犹太人的常用姓氏。

窗外看去，“我没有偏见。因此，中士，在这儿，是好是坏，我都一视同仁。每个人必须去证明他自己。士兵上靶场打靶打得好，我就发给他周末通行证。他在点射项目中得分高，也能得到周末通行证。这是他挣得的荣誉。”他从窗户转回头来，用一根手指点着我说，“你是犹太人，对吗，马克斯？”

“是的，先生。”

“我赞赏你。我赞赏你，因为你胸前挂着绶带。我凭战场上的表现判断一个人，中士。要看他身体里的这个，”他说，尽管我认为他会将手指向自己的心脏，但他将拇指猛地指向紧紧绷在他肚子上的军装上的一排扣子，“要看胆量。”他说。

“是的，先生。但我只想把他们的感受告诉你。”

“马克斯先生，如果你为士兵们的感受担忧，那你必定未老先衰。把那事情留给牧师吧——那是他的事情，与你无关。我们的责任是训练他们准确地射击。如果犹太士兵感到别人指责他们拈轻怕重——噢，我可以只当不知。真好笑，突然间上帝竟会对着士兵格罗斯曼的耳朵大声说，他必须跑着去教堂。”

“是犹太会堂。”我说。

“对的，是犹太会堂，中士。我把它写下，以备参考。谢谢你的来访。”

那天晚上，全连在文书室外集合站队之前几分钟，我命军营管事罗伯特·莱希尔下士进来见我。莱希尔长得又黑又结实，周身毛发卷曲，连衣服也难以遮蔽。他双目中的眼翳令人联想到洞穴和恐龙。“莱希尔，”我对他说，“站队时请你提醒士兵们，他们随时可出席教堂举行的礼拜，但离开军营前得先上文书室报告。”

莱希尔搔了下手腕，但没有听懂或理解的表示。

“莱希尔，”我说，“是教堂。记住了吗？教堂，神父，弥撒，忏悔。”

他噘起一片嘴唇，意味深长地笑了笑，而我只把这当作刹那间他又重新变成凡人的信号。

“今晚要做礼拜的犹太士兵，七点在文书室前就地解散，”我说，接着又补充了一句，“这是巴雷特上尉的命令。”

过了一会儿，当最后一抹残阳——今年我所见过的最柔和的日光——渐渐在克罗德军营的上空消失时，我听到窗外传来莱希尔沙浊无调的声音：“注意了，士兵们。军士长要我转告，七点整所有犹太士兵在这房前就地解散，如果他们想做犹太弥撒的话。”

七点钟，我透过文书室的窗户向外望去，看到三个身穿上了浆的军装的士兵站在尘土飞扬的四方院内。他们瞧着自己的手表，显得焦急不安，并且不时低声交谈。天更昏暗了，空旷的操场上孤零零的三个身影变得茕茕渺小。我打开门，耳边传来军营四周的士兵们大扫除时发出的嘈杂声——床铺推撞在墙上，水龙注水入桶，扫把触及地板。他们正在扫除污垢，准备接受星期六的检查。大团的抹布在窗框内团团转动着。我走到屋外，脚刚踏地，就仿佛听到格罗斯巴特向另外两人喊道，“立正！”或许，在他们三人一起急忙起立时，我是在想象听到了这一口令。

格罗斯巴特向前跨了一步。“谢谢，长官。”他说。

“该说‘中士’，格罗斯巴特，”我提醒他，“你应当称军官为‘长官’。可我不是军官。你参军已经三星期了——你该明白。”

他在两侧摊开手掌，表示和我十分相熟，可以不拘俗套。“不管怎么说，我得谢谢你。”

“是的，”站在他身后的高个青年说，“是得好好感谢您。”这时，另一个年轻人也低声说，“谢谢。”但他的嘴仅微微一动，因此，除嘴唇动了动外，他全身仍保持立正姿势。

“谢什么？”我问。

格罗斯巴特愉快地笑了起来。“为这命令，下士传达的命令。它很起作用。这使它——”

“更上档次。”高个青年忙给格罗斯巴特作了补充。

格罗斯巴特微微一笑，“他是说更符合规定，先生，更为众所周知。”他对我说，“现在看来，我们做弥撒再不会被当作偷懒、拈轻怕重了，因为这道命令已经生效。”

“这是巴雷特上尉的命令。”我说。

“啊，可是你也帮了点忙，”格罗斯巴特说，“我们感谢你。”然后他转向同伴们，“马克斯中士，我想请你认识一下拉里·菲希拜因。”

高个青年朝前跨了一步，伸出手来。我握了下他的手。

“您是纽约人？”他问。

“是的。”

“我也是。”他面色苍白，从颧骨到脸颌整个部位都凹陷着，微笑时——在得知我们之间的宗教联系后，他曾笑过——就露出满嘴坏牙。他不住地眨眼，像在竭力抑制眼泪。

“您住哪个区？”他问。

我把脸转向格罗斯巴特。“现在是七点零五分。弥撒什么时候开始？”

“shul，”他笑着说，“还有十分钟。我还想请你见见米基·哈尔佩恩，这位是内森·马克斯，我们的中士。”

第三个青年朝前蹦了一步。“二等兵迈克尔·哈尔佩恩。”他敬了个礼。

“向军官敬礼，哈尔佩恩。”我说。那青年放下手去，但一面还紧张地查看自己的衬衣口袋是否扣上纽扣。

"就我和他们一起去，先生?"格罗斯巴特问，"或许您也会来吧?"

菲希拜因在格罗斯巴特背后尖声说："结束后，还供应点心和饮料。拉比上星期告诉我们，要从圣路易斯来一支妇女后援团。"

"是牧师。"哈尔佩恩低声说。

"欢迎你来。"格罗斯巴特说。

我不愿回答他的请求，就转过目光，不料却看到军营的窗户里人头攒动，正紧盯着我们四人。"快走吧，格罗斯巴特。"我说。

"是，遵命，"他说，然后转向其他两人，"跑步，前进!"

他们出发了，但刚跑出十步，格罗斯巴特就转身跑了回来，向我喊道："安息日见，长官!"不一会儿，三人消失在密苏里的异乡暮色中。

绿色的军装渐渐变成深蓝，甚至当他们消失在操场上后，我仍能听到格罗斯巴特有节奏的跑步口令，随着口令声逐渐减弱，它突然勾起了我深沉的回忆——就像有道电光一闪——我仿佛听到了布隆克斯操场尖锐的哨声，多年前，我曾在那儿，纽约中央广场的附近，操练着同样的步伐，度过漫漫春夜。对一个远离和平与家乡的青年，这是一种美好的回忆，于是往事接踵而来，自我变得无比亲切。实际上，我已沉浸在一种强烈的梦幻之中，就像有一只无形的手正伸向我心灵的深处。但它要伸得很远才能触及我！它必须伸过在比利时密林中度过的日子，伸过无暇泣悼的殉难者，伸过在德国农舍中焚书取暖的夜晚，伸过永无休止的残酷战争。它使我失去对战友应有的柔情，我甚至无意摆出征服者的姿态——而作为犹太人，当自己的军靴踩在韦瑟尔、明斯特和不伦瑞克[①]的废墟上时，我原本应当昂首阔步，趾高气扬的。

但那一阵夜晚嘈杂，一丝对家乡及往事的思绪和回忆骤然涌入我麻木的脑海，使我突然意识到自我的存在，毫不足怪，受发掘自我的心理驱使，我竟随着格罗斯巴特的足迹来到三号教堂，犹太礼拜正进行着。

我在最后一排找了个空位坐下。在我前面两排的位子上坐着格罗斯巴特、菲希拜因和哈尔佩恩，每人手中拿着一只装着饮料的白色纸杯。教堂中每排座位比它前一排座位高，因此我能清楚地看到进行着的一切。菲希拜因正将他杯中的饮料倒入格罗斯巴特杯内，而格罗斯巴特则兴高采烈地看着饮料在菲希拜因的手与他的手之间闪烁出的一道紫色的虹。在炫目的黄色灯光中，我看

---

① 德国北部三个镇名。

到牧师站在前面的讲坛上，吟诵着应答祷文的首行。格罗斯巴特的祈祷书仍在他兜里合着，却把自己的纸杯四下挥动，弄得嗖嗖作响。只有哈尔佩恩随着吟诵声做祈祷。他右手的手指大张着按在他那本打开的祈祷书上。他把帽子低低地拉到额头上，弄的像顶圆顶小帽。格罗斯巴特不时在杯沿上润着嘴唇；菲希拜因那张长得像只快熄灭的灯泡般的长黄脸不住地东张西望，引颈伸脖打量着左右前后的脸。他发现了我，眼皮像敲归营鼓般眨了一阵。他用胳膊肘碰了下格罗斯巴特的腰，脖子转向他的朋友低声嘀咕了几句。于是，当人们再次跟着吟诵时，中间夹杂着格罗斯巴特的声音。连菲希拜因也开始看着他的书本，不过嘴唇没动。

终于到了饮酒的时候。牧师朝大家微笑着，格罗斯巴特大口将杯中的酒一饮而尽，哈尔佩恩却边呷边沉思，菲希拜因则举着空杯装出一副虔诚的样子。“今晚在祈祷者中间，”牧师咧嘴笑着说，“我看到许多新鲜的面孔，欢迎你们大伙来这儿参加克罗德军营星期五晚上的礼拜。本人是利奥·本·伊兹拉少校，你们的牧师。”尽管他也是美国人，但牧师有意一个音节一个音节地讲着，几乎像与在座的唇读者交流。“我先讲几句，讲完后就去茶点室，来自密苏里州圣路易斯市西奈圣殿的那些和蔼的女士们已摆好餐具，等候你们光临。”

掌声、口哨声顿时响成一片。牧师又咧嘴笑了起来，笑了会儿，他举起双手，掌心朝外，两眼迅速向上扫视一周，仿佛是在提醒士兵们，他们还没离开教堂，而且教堂里还有其他人在场。全场骤然安静下来，我似乎听到格罗斯巴特在嘀咕："让异教徒去打扫地板!"究竟是不是那几个字？我没听清楚，但菲希拜因咧嘴笑着用肘推了哈尔佩恩一下。哈尔佩恩木然地看了看他，眼光又回到他那本祈祷书上，直到拉比讲完，他的头连抬也没抬。他的一只手扯着钻出帽檐的黑色鬈发，嘴唇喃喃嚅动。

拉比接着说，"现在我跟你们谈谈伙食。是的，我知道，我知道，"他疲惫地拖着长调说，"在你们多数人的嘴里，军营食物就同灰末一般。我知道你们中间有些人看到它就会恶心，我也知道你们父母对自己的孩子吃不清洁不合口味的食物感到痛苦。我能告诉你们什么呢？我只能对你们说，闭上眼睛，能吞多少吞多少。吞食维持生命的必需量，扔掉其余的。我真想能多给你们提供帮助。你若认为这行不通，还是请先尝试一下，再私下来找我。倘若实在吃不下，那只好求助于高高在上的人。"

喃喃私语声四起，继而又趋平息，接着人人唱起"Ain Kelohainu①"。尽管过了那么多年，但这些我仍听得懂。唱完，礼拜式结束了，格罗斯巴特突然出现在我面前。"高高在上？他是

① 希伯来语，赞美上帝。

说将军?”

“嘿，谢利[1],”菲希拜因说，“他是指上帝。”他用手掌拍着脸，眼睛瞧着哈尔佩恩，“你能到多高?”

“嘘——嘘——嘘!”格罗斯巴特说，“您是什么看法，中士?”

“我不知道,”我说,“你最好去问牧师本人。”

“我是想去。我想约个时间单独见见他。米基也想见他。”

哈尔佩恩摇摇头。“不，不，谢尔登——”

“你有权利，米基,”格罗斯巴特说，“我们不能任凭他人摆布。”

“是的,”哈尔佩恩说,“它使我母亲担忧，而不是我本人。”

格罗斯巴特看着我。“昨天他吐了。从餐馆出来就吐开了。吐的全是火腿和上帝才知道的鬼东西。”

“我患了感冒——那就是吐的原因。”哈尔佩恩说着，把圆顶小帽往上一推，于是它又变回一顶普通的帽子。

“你呢，菲希拜因?”我问,“你也吐了吗?”

他脸红了。“有点儿。但我让它顺肠而下。我的胃很强，但吃得不多。”我继续瞧着他，他为强调他的话而举起手腕，因为手腕瘦，那表带收紧到最里面的一个孔。他向我指明了这一点。

---

① 谢尔登的昵称。

“不过礼拜对你很重要吧？”我问他。

他看着格罗斯巴特。“当然，长官。”

“应当称‘中士’。”

“在家并不感到怎样，”格罗斯巴特说着，跨步站到我俩中间，“但离开了家后，这就能使自己感到是个犹太人。”

“我们必须抱成一团。”菲希拜因说。

我抬步走向大门，哈尔佩恩后退了一步，给我让道。

“那就是在德国所发生的，”格罗斯巴特高声说着，他在说给我听，“他们不抱成一团，活该受人摆布。”

我转过身。“注意，格罗斯巴特。这是军队，不是夏令营。”

他微微一笑。“是吗？”

哈尔佩恩想悄悄溜走，但格罗斯巴特一把抓住他的臂膀。

“格罗斯巴特，你多大岁数？”我问。

“十九了。”

“你呢？”我问菲希拜因。

“和他同年。而且同月。”

“那他呢？”我指了指哈尔佩恩，他这时已溜到门边。

“十八，”格罗斯巴特低声说，“可他连鞋带也不会系，牙也不会刷。我真替他难为情。”

“我替我们大家难为情，格罗斯巴特，”我说，“要像个男子汉，但别太过分。”

“什么叫过分，长官?”

“称‘长官’就是其中之一，在那方面别过分。”我说。

我离开怔怔站在那儿的格罗斯巴特。我经过哈尔佩恩，可他没敢瞧我。我走出门外，身后传来格罗斯巴特的喊声：“嘿，米基，我的 leben①，回去吧。去吃点心吧!”

“心肝!”我祖母才这样叫我!

一星期后的一天早晨，我正在伏案工作，巴雷特将我叫进他的办公室。我走进室内，见他把钢盔衬布拉得很低，连眼睛也遮没了。他正在打电话，同我讲话时，就用一只手捂住话筒。“究竟谁是格罗斯巴特?”

“在三排，上尉，”我说，“是个新兵。”

“抱怨伙食，怎么回事? 他母亲为伙食的事给一个该死的议员打了电话。”他放开话筒，向上托了托他的钢盔，直到我可以看到他的下眼睫毛，“是，长官，”他对着话筒说，“是，长官。我还在这儿，长官。我正在问马克斯，在这儿，就现在——”

他再次用手捂住话筒，回头转向我。“赖特福特·哈里打的

① 德语，心肝。

电话，”他低声说，“这个议员打电话给莱曼将军，将军打电话给索萨上校，上校打电话给少校，少校又打电话给我。他们想把这件事安在我头上就算万事大吉了，告诉我，是怎么回事?”他把话筒朝我直摇晃，“我让士兵饿肚子了？究竟是怎么回事?”

“先生，格罗斯巴特是个怪——”巴雷特听到这里，略带嘲弄的脸上露出宽容的微笑，我改变了口吻，“上尉，他是个很正统的犹太人，因此忌食。”

“他常呕吐，那位议员说的。他母亲说，他一吃什么就吐!”

“他有忌食的习惯，上尉。”

“那他母亲为什么还给白宫打电话?”

“犹太父母，先生——你无法想象他们的护卫心理。我是说，犹太人的家庭观念很重。有时连孩子离家母亲也会心神不宁。可能孩子在信中提到了什么，当母亲的误解了。”

“我恨不得打他一巴掌，”上尉说，“这该死的仗还没打完，那小子倒挑剔起伙食来了!”

“我认为这不怪那孩子，先生。问问他，事情肯定弄得清楚。犹太父母总担心——”

“看在上帝的分上，天下父母难道不都这样？但别人怎么从不自以为是，动不动就告状的——”

我打断了他，嗓音比之前高了，严肃了。“家庭观念很重要，上尉——你是对的，有时这种观念重过了头。这听起来很奇怪，上尉，但正因为家庭观念重，所以这类事……”

我试图跟自己以及赖特福特·哈里解释对信的看法，但他再也听不下去，转回身对着话筒。“长官?”他说，“长官——马克斯在这儿，他告诉我犹太人易固执己见。他说他认为这问题可在连里就地解决……是，长官……我会回电告诉你，长官，尽快。”他挂上电话，“他们人在哪儿，中士?”

“在靶场上。”

他在钢盔顶上重重一击，钢盔被压下，又盖住了眼睛。然后他猛地从椅子上跳起来，冲出门去。“上车吧。”他说。

上尉驾着车，我坐在他身旁。这是春天里一个闷热的日子，穿着刚上过浆的工作服，我只感到腋窝中的热汗不住地往胸肋流淌。道路被烤得焦干，一路上我连嘴也没张一下，可抵达靶场时，牙中还是沾了不少泥尘。上尉猛地拉上刹车，命我下车去找格罗斯巴特。

我发现他正腹部贴地，猛烈地向五百英尺开外的靶子射击。他身后站着哈尔佩恩和菲希拜因，等待着轮到他们射击。菲希拜因戴着我曾见他戴过的那副钢丝边军人眼镜，俨然像个乐于出售他那支步枪和周身缠挂着的子弹的老生意人。我站在后面的弹药箱旁，等候格罗斯巴特结束他的远靶散射。菲希拜因朝后退了退，站到我身旁。

“你好，马克斯中士。”他说。

“你好吗？”我含糊地说。

“很好，谢谢。谢尔登真是个好射手。”

“我没注意。”

“我不如他打得好，但我想，我正在逐步地掌握射击的诀窍。中士，你知道，我并不想问我不该知道——”他停住嘴。他想用熟悉的口吻和我说话，但射击声使他只能对我喊着说。

“你说什么？”我问。靶场的尽头，我看见巴雷特上尉站在吉普车上，眼睛竭力在队列中搜寻我和格罗斯巴特。

“我父母一再询问我们的去向如何，”菲希拜因说，“人人都说去太平洋。我不在乎，可我父母——如果我能使他们定下心来，我在打靶时就能更集中思想。”

“我不知道去哪儿，菲希拜因。不过你打靶还得集中思想。”

“谢尔登说你能打听到。”

“我真的一点不知道，菲希拜因。你别紧张，不要让谢尔登——”

“我不紧张，中士。可家里——”

格罗斯巴特打完了靶站在队列里，正用一只手掸着工作服上的尘土。我向他喊道：“格罗斯巴特，上尉要见你。”

他朝我们走来。他双眼放光，闪闪发亮。“嗨！”

“甭举着那杆该死的枪！”我说。

“我不会朝你开的，中士。”他趾高气扬地对我一笑，把枪筒转向一边。

“该死，格罗斯巴特，这可不是闹着玩的！跟我来。”

我在他头里走，心里却犯疑，也许格罗斯巴特正肩扛步枪在我身后正步走，活像一支单人押遣队。来到吉普车跟前，他给上尉行了个持枪礼。“二等兵谢尔登·格罗斯巴特，长官。”

“稍息，格罗斯曼。”上尉坐下，慢慢挪入空着的座位，随后勾起一只手指，示意格罗斯巴特靠近些。

“巴特，长官。谢尔登·格罗斯巴特。常有人把我名字错叫成格罗斯曼。”格罗斯巴特冲我点点头，意思是说我是明白的。这时刚好餐车驰抵靶场，于是我赶紧把目光转向餐车，车上跳下六个卷着袖子的炊事员，他们摆开餐具准备开饭，炊事班长正朝他们嚷着什么。

“格罗斯巴特，你母亲写信告诉什么众议员，说我们这儿伙食欠佳。这事你可知道？”上尉说。

“是我父亲，长官。他写信给弗兰科尼议员，说我的宗教信仰迫使我拒食某些食物。”

“是什么宗教信仰，格罗斯巴特？”

“犹太教。”

“犹太教，长官。”我对格罗斯巴特说。

“请原谅，长官。犹太教，长官。”

“你平时吃什么?”上尉问，“你在军队里已待了一个月。我看你并没饿垮嘛。”

“我只好吃，这是不得已的，长官。马克斯中士可以证明，除了为了维持生命，我不多吃一口的。”

“是这样吗，马克斯?”巴雷特问。

“我从未看到过他吃饭，长官。”我说。

“但你听拉比说过，”格罗斯巴特说，“他教我们怎么做，而我听他的。”

上尉看着我。“是吗，马克斯?”

“我还是不知道什么他吃，什么他不吃，长官。”

格罗斯巴特抬起双臂，向我恳求，而别人还以为他要伸手把枪递给我。“不过，中士——”

“注意，格罗斯巴特，专心回答上尉的问题。”我严厉地说。

巴雷特对我笑了笑，而我却有些愤愤不平。“好吧，格罗斯巴特，”他说，“你想要什么?一张小纸条?想退伍?”

“不，长官。只要让我生活得像个犹太人。也让别人这样生活。”

“还有谁?”

“菲希拜因，长官，和哈尔佩恩。”

“他们也不喜欢我们这儿的伙食?”

“哈尔佩恩常呕吐，长官。我亲眼看见的。”

“我还以为你呕吐呢?”

“只吐过一次，长官。我不知道吃的是香肠。”

“我们将提供菜单，格罗斯巴特。我们还将放些有关食品的科教片，这样我们企图下毒时，也瞒不过你了。”

格罗斯巴特没回答。这时士兵们已排成两列长队，在其中一列的末尾，我看见了菲希拜因，或许该说是他那副眼镜发现了我，它的镜片朝着我反射阳光。哈尔佩恩排在他身后，正用一块卡其布手帕轻轻揩着脖领内的汗珠。他们随着队伍缓缓地向饭桶移动着脚步。炊事班长仍在对炊事员们嚷着。突然，我感到一阵恐惧，不知为何想到这位炊事班长也许会与格罗斯巴特的捣蛋行为发生干系。

“马克斯，”上尉说，“你是犹太人——对吗?”

我表现得无关痛痒。“是的，长官。”

“在军队待多久了？告诉这小伙子。”

“三年零两个月。”

“整整一年的战争，格罗斯巴特。在欧洲各地征战了整整十二个月。我欣赏这个人。”上尉用手腕猛然朝我胸脯击了一下，“你听到他埋怨伙食吗？听到过吗？回答我，格罗斯巴特。到底有还是没有？”

“没有，长官。”

“为什么没有？他也是犹太人。”

“犹太人也各有各的口味。”

巴雷特勃然大怒。“听着，格罗斯巴特。这位马克斯是个了不起的人——一个了不起的英雄。你念中学时他已经在消灭德国佬了。谁为犹太人作的贡献大——是吃了一片劣质香肠，一片头刀肉就呕吐的你，还是消灭那些纳粹坏蛋的马克斯？假如我是犹太人，格罗斯巴特，我愿意吻这人的脚。他是个了不起的英雄，可我们这儿有什么他吃什么。我真想知道你为什么要无事生非！你究竟想怎么着——退役？”

“不，长官。”

“简直是对牛弹琴！中士，让他滚吧。”巴雷特转回到司机座位，“我去找牧师。”发动机一声轰鸣，吉普车调转车头，卷起尘土，上尉驾车回军营去了。

这会儿，格罗斯巴特和我并肩而站，目送吉普离去。随后他瞧着我说：“我不想找麻烦，是他们找到我们头上来的。”

他说话时露出满嘴整齐的白牙，看到它们，我突然意识到格罗斯巴特确实有自己的父母——是他们曾带着小谢尔登上牙科诊所的。他是他父母的儿子。尽管他常提到自己的父母，但我难以相信格罗斯巴特是孩子，是什么人的后嗣——与他人血脉相通，与他母亲、父亲，甚至还有我。这引起了我其他的联想。

“你父亲干什么工作，格罗斯巴特？”我边问边随着队伍往回走。

“他是裁缝。”

“美国人？”

“现在才是。有个儿子在军队服役嘛。”他开玩笑地说。

“你母亲呢？”我问。

他眨眨眼睛。“她是个 ballabusta[①]，几乎在睡觉时手里还拿着抹布。”

“她也是移民？”

“她还是只会讲意第绪语。”

“你父亲也这样吗？”

“会讲点英语，‘清洗’啦，‘熨烫’啦，‘裤子改小点’啦。就会这点儿。但他们待我很好。”

---

① 意第绪语，能干的家庭主妇。

“好，格罗斯巴特——”我伸手止住他，他转过身来面对着我，当我们四目相遇时，他的目光跳跃似的缩了回去，一对眼珠在眼眶里直颤抖，“格罗斯巴特——写那封信的该是你啰，对吗?”

仅仅一两秒钟的时间，他的双眼重又闪现出欢快的目光。“是的。”他继续走着，而我步步紧随，“如果我父亲能写，那他一定会亲手写那封信的。不过信是用他的名义写的，而且签名是他自己签的。信甚至还是他亲自寄的。我把那封信发到家里，为的是那个纽约的邮戳。”

我大吃一惊，这也被他察觉出了。于是他神情严肃地把右手伸到我面前。“血总归是血，中士。”他说着，捏住手腕上的青筋。

“你究竟想干什么，格罗斯巴特?”我问，“我看到过你吃饭。你知道吗？我告诉上尉说我不知道你爱吃什么，可我看到你吃起来像条饿狗。”

“我们工作很累，中士。我们正在受训练。要炉子烧得旺，就非得多添煤。”

“那你为什么在信中说自己一直呕吐呢?”

“我其实是说米基。我是在替他说话。他决不肯写信的，中士，尽管我一再恳求他写。我不帮助他，他会饿垮的。中士，我用了我的名字——我父亲的名字——而我关心的是米基，还有菲希拜因。”

“你自以为是弥赛亚，对吗?”

我们现在走到了队伍跟前。

“是才好呢，中士，”他笑着说，“可谁知道? 谁能讲得清? 或许你是弥赛亚——但又不完全是。米基说弥赛亚是个集合概念。米基他曾在授业座[①]待过一阵。他说我们大家加在一起就是弥赛亚。我是一分子，你也是一分子。他肯讲，你就应当听听他，中士。”

“我是一分子，你也是一分子，”我说，“你愿信这，对吗，格罗斯巴特? 那会使你感到一切是那么洁净。”

“相信，那又怎么着，中士。它仅仅意味着我们大家都应当做点什么，就这些。”

我走向别处，同其他军士一起吃起饭来。

两天后，一封写给巴雷特上尉的信出现在我的办公桌上。这是一封大大小小上司们传阅过的信——从收到此信的众议员弗兰科尼办公室转给莱曼将军，将军转给索萨上校，上校转给莱蒙特

① Yeshiva，犹太教教育机构，专门传授《塔木德》(犹太教口传律法集，为该教仅次于《圣经》的主要经典)。

少校，现在这封信要转给巴雷特上尉。我把信从头至尾读了两遍。发信的日期是五月十四日，就是巴雷特同格罗斯巴特在靶场谈话的那天。

亲爱的众议员先生：

首先感谢您对我儿子二等兵谢尔登·格罗斯巴特的关怀。幸好，前几天晚上我同谢尔登通上了话，我以为问题可由我自己解决。上封信中我曾提到，那孩子是个很虔诚的信徒，因此，只有经过艰苦努力，方能令他相信为国家为全人类而甘受触犯宗教戒规的痛苦，实乃信守宗教法规之表现，即使上帝本人也一定会要谢尔登这样做的。经过一番努力，众议员先生，他终于悟出了其中的道理。于是他说（我把他的话记在草稿簿上，以免忘记），他说："我认为你是对的，父亲。成千上万的犹太人为杀敌而献身，难道为早日结束这场战争，恢复上帝子民的尊严和人权，我连这点宗教遗规都不肯暂时牺牲一点吗？"那番话，众议员先生，任何一位父亲都会为之而骄傲的。

顺便提一笔，谢尔登想让您知道——他要告诉您——帮他下此决心的那位战士的名字：内森·马克斯中士。马克斯中士是个久经锤炼的老战士，也是谢尔登的军士长，这位中士帮助谢尔登克服了他参军后首先碰到的某些困难，就连他对饮食规定的思想转变也应部分地归功于他。我知道谢尔登会感激您对马克斯的任何嘉奖。

谢谢，祝万事如意。渴望能在下一届选举的选票上见到您的大名。

塞缪尔·E. 格罗斯巴特

敬呈

格罗斯巴特的信还有一份附件，是由众议院议员查尔斯·E. 弗兰科尼署名寄给驻地司令官马歇尔·莱曼将军的公文。公文告知莱曼将军，内森·马克斯中士是美国军队和全体犹太人的荣耀。

格罗斯巴特公开认错到底出于何种动机？难道他感到自己做过了头？难道写信是种战略退却——是条试图巩固我们之间所谓联盟的诡计？或许他通过格罗斯巴特父子间的假想对话真的转变了思想？我觉得困惑；但仅困惑了几天，因为不久我就意识到，不管出于何种原因，其实他是决定从我的生活中销声匿迹；他想让他自己成为另外一名新兵。我看到他在接受检阅，但他不再朝我眨眼了；我看到他在排队吃饭，但他不再朝我使眼色。星期天，他同其他新兵围坐在一起，观看士官棒球队的比赛。尽管我是队里的投手，可他从不曾对我说过一句废话。菲希拜因和哈尔佩恩也同我疏远了——我敢肯定他俩是受了格罗斯巴特的指使。他显然已意识到，与为了追求得不到的特权而陷入困境相比，激流勇退是明智的。我们的分离使我原谅了他过去对我的冒犯，并终于认为他尚不失为有识之士。

在摆脱了格罗斯巴特的那段日子里，我逐步习惯了自己的工作和行政事务。一天，我踏上磅秤，发现自己真的成了一名非战斗员；我整整重了七磅。我能耐着性子一口气读完头三页书。我愈来愈多地考虑起前途来，时而还写信给战前认识的女孩子们，竟然还收到过几封回信。我发信给哥伦比亚大学，索取法学院的概况手册。我继续关注着太平洋战事的发展，不过是以局外人的身份。我自以为能看到战争结束，甚至晚上有时竟梦见自己在曼哈顿的街道上行走——百老汇、第三大道、一一六号街，那是我当年在哥伦比亚大学念书时度过三年时光的地方。梦想伴随着我的生活，我感到幸福。

星期六那天，全营走得空空的，只留下我一个人在文书室读一份一个月前的体育报，这时格罗斯巴特重又出现在我面前。

“你是棒球迷，中士？”

我抬头看了看。“你好吗?”

“很好,”格罗斯巴特说,“他们把我锤炼成了一名战士。”

“菲希拜因和哈尔佩恩好吗?”

“出息多了,”他说,“今天下午我们不训练。他俩看电影去了。”

“你怎么不同他们一起去?”

“我想过来看望你。”

他笑了——那是一种腼腆而又平常的微笑,似乎他和我两人心里都明白,我们的友谊只是意外互访,记住生日和借割草机而已。这感觉一开始使我有些冒火,但随即就被不自在的感觉所淹没,想到全营官兵都锁在漆黑一片的电影院内,而我却与格罗斯巴特单独留在这儿。我合上了报纸。

“中士,”他说,“我想请您帮个忙。是请您帮忙,我想您不会拒绝吧。”

他停住了,让我有时间拒绝他的请求,但这迫使我以礼相待。“请说吧。”

“好吧,不过是两桩事情。”

我缄默不语。

“头一件事是关于这些谣传。人人说我们将前往太平洋。”

“我告诉过你的朋友菲希拜因,我不知道,”我说,“你得像别人一样，等待确切消息吧。”

“你认为我们每个人都可能往东去吗?”

“去德国?”我说，“有可能。”

“我是说纽约。”

“我想不会，格罗斯巴特。但这是随便说的。”

“感谢您提供的消息，中士。”他说。

“不是正式消息，格罗斯巴特，仅仅是猜测。”

“离家当然越近越好。我父母亲——你知道。”他朝门口跨了一步，然后转过身子，“噢，还有一件事。可以问吗?”

“什么事?”

“这另一件事——我在圣路易斯有亲戚，他们说，如果我能去那儿，他们将为我举行逾越节会餐。上帝啊，中士，我能去该多好。”

我站起身。“可新兵训练期间不签发通行证，格罗斯巴特。”

“好在我们要从现在休假到星期一早晨，中士。离开军营没人会知道。”

“可我知道，你也知道。”

“是的，就我们俩。昨晚我打电话给姨母，可惜你没听到她怎么说。‘来吧——来吧!’她说，‘我准备了鱼饼冻，辣根酱——丰富极了!’就一天，中士。即使出问题也决不会连累你的。”

“上尉不在，没人签发通行证。”

“你签一下嘛。”

“请注意，格罗斯巴特——”

“中士，整整两个月，我天天吃军队伙食，真把我憋死了。”

“我还以为你已经下定决心与大家吃同样的伙食，牺牲一点宗教信仰呢。”

他用一根指头指着我。“你!”他说，“那不该给你读的。”

“我读，读什么?”

“那封信是写给众议员的。”

“格罗斯巴特，别再扯那些鬼话了。正是你想让我读那信的。”

“你为什么老同我过不去，中士?”

“你还想骗谁!”

“我以前只受过骗，”他说，“可我从未骗过别人!”

“滚出去，格罗斯巴特！滚得远远的!”

他一动不动。“你不害臊，就这点儿本事，”他说，“只会对我们这号人耍威风。听说希特勒本人也是半个犹太种。听你说话的态度，我会对这传说深信不疑的。”

“你究竟想要我干什么，格罗斯巴特?”我问他，“你到底在追求什么？你想要我给你特权，给你改善伙食，给你打听去向，给你发周末通行证。”

“你讲话真像个异教徒!”格罗斯巴特晃了晃他的拳头，“我请求签发的难道只是张周末通行证吗？难道逾越节家宴不神圣吗?”

逾越节家宴！我突然想起逾越节已经是好几个星期前的事了。我把这告诉了他。

“是的，”他回答，“谁说不是了？一个月前——我还在靶场吃乱糟糟的杂烩！现在我只是请您帮个小忙。我想这是连犹太小孩都能理解的，我姨母愿意违反常规——推迟一个月庆祝逾越节……”他转身离去，嘴里仍嘀咕着。

“回来!”我喊道，他停住脚步，瞧着我，“格罗斯巴特，为什么你不能像别人一样？为什么你一定要与众不同?”

“因为我是个犹太人，中士。我与别人不同，或许谈不上比别人强，可的确不一样。”

“这是战争，格罗斯巴特。就不能暂时将就点?”

“不行。”

“什么?”

“不行。我无法摆脱我自己，就这些。”眼泪涌上了他的眼眶，“做个犹太人难。可是我现在才理解米基说的话——要一辈子做个犹太人更难。”他悲愤地朝我抬起一只手，“看看你自己吧。”

“不准哭！”

“不准这，不准那，还是不准别的什么吧！不准你，中士，不准你对自己昧良心！”说完，他用袖子擦着脸，冲出门外，“我们起码应当互相帮助——起码……”

一小时后，当我向窗外眺望时，看见格罗斯巴特正穿越操场出去。他身穿一条上浆的卡其裤，手提一只小皮口袋。我冒着酷热跑出门外，四下里静悄悄的，寂然无人，只有对面饭厅旁，四个炊事员弓着腰围着一口平底锅团团而坐，在烈日下一边闲聊一边削马铃薯。

“格罗斯巴特！”我高声喊。

他朝我看了看，又继续走他的路。

“格罗斯巴特，回这儿来！”

他转回身，穿过操场走了回来。最后他来到我面前站住了。

“你上哪去？”我问。

“圣路易斯。我豁出去了。”

“没有通行证，你会被抓起来的。”

“是没通行证，要抓就抓吧。”

“你会被罚坐牢的。”

“我是在牢笼里。”他做了个向后转的动作，又要离去。

我只让他跨出了一两步。“回来。”我说。他顺从地跟随我走进办公室。我用打字机打了张通行证，签上上尉的名字，并在后面签上我自己名字的缩写字母。

他接过通行证，过了会儿，他伸出手来握住我的手。“中士，你不知道这对我有多么重要。”

“去吧，”我说，“但愿别遇上麻烦。”

“但愿我能向你表明这对我有多重要。”

“别再帮我什么忙。别再写信给其他众议员为我请求嘉奖。”

他笑了。“你说得很对。我不会再写的，不过让我为你做点什么吧。”

“带给我一块鱼饼冻就行。走吧。”

“一定！”他说，“另加一片胡萝卜和一点儿辣根。我不会忘的。”

“好吧。出军营大门别忘了出示通行证。别对任何人说。”

“放心吧。虽然晚了一个月，可我还要对你说，节日好①。”

“节日好，格罗斯巴特。”我说。

“你是个好犹太人，中士。你总以为自己心肠狠，可心底里

① a good Yom Tov，Yom Tov为希伯来语，意为“犹太节日”。

是个善良的好人。这可是心里话。”

那最后三个字比格罗斯巴特嘴里说出的任何话都更有分量。“好吧，格罗斯巴特，”我说，“现在叫我声‘长官’，就赶紧出发吧。”

他冲出房门，走了。我对自己深感满意，摆脱同格罗斯巴特纠缠真是一件快乐事，而且我没有付出任何代价。巴雷特决不会发觉的，就算被发觉了，找个借口也不难。这会儿，我坐在办公桌边，心里美美地盘算着。可纱门突然被推开，格罗斯巴特又闯了进来。“中士！”他说。他身后出现了菲希拜因和哈尔佩恩，两人都穿着一身上浆的卡其衣裤，各提着一只与格罗斯巴特同样的皮口袋。

“中士，正巧碰上米基和拉里看完电影出来，差点同他们错过。”

“格罗斯巴特——我没告诉你别多嘴吗？”我说。

“可是姨母说我能带朋友一同去。我想应该带。”

“我是中士，格罗斯巴特——不是你姨母！”

格罗斯巴特用怀疑的目光打量了我一下。他拉了拉哈尔佩恩的衣袖。“米基，告诉中士这对你将意味着什么。”

哈尔佩恩看着我，耸耸肩说：“重要极了。”

菲希拜因不待敦促就朝前跨了一步。“这对我本人，对我父母亲都极为重要，马克斯中士。”

“不行！”我喊道。

格罗斯巴特摇着头。“我能理解你对我的拒绝，可你怎么能拒绝米基，一个从授业座来的小伙子——真不可理解。”

“我不是拒绝米基，”我说，“可你做得太过分了，格罗斯巴特。是你拒绝了他。”

“那我把这张通行证给他算了，”格罗斯巴特说，“我把姨母的地址给他，再写张便条。至少他可以去了。”

片刻间，他将通行证塞进哈尔佩恩的裤袋。哈尔佩恩看着我，菲希拜因也看着我。格罗斯巴特也走到门边，把门推开。“米基，至少给我带一块鱼饼冻回来。”他说着又走到门外。

我们三人面面相觑，最后我说：“哈尔佩恩，把通行证给我。”

他从口袋里掏出通行证，递给我。这时菲希拜因已走到门口，在那儿犹豫徘徊。他在那儿站了一会儿，微张着嘴，然后指指自己。“我呢？”他问。

他那副可笑模样使我心力交瘁。我颓然倒在座位上，只觉得眼底下的血管在嘣嘣直跳。“菲希拜因，”我说，“你知道，不是我想拒绝你什么，对吗？假如这是我的军队，我会让食堂供应鱼饼冻。我还会在军人服务社里出售 kugel①，我对上帝起誓。”

---

① 意第绪语，一种用土豆、鸡蛋等做成的犹太传统面点，形状类似面条。

哈尔佩恩笑了。

“你能理解，对吗，哈尔佩恩?”

“是的，中士。”

“还有你，菲希拜因?我不希望树敌。我和你们一样——我想服完役后就回家。你们渴求的东西我也渴望得到。”

“那么，中士，”菲希拜因说，“你为什么不一起去呢?”

“哪儿?”

“去圣路易斯，去谢利的姨母家。我们会有一个常规的逾越节家宴，玩藏薄饼的游戏。”他咧嘴一笑，露出满口的黑牙。

这时我又看到格罗斯巴特，他站在纱门的另一侧。

“喏，”他晃着一张纸条，“米基，这是地址，告诉她我脱不开身。”

哈尔佩恩没动。他瞧着我，慢慢地耸了耸手臂，接着肩膀也耸了起来。我揭去打字机机套，给他和菲希拜因各打了一张通行证。“去吧，”我说，“你们三个都去。”

看得出，哈尔佩恩真想吻一下我的手。

那天下午，在乔普林的一家酒店，我一边喝啤酒，一边心不在焉地听着人家玩骨牌。我试图公正地看待我已被卷入在内的事件，我甚至怀疑在同格罗斯巴特的矛盾冲突中，也许我应负的责任并不亚于他。我做的事有什么慷慨可言?我凭什么要如此刻薄，如此严厉？毕竟没人要我做惊天动地的大事呀！但是，如果严惩格罗斯巴特意味着严惩哈尔佩恩和那个丑陋却又讨人喜欢的菲希拜因，那我还有任何权利或理由那样做吗？这些天来常萦绕在我脑际的童年回忆中，外祖母的声音突然在我耳边响起："这是怎么搞的？"每当我动了不该动的东西被割破手指遭母亲痛骂时，外祖母总这样责问自己的女儿。我需要拥抱和亲吻，而母亲总爱训斥。只有外祖母知道——仁爱胜过公正。我也应该懂得这个道理。发善心还要斤斤计较，我内森·马克斯成了什么人了？毫无疑问，即使弥赛亚本人降世，他也决不会如此铁面无私。只要情况许可，他就会拥抱，就会亲吻。

第二天，在操场上玩棒球时，我决定向分管归档和分配的鲍勃·赖特军士打听一下两星期后训练期结束时新兵们的去向。在两局间休息时我随便问了一下。他说："全去太平洋战场。舒尔曼那天在印新兵开拔命令。"

这消息使我大吃一惊，就好像我本人是哈尔佩恩、菲希拜因和格罗斯巴特的父亲。

那天晚上，我正昏昏欲睡，忽然有人敲门。"谁？"我问。

"谢尔登。"

他推门走进屋内。这当口，我只觉得他人在，但看不清。

“什么事?”我问。

在我面前的黑暗中，他的身影渐渐映入我的眼帘。“大事，中士。”说着趁势坐到床沿上。我抬身坐起。

“你好吗?”他说，“周末愉快吗?”

“很愉快。”

“他俩睡着了。”他像做父亲似的深深吸了口气。我俩默默地坐了会儿，这间简陋的斗室刹那间沉浸在家庭的温馨之中；房门锁着，猫儿外出觅食，孩子们正安睡在床上。

“中士，能和你谈些什么吗？说悄悄话行吗?”

我缄口不答，而他似乎猜中了我的心思。“不是我的事。是米基。中士，我可从未像关心他那样关心过别人。昨晚我听到米基躺在我隔壁床上说梦话。他是在哭，哭得我的心都碎了。是真的啜泣声。”

“真可怜。”

“我只得叫醒他，让他别哭。他握住我的手，中士——他死不肯松手，几乎像歇斯底里发作。他老是说如果他知道去哪儿就好了。就是知道去太平洋也比蒙在鼓里强。知道就好了。”

很久以前就有人教给格罗斯巴特一条歪理：只有谎言才能套出真相。不是我不相信哈尔佩恩会哭；他的眼圈看上去总是红红的。但不管这是不是事实，从格罗斯巴特嘴里说出来就成了谎言。他这人工于心计。但突然间我心里一动——以其人之道还治其人之身！你有进攻之策，我还有退却之术。况且，我自以为自己并不是那种有勇无谋之辈，于是我便以实情相告。“是太平洋。”

他微微喘口气，这回可不是假装的。“我去告诉他。要不是这样该多好。”

“我也这样想。”

他抓住这句话。“你是说你以为能想些法子？或许更改一下什么？”

“不，我无能为力。”

“归档分配处里你可有熟人？”

“格罗斯巴特，我真的无能为力。”我说，“如果你们得到去太平洋的命令，就得去太平洋。”

“那米基——”

“米基，你，我——无人例外，格罗斯巴特。这是没有法子的事。但或许战争会在你们出发之前结束。祈祷上帝创造奇迹吧。”

“可是——”

“晚安，格罗斯巴特。”我躺回床上，随着格罗斯巴特起身告辞，我的心随着床的弹簧一起舒展开了。现在我能把他看得一清二楚：他的颌部下垂着，瞧起来活像个神志不清的职业拳击手。这时我才第一次看到他手里拿着的一只纸袋。

“格罗斯巴特，”我笑了笑，“是给我的礼物？”

“噢，是的，中士。唔——是我们三人送的。”他把纸袋递给我，“是春卷。”

“春卷？”我接过纸袋，感到袋底油腻腻的。我打开纸袋，满以为格罗斯巴特是在开玩笑。

“我们想您也许会喜欢的，吃过吗——中国的春卷？我们想或许这更合您的口味。”

“你姨母做了春卷？”

“她不在家。”

“格罗斯巴特，是她邀请你的。你亲口告诉我，她邀你和你的朋友们去做客。”

“是的，”他说，“可我把信又读了一遍。是下个星期。”

我从床上跳起身，走到窗前。“格罗斯巴特。”我说。不过没冲着他喊叫。

“什么事？”

“你搞什么鬼，格罗斯巴特？对上帝起誓，你究竟搞的什么鬼？”

我想，这是他第一次不能立刻答上我的问话。

“你怎么能对别人做这样的事?”我继续问。

“中士，这一天对我们可真有意义。菲希拜因，你真该看看他，他*爱死*中国菜了。”

“可逾越节。”我说。

“我们过得也不坏，中士。”

我顿时怒火上冲，开始步步紧逼。“格罗斯巴特，你撒谎!”我说，“你是个阴谋家，是一个骗子。你什么也不尊重。一点也不。不尊重我，不尊重真相——甚至对可怜的哈尔佩恩也不例外！你利用我们所有人——”

“中士，中士，我同情米基。对上帝起誓，我同情他，*爱*他。我试图——”

“你试图！你同情!”我突然转过身，一把抓住他的衬衣前襟，猛烈地摇着，“格罗斯巴特，滚出去！滚出去，滚得远远的。要让我再碰到，你准倒霉。*明白吗?*”

“明白。”

我放开他，当他离开屋子时，我真想对着他站过的地板吐上几口唾沫。我怒不可遏。愤怒吞没了我，占有了我，似乎只有眼泪和暴行才能帮助我解脱。我猛地从床上抓起格罗斯巴特给我的纸袋，用尽全力扔出窗外。第二天早晨，士兵们在军营四周打扫时，我听到新兵中有人扯开嗓子喊了一声，他本来满以为早晨顶多扫上一大把的烟头和糖纸。“春卷!”他叫道，“老天，是该死的中国春卷!”

一星期后，我读到了归档分配处下达的命令。我简直不能相信自己的眼睛。全体新兵将被运往加利福尼亚的斯通曼军营，再从那里启程前往太平洋——只有一人例外。二等兵谢尔登·格罗斯巴特。他将被派往新泽西州的蒙茅斯要塞。我把这份油印的命令反复读了几遍。迪伊，法雷尔，菲希拜因，弗斯里，菲利鲍伊兹，格列尼克，格罗姆克，盖克氏，哈尔佩恩，哈代，黑勒布兰特……最后是安东·齐加德洛——他们月底之前全将开拔西征。全体士兵中只有格罗斯巴特例外。他暗中拉了线，可这根线不是我。

我拿起话筒，接通了归档分配处。

对方传来轻快的嗓音。“下士舒尔曼，先生。”

“我找赖特中士。”

“您是哪位，先生?”

“马克斯中士。”

出乎我的意料，对方“哦”了一声，又说，“请等一下，中士”。

在等候赖特接电话时，我耳边仍响着舒尔曼的“哦”，他为什么要说“哦”?舒尔曼又是谁?突然间，我明白了，一切都明白了，我终于发现了格罗斯巴特拉的那根线。事实上，我能猜到格罗斯巴特在服务社，在地滚球场，或者也许甚至在礼拜堂头一次碰到舒尔曼那天说的话。“见到您真高兴。您打哪来？布隆克斯？我也是。您认识某某人吗？我也认识！您在归档分配处工作？真的？那个，有可能去东边吗？您能帮下忙吗？帮忙改一改？蒙混，欺骗，撒谎？我们互相帮忙，您明白。如果在德国的犹太人……”

鲍勃·赖特接电话了。“你好吗，内特？投球的那只手臂怎么样了？”

“很好。鲍勃，不知你能帮我个忙吗？”这一字一句我听得清清楚楚，我不禁想起格罗斯巴特，于是我不知不觉地开始了自己的计划，这比我想象的要容易，“你听到也许会不相信，鲍勃，可我这儿有个原定派去蒙茅斯的新兵要求更改命令。他有个兄弟死在欧洲，因此争着要去太平洋。他说如果仅在国内盘桓，会被人耻笑为懦夫。我不知道，鲍勃——能想个法子吗？能派别人顶蒙茅斯的空缺吗？”

“换谁？”他审慎地问。

“随便谁。按字母取头一个好了。你看着办吧。那个新兵只想打听一下有没有办法。”

“他叫什么名字？”

“格罗斯巴特·谢尔登。”

赖特没回答。

“喂，”我说，“他是个犹太人，因此他想我会设法帮忙解决的。就这样。”

“我想我能帮上忙，”他最后说，“少校这几个星期都不在。暂时去高尔夫球场报到了。我试一下，内特，不敢说准成。”

“我很感激，鲍勃，星期天见。”我挂上电话，全身冒汗。

第二天，修正后的命令下达了：菲希拜因，弗斯里，菲利鲍伊兹，格列尼克，格罗姆克，格罗斯巴特，盖克瓦，哈尔佩恩，哈代……幸运的二等兵哈利·奥尔顿将去新泽西州的蒙茅斯要塞，不知出于何种理由，那儿需要一名受过步兵训练的现役士兵。

那夜吃过晚饭，我回文书室去修改整理值岗名册。格罗斯巴特正等着我。他先开了口。

“你这狗娘养的！”

我坐到桌边，他怒目而视，而我则若无其事地开始在值岗名册上做着必要的更改。

“你为什么要和我过不去？”他喊道，“和我全家过不去？难道我离父亲近了会害到你？只有上帝知道他还能活几个月。”

“为什么只能活几个月？”

“他的心脏，”格罗斯巴特说，“他一生中遇到的麻烦够多了，可你还要再给他添麻烦。我诅咒碰上你的那一天，马克斯！舒尔曼告诉我发生了什么。你这永无休止的排犹主义者，你承认吗？你在这儿给我造成的损害不够大，还特地打电话给那边！你真想整死我！”

我在值岗名册上做完最后几个记号，起身要走。“晚安，格罗斯巴特。”

“你必须向我做出解释！”他挡住了我的去路。

“谢尔登，要做解释的应当是你。”

他沉着脸。“向你？”

“向我，是的——不错。但更应该向菲希拜因和哈尔佩恩。”

“好，你尽管歪曲事实。我绝没欠别人的人情。我为他们做了能做的一切。现在我有权利照应我自己。”

“我们必须学会互相照应，谢尔登，这是你自己告诉我的。”

“你说要照应我——可你做了些什么？”

“不，是照应我们大家。”

我推开他，朝门口走去，只听得他在我背后剧烈地呼吸，就像是力大无穷的火车头在向外喷蒸汽。

“一路平安。”我在门口说。我想菲希拜因和哈尔佩恩也一定会平安无事，即使是在太平洋——除非格罗斯巴特继续利用菲希拜因的顺从和哈尔佩恩的软弱为他自己谋利。

我站在文书室门外，听见格罗斯巴特在我身后哭泣。而那边的军营里，在亮着灯光的窗户中，我看见身穿汗衫的士兵坐在床上，正像前两天那样谈论着接到的命令。他们怀着紧张的心情在默默地擦皮鞋，擦皮带扣，打点行装，严阵以待，迎接他们的命运。在我身后，格罗斯巴特忍气吞声地接受了他的命运。而我则竭力克制着回身请求宽恕报复的冲动，接受我自己的命运。

爱泼斯坦

一

周末来客迈克尔还没有回来，在当年赫比房中摆着两张一模一样的单人床，他将在其中的一张上过夜。房间墙上还挂着赫比棒球队的照片。路·爱泼斯坦和妻子则在自己的卧房里躺着，他们的床与墙摆成了斜角。女儿希拉的房内空无一人，她正在同她那位当民谣歌手的未婚夫幽会。卧房一角端坐着一只玩具小熊，小熊的左耳悬挂着一颗刻有“投社会党人一票”字样的纽扣。在原先堆放布满灰尘的路易莎·梅·奥尔科特①著作的书架上，现在放置着霍华德·法斯特②的作品集。整幢房子静悄悄的，只有楼下的餐室还亮着，安息日蜡烛在高高的金色烛台上，烛光融融，赫比的忌日悼念蜡烛也在玻璃罩中闪着颤巍巍的光。

爱泼斯坦心不在焉地望着卧房昏暗的天花板，让他终日忙乱的大脑安宁一阵。妻子戈尔蒂在他身旁发出粗重的呼吸声，活像个长年支气管炎患者。十分钟前，她脱去衣服，套上白睡裙，先套在头上，接着套没了垂腰的乳房，再接着套没了像风箱那样多皱的腰部，以及犹如行车图上的公路线一般青筋满布的大腿和腿肚。爱泼斯坦在一旁默默地注视着。昔日娇小的倩影，而今显得臃肿，一切都松弛了。妻子穿好睡衣上床时，他曾闭上双眼，在脑海中搜寻一九二七年的戈尔蒂和路·爱泼斯坦。这会儿他转向她，肚子贴近她的后背，边回想边伸手去摸她的乳房。乳头像母牛乳头似的耷拉着，足有他小指那般长。他将身子转回自己一侧。

钥匙在前门的锁眼中转动——随即传来窃窃私语，接着门被轻轻地关上。他紧张地等待着嘈杂声——这两个社会党人不用太久定会打破沉寂。夜阑人静，拉上和拉开拉链就足以使人夜不成寐。“他们在那儿干什么?”一个星期五夜晚他曾大声问过妻子，“试穿衣服?”现在他得再次耐心等待。他并不反对他们嬉闹。他不是清教徒，主张让年轻人尽情享乐。他不也年轻过吗？但在一九二七年，他和妻子可都是一表人才。路·爱泼斯坦可不像那个靠酒馆卖唱为生的厚脸皮时髦懒鬼，有一次他曾问爱泼斯坦，生活在三十年代的“社会大动荡时期”是否“令人激动”。

---

① Louisa May Alcott（1832—1888），十九世纪美国小说家，代表作《小妇人》（*Little Women*）。

② Howard Fast（1914—2003），美国小说家，出身于犹太家庭，代表作《斯巴达克斯》（*Spartacus*）。

而他女儿，为什么她不能长得像对街那个姑娘一般，那个女孩子常同迈克尔幽会，她父亲已不在人世。如今她可是个漂亮姑娘了。但不是他的希拉。他想知道那个粉红皮肤的婴孩怎么会变得这般粗俗？曾几何时，她那纤细的踝关节变得粗如滚木，她那樱桃色的嫩白脸长满粉刺？昔日可爱的女孩如今成了个具有“社会觉悟”的二十三岁妇女！哼，觉悟，他思忖着。她白天追寻示威队伍参加游行，晚上到家便狼吞虎咽……想到她同那个吉他手互相爱抚对方的难以启齿之处，这似乎比犯罪更糟——令人厌恶之极，爱泼斯坦在床上辗转反侧，他们的喘息声和拉拉链声在他耳里犹如惊雷轰鸣。

哧啦！

是他们在胡闹。他会无视他们，去想点别的事。他的生意……他打算一年后退休，但爱泼斯坦纸袋公司连个接班人都没有。他白手起家，惨淡经营，大萧条和罗斯福时代曾受挫而大伤元气，还是战争和艾森豪威尔才给公司带来了生机。想到它将落入外人之手，怎能不忧心忡忡。但有什么法子呢？赫比活着该二十八了，可他十一岁那年死于小儿麻痹症。而希拉，他唯一的继承人，却选择了这么个懒汉作未婚夫。他自己能做什么呢？五十九岁的人怎能突然间再有子嗣？

哧啦！呼哧——呼哧——呼哧！啊！

他紧堵起双耳和大脑，极力只回想过去，好让自己沉湎于回忆之中。譬如说，那天的晚餐……

那天从公司下班回家，他惊奇地发现餐桌旁坐着一个士兵。他感到惊奇，因为十多年不见，这孩子长成了一张爱泼斯坦家族特有的脸，他的儿子本该也长成这样一张脸，鼻梁上有个小结，坚毅的下巴，黝黑的皮肤，禾束般竖着的黑亮头发，但迟早有一天会变成灰色，像天上的云。

“看谁来了，”他一踏进家门，手指甲里还带着一天的污垢，妻子就对他大声嚷道，“索尔的儿子。”

士兵从椅子上一跃而起，伸出手来。“您好吗，路易斯伯伯?”

“好一个格里高利·派克，”爱泼斯坦的妻子说，“好一个蒙哥马利·克利夫特，你弟弟的儿子。刚到这儿才三小时他就和人有了约会。风度翩翩的小伙子……”

爱泼斯坦缄口不答。

士兵立正着，站得笔挺，好像参军前早就学会了彬彬有礼。“贸然登门，我想您不见怪吧，路易斯伯伯。上星期我乘船去蒙茅斯，父亲说我应该途中停留一下来看望你们全家。我请准了周末假，戈尔蒂伯母要我待上——”他顿住话头等待着。

“瞧他，”戈尔蒂说，“真是个王子!”

“当然，”爱泼斯坦终于说，“你得住下。你父亲好吗？”自从一九四五年因买索尔的公司股票之事发生口角，索尔搬到底特律居住以来，爱泼斯坦还不曾同弟弟说过话。

“父亲很好，”迈克尔说，“他问候你。”

“谢谢，我也向他问候。请你转告他。”

迈克尔坐下身去，爱泼斯坦知道，那孩子想的一定同他父亲一样：路·爱泼斯坦是个粗鲁鬼，只有想到爱泼斯坦纸袋公司，才能让他的心跳加快。

希拉一回家，他们就一齐坐下吃饭，四人一桌，同过去一样。戈尔蒂·爱泼斯坦上上下下忙作一团，一道菜刚吃完，下一道菜就立即放到他们鼻子底下。“迈克尔，”她用回忆的口吻说，“迈克尔，你小时候吃相不好。你姐姐路得，愿上帝保佑她，可有副好吃相，不是胃口大，是吃相好。”

爱泼斯坦还是头一次记起了他的小侄女路得，那个黑头发的小美人儿，《圣经》中的路得。他瞧着自己的女儿，但耳边他妻子还唠叨不停。“不，路得没那么好的胃口。可她从不挑食。我们的赫比，安息着的赫比，可爱挑食了……”戈尔蒂朝她丈夫看了一眼，似乎他会确切地记住他的爱子属于哪种吃相；可他眼睛却只盯着自己那盘炖肉。

“可是，”戈尔蒂·爱泼斯坦继续说，“你会活得好好的，迈克尔，你胃口还不错嘛……”

啊啊啊！啊啊啊！

响声打断了爱泼斯坦的回忆。

啊啊啊啊啊啊啊！

真受够了。他下了床，确信把自己塞进睡衣中后，抬脚下楼朝起居室走去。他想让他们知道自己的看法。他想告诉他们——一九二七年不是一九五七年！不对，这是他们想要告诉他的。

可起居室里竟不是希拉和那个民谣歌手。爱泼斯坦只觉地板上有阵凉气钻进宽松的睡衣裤腿，直钻到胯部，腿股上顿时起了鸡皮疙瘩。他们没看见他。他倒退一步，从拱廊后面退回餐厅，但眼睛仍死死盯着起居室的地板，盯视着索尔的儿子和住对街的那个姑娘。

姑娘来时穿着短裤汗衫，可此时它们被扔在沙发的扶手上。烛光之下，爱泼斯坦看见她赤裸着身子，迈克尔躺在她身边，跃跃欲试，全身上下只穿着军靴和卡其布袜。姑娘的乳房像两盏小白玉杯，迈克尔依偎着，吻了又吻。爱泼斯坦心头一震，但他没敢移步，也不想移步，一直到两人像调车场中的车辆猛然相撞，交合，震颤，他才在闹声中战栗着踮脚上楼，回到妻子床上。

似乎有好几小时，他无法迫使自己入睡，直到楼下开门，两个年轻人双双离去。过了一分钟左右，他听到又有一把钥匙在锁孔中转动，但不知道是迈克尔回来睡觉，还是——

哧啦！

这回准是希拉和那民谣歌手！整个世界，他想，整个年轻人世界，不管丑鬼、美人，胖子、瘦猴，竟全都在拉着拉链！他一把抓住自己的一束灰发，猛力拉着，一直拉到头颅发疼。妻子动了动，嘴巴里在咕哝。“黄……黄……”她摸到毯子，就拉过来盖住身子，“黄……”

黄油！她正做梦梦见黄油。她梦中想着食谱，而别人却都在拉着拉链。他闭起双眼，重重翻动几下后，终于沉入老人常有的昏睡之中。

二

要追究麻烦的起因，得追溯到多远？以后有了空，他会问问自己。可它始于何时？看见两人躺在地板上的那晚？十七年前他把医生从床边推开，俯身去亲吻赫比的那个夏夜？十五年前在被窝中嗅出 Bab-O [①] 而不是女人味的那晚？还是女儿头次叫他“资本家”的那天，好像这是个脏名字，事业成功竟同犯罪一般？或许这几次都不是？寻根究源也许只是想找托词而已。难道麻烦、大乱子，不就发生在那天早晨，他看见艾达·考夫曼在等公交车？

那个艾达·考夫曼，上帝啊，为什么竟是个外人，一个他没爱过也不可能爱的人，改变了他的一生？她在对街住了还不到一年，据本街的长舌妇凯兹太太透露，由于考夫曼先生逝世，她很可能卖掉房屋，搬到巴尼加特的避暑别墅常居。直到那天早晨，爱泼斯坦还不曾注意过这女人：黝黑标致的脸蛋，高耸的胸脯。

一个月前，她几乎不同其他主妇们说话，时时刻刻照料着身患癌症的丈夫。爱泼斯坦曾有一两次向她举帽致意，可当时，心里却还惦着爱泼斯坦纸袋公司的命运。本来在这个星期一早晨，他可以驱车直接驶过公交站台。这是四月的一天，风和日暖，在车站等车当然不用遭罪。鸟儿叽叽喳喳在榆树上欢唱，太阳当空照耀，像青年运动员胸佩的奖牌般闪闪发光。那女人在站台候车，身着薄衫，没穿外衣。爱泼斯坦看见她在等着，在那身衣衫、长统袜和想象中的内衣裤下面，他看见了躺在他家起居室地毯上的女孩子的身躯，因为艾达·考夫曼就是迈克尔新交女友琳达·考夫曼的母亲。爱泼斯坦于是慢慢靠路边停下，不再想着女儿，而将母亲接上了车。

“谢谢，爱泼斯坦先生，”她说，“您太客气了。”

“哪儿的话，”爱泼斯坦说，“我去市场街。”

“去市场街，那太好了。”

他把加速器一脚踩得过猛，那辆大克莱斯勒猛地朝前冲去，发出大马力福特车那样的噪声。艾达·考夫曼摇下她一侧的车窗，让和风飘进车内，然后燃起一支香烟。过了会儿她问：“星期六晚上跟琳达约会的是您侄儿，对吗?”

---

① 一种除污剂。

“迈克尔？是的。”爱泼斯坦顿时脸红起来，其中的奥秘，艾达·考夫曼显然不知。他的脸一直红到了脖颈，于是他开始咳嗽，装成呼吸不畅引起血往上涌。

“这孩子很不错，彬彬有礼。”她说。

“我弟弟索尔的儿子，”爱泼斯坦说，“他家住底特律。”他把思想转移到索尔身上，好让红晕退尽：假如当年没同索尔发生口角，迈克尔就是爱泼斯坦纸袋公司的继承人。他会有这想法吗？这不比外人继承强吗……

爱泼斯坦在思索，艾达·考夫曼却在一旁吸烟，他俩一路驱车，默默无语。榆树下，飞鸟啁啾，初春的天空像一面展开的蓝旗。

“他真像你。”她说。

“什么？你说谁？”

“迈克尔。”

“不，”爱泼斯坦说，“他嘛，长得和索尔一模一样。”

“不，不，用不着否认——”说罢，她放声大笑，嘴里喷出烟龙，她猛地把头用力朝后一扬，“不，不，不，他的脸像你！”

爱泼斯坦好奇地看着她：紧挨牙齿的两片嘴唇又大又红，此刻正在咧着嘴笑。她笑什么呢？当然——你的小男孩像送冰人，她在开那种玩笑。他也咧开嘴笑了，多半是想到和弟媳同床作乐，可弟媳的那身肉比自己妻子还要往下垂得厉害。

爱泼斯坦张嘴一乐，艾达·考夫曼可就笑得更欢了。行，他决定也逗她一逗。

“您的琳达，她又像谁?”

艾达·考夫曼闭上嘴；她把眼皮眯成缝，挡住了眼睛的光亮。难道他说错了？玩过火了？亵渎了殁于癌症的死者名声？不，不是，她突然朝前抬起双臂，耸了耸肩，像是在说，“天知道，爱泼斯坦，只有天知道”。

爱泼斯坦狂笑起来。这么多年来，他可是头一遭碰上个有幽默感的女人；他妻子把他讲的每句话都奉为金科玉律。但艾达·考夫曼不这样——她笑得那么欢，笑得乳房直颤，几乎从她黄褐色上衣的衣领里蹦出来。它们不是玉杯，而像罐子。爱泼斯坦只知道又接连给她开了两次玩笑，可玩笑开到一半，旁边突然警笛鸣响，交警随手递给他一张罚单，兴头上，他连红灯也没看见。这是他那天接到的三张罚单中的头一张；早晨稍晚些时候，在疾驰去巴尼加特的路上，他又被罚了；第三次被罚是因为傍晚回家时，为赶上晚饭而在公路上超速行驶。三张罚单总共花去他三十二块，但正如他告诉艾达的那样：当你笑得眼泪盈眶时，你怎么能区别出绿灯红灯，高速低速来呢?

晚上七点，他把艾达送回街角的站台，并将一张钞票塞进她手里。

“嗯，”他说，“嗯——买点东西吧。”这天，他总共花去五十二块。

接着，他驱车转入大街，脑子里却忙于编一套话应付妻子：有人想买下爱泼斯坦纸袋公司，谈了一天生意，希望很大。车开进车道时，他一眼看见活动百叶窗后面妻子那硕大的身影。她用手在百叶窗条上摸了一把，查看有没有灰尘，一边等候着丈夫回家。

三

生痱子了？

他把睡裤褪到膝盖上，对着卧房内的镜子仔细观看，楼下，锁孔中有钥匙在转动，可他全神贯注地照着镜子，竟没听见开锁声。赫比老生痱子——这是种小儿常见病。难道成人也会生痱子？他提着半吊着的睡裤蹒跚地挪近镜子。或许是沙疹。一定是，他想，在那温暖和煦的三个星期里，每当尽兴之后，他和艾达·考夫曼就双双在别墅前的沙滩上休憩。一定是沙子掉进了裤子里，等车一开上公路奔驰，它就作起怪来。此刻他后退了一步，戈尔蒂走进卧室时，他正眯眼对着镜子打量自己。她刚洗完热水澡——她之前说她的骨头酸痛——全身烫得发红。她的进门使正在像哲学家般认真打量身上红斑的爱泼斯坦大吃一惊。当他从沉思中迅速醒悟过来时，脚不慎被裤腿勾住，绊了一下，睡裤滑到了地板上。于是他俩活像当年的亚当和夏娃，浑身上下一丝不挂，只是戈尔蒂全身通红，爱泼斯坦长着痱子，或者沙疹，或者——他脑子里飞快闪过一个念头，如同第一原则在研究形而上学的哲学家的脑海里呈现。当然啰！他急忙往下伸出双手，遮住胯部。

戈尔蒂看着他，有点迷惑，而爱泼斯坦却在找话掩饰自己这种举动。

他最后说："洗了个舒服澡？"

"舒服，真舒服，是个舒服澡。"他妻子咕哝着说。

"你会着凉的，"爱泼斯坦说，"快穿衣服吧。"

"我会着凉？你才会着凉呢！"她看着他遮护胯部的双手，"伤着了？"

"有点儿冷。"他说。

"哪儿冷？"她走过去看他用手护着的地方，"哪儿？"

"全身都冷。"

"那把全身都盖住。"

他弯腰去拉睡裤；但刚放下遮羞布般的双手，戈尔蒂便不禁吸了口凉气。"那是什么？"

"什么？"

"那个！"

他不敢正视她的眼睛，于是改而去瞧她低垂着的乳房上那两只发紫的乳头。“我想不过是颗沙疹。”

“不是沙疹!”

“那么是颗湿疹!”他说。

她跨近一步，伸过手去，但没有碰，只是指着它。她用食指在生疹子的地方画了个小圈。“一颗湿疹，长这儿?”

“为什么不能长这儿?”爱泼斯坦说，“就像在手上或胸部长一颗疹子。疹子总是疹子。”

“可怎么会突然间生出来?”他妻子问。

“噢，我又不是医生，”爱泼斯坦说，“今天生出来，或许明天就会退。我怎么搞得清楚！大概是从店铺的马桶座圈染上的。那帮黑鬼都是些猪猡——”

戈尔蒂啧了啧舌。

“你说我撒谎?”

她抬眼看了看。“谁说你撒谎了?”说着飞快地朝自己的身上扫视了一遍，检查四肢、腹部、乳房，看有没有从他那儿染上疹子。她把目光转回丈夫身上，然后又落到自己身上，突然，她张大双眼。“你!”她尖叫道。

“上帝，”爱泼斯坦说，“你会吵醒迈克尔的。”

“你才是猪猡！谁，你说谁!”

“我对你说，那帮黑鬼——”

“撒谎！猪猡！”她转身回床，猛地躺下，压得弹簧咯吱咯吱直响，“撒谎！”说着又跳下床，一把从床上抓起被单，“我要烧了它们，一条一条统统烧光！”

爱泼斯坦一步跨出绊在踝关节上的睡裤，朝床边奔去。“你想干什么——这不会传染的。只有那马桶座圈可能会传染。你去买一点氨水——”

“氨水！”她吼叫起来，“你是该喝氨水！”

“不，”爱泼斯坦嚷道，“不，”说着从妻子手里夺过被单，扔回床上，发狂似的铺了起来，“留着它——”他奔到床后，可他在那儿铺，戈尔蒂却绕到床头，把铺好的被单扯下来，于是他就奔回床头，而戈尔蒂又绕到床脚。“别碰我，”她尖声叫道，“别靠近我，你这头肮脏的猪！要碰，就去碰那脏女人吧！”她再次使劲去扯被单，把它们一下子扯下床来，揉作一团，直往上吐唾沫。爱泼斯坦一把夺回被单，两人一个在床头铺，一个在床跟扯，又一个在床跟铺，另一个在床头扯，闹得不可开交，最后被单被撕成了碎布条。此时，戈尔蒂才头一次哭了。看着缠绕双臂的碎布条，她开始抽啜起来。“我的被单，我干净整洁的被单——”她一头栽倒在床上。

卧房门口出现了两张脸。希拉·爱泼斯坦发出呻吟：“圣灵耶稣啊！”民谣歌手在窥探，一次，两次；然后，他疾速退出卧房，快步下楼。爱泼斯坦把白布条裹在身上遮住下身。女儿走进房内，可他一声不吭。

“妈妈，出了什么事?”

“你父亲——”床上有个声音呻吟着说，“他生——生了一颗疹子!”她泣不成声，臀部上白色的肌肉在起伏抖动。

“不错，”爱泼斯坦说，“是颗疹子。可那难道犯法？出去！让你母亲和父亲休息。”

“她为什么哭呢?”希拉问，“请回答我!”

“我怎么知道！我能猜到她的心思？全家都发了疯，谁知道他们在想什么!”

“不准你讲母亲发疯!”

“你敢对我扯嗓门！要尊重你父亲!”他把白布条裹得更紧，“马上出去!”

“不!”

“那别怪我推你。”他朝房门走去；女儿一动不动，而他又不能伸手去推，他只得将头往后一仰，对着天花板自言自语，“她开始在我们的房间示威了！滚出去，你这笨蛋!”他朝女儿跨了一步吼道，像要喝退一只野猫或野狗。可重一百六十磅的女儿竟把父亲推了回来。他又吃惊又伤心，破被单掉了下来。女儿瞧着父亲，涂着口红的嘴唇开始发白。

爱泼斯坦抬眼望着她，申辩道："我是从马桶座圈上传染到的。那帮黑鬼——"

话还没说完，门口又伸进一个脑袋，头发乱蓬蓬的，嘴唇又肿又红。是迈克尔，他每个周末都要和琳达·考夫曼约会。此时，他恰好回家。"我听到楼上有动静，出了什么——"突然他看见床上裸体躺着的伯母，就赶忙转过脸去，可刚好看见他伯父。

"你们全，"爱泼斯坦嚷着，"全给我滚出去！"

没人听他的。希拉堵在门口，像担负着政治使命一般；而迈克尔两条腿却像生了根，一条是羞愧，一条是好奇。

"滚出去！"

楼梯上传来上楼的脚步声。"希拉，要不要我去叫——"话音未落，吉他手已出现在门口，神情急切，似乎想一下探个究竟。他两眼向房内巡视了一周，目光最后落到爱泼斯坦的胯上；他惊讶地张大嘴。

"他生的什么？梅毒？"

他的话音悬了好一阵子，房里骤然平静下来。戈尔蒂·爱泼斯坦止住啼哭，起身下床。门口那两个青年赶紧垂下眼睛。戈尔蒂弓起背，乳房垂出，嘴唇动了起来。"我要……"她说，"我要……"

"要什么，妈妈？"希拉问，"你要什么？"

“我要……要离婚!”她嘴里说，可脸上却露出惊愕的神色。不过丈夫比她更惊愕，他猛地用手掌拍打着头。

“离婚！你疯了?”爱泼斯坦扫视四周，对迈克尔说，“她疯了!”

“我要离婚。”她说着，翻了翻白眼，横倒在没铺被单的床垫上，晕了过去。

被嗅盐唤醒之后，妻子又命爱泼斯坦睡到赫比房内。睡单人床很不习惯，他辗转难寐。身旁那张床上睡着迈克尔，他听得见侄儿的呼吸声。星期一，他想，星期一他得四处活动，求助律师；不，得先找医生。不用说，只消一分钟医生准能诊视完毕，并将结果告诉他；这结果他心里很清楚——艾达·考夫曼是个正派女人。爱泼斯坦敢发誓——他曾经嗅过她的肉体！医生会证实他的判断：这个小点只是他们互相摩挲引起的，由两人共同造成，并非一人传染，因而很快会消退。他是清白的！真有罪孽，也和那些肮脏的病菌无关。但不管有罪没罪，医生都得给他处方，然后还得听律师告诫，到那时候可就路人皆知了。他突然想到还有弟弟索尔，他真巴不得家里闹得不可开交。爱泼斯坦翻了个身，眼睛瞟了下迈克尔的床。一丁点的光亮落在孩子头上，他醒着，脸上长着爱泼斯坦的鼻子、下颏和前额。

“迈克尔?”

“嗯?”

“睡不着?”

“嗯。”

“我也是,”爱泼斯坦说，然后换了种带歉意的语调，“飞来横祸……”

他收回目光，盯着天花板。“迈克尔?”

“嗯?”

“没什么……”他想打听，可又顾虑重重，“迈克尔，你也生过疹子，对吗?”

迈克尔一下从床上坐起身子，肯定地说:“没!”

“我只是在想,”爱泼斯坦说得很快，“你明白，我生疹子……”他说不下去，于是又把目光从孩子身上移开，但他又一次想到，迈克尔会成为公司的继承人，如果蠢索尔不……可现在公司还有什么要紧的。它从来就不属他个人，而属于他们全家。他还在，他们却不在了。

他用双手捂住眼睛。“多大的变化，多大的变化,”他说，“我甚至搞不清这变化究竟何时开始的。我，路·爱泼斯坦，长了颗疹子。可我还是我，路·爱泼斯坦。忽然间，哼！一切都变了样。”他再次瞧着迈克尔，这一次他说得很慢，一字一句地加重音，似乎那孩子不是他侄儿，而是个结过婚的男子，“我从没干过坏事，我发誓，说谎不得好死。我确实一生没干过坏事，我没有对不起他们……”

他顿住话头，这不是他心里想要说的话。他打开床头灯，换了个话题，又讲了起来。“我才七岁，迈克尔。我来到这儿时才刚满七岁。那一天，我仍记得清清楚楚，几乎就像昨天一样。你祖父祖母和我——你父亲那时还没有出世，相信我，这些事你父亲一无所知。你祖父祖母和我伫立在码头，等候查利·戈德斯坦来接我们。他是你祖父在故国时的合伙人，是小偷。无论如何，我们得等着，最后他来接我们，把我们带到居住地。他来的时候手里提着一只大桶。你知道桶里是什么？是煤油。我们全站着，查利·戈德斯坦把煤油浇在我们三人头上。他使劲地擦着，帮我们除虱。那味儿可不大好受。小孩子真受不了……”

迈克尔耸耸肩。

“哎，你们怎么能理解呢？”爱泼斯坦咕哝着，“你懂什么？才二十岁……”

迈克尔又耸耸肩。“二十二。”他低声说。

这些事爱泼斯坦能讲很多很多，可他不知道其中能否有一件切中主题，他脑子里想着它，可难以启齿。他跳下床，走向卧室的房门。他打开门，站在那儿竖起耳朵听着。在楼下的沙发上，他能清楚地听到民谣歌手的鼾声。这样的夜晚还要留客！他关上门，回到房内，手搔着臀部。“相信我，她不会为这事睡不着的……她配不上我。什么，她煮饭？那是桩大事？她打扫房间？那该得一枚奖牌？总有一天我回到家，屋里会一团糟的。灰尘积得能划出我姓名的缩写，不管怎么说，至少地下室里是这样。迈克尔，过了这些年的安稳日子，那也会是一种乐趣！”他一把抓起自己的灰发，“怎么搞的？我的戈尔蒂，这么个美人竟变成了一台清洗机，真不可思议。”他走到那边一堵墙壁前，凝视着赫比棒球队的彩照，上面是一张张长下巴上肌肉紧绷的脸，可惜褪了色。照片的底部有他们的签名：查利·凯勒，路·盖瑞格，雷德·鲁菲……多久远的日子。赫比多么爱他的扬基队啊。

“一天晚上，”爱泼斯坦又打开话匣子，“那甚至在大萧条之前……你知道我们做了些什么，戈尔蒂和我？”这会儿，他正盯视着雷德·鲁菲，像是要看透他，“你不了解我的戈尔蒂，她是个多美的美人啊。那晚，我们拍了许多照片。我架起照相机——是在老房子——我们在卧房里拍照片。”他停住话头，回忆着，“我想给妻子拍张裸体照，随身带着。这我承认。第二天早晨，我一醒来就看见戈尔蒂在撕底片。她说，不是她想说不吉利的话，可不一定哪天出了交通事故，警察掏出我的皮夹找身份证，哦，那还了得！”他微微一笑，“你明白，女人嘛，总爱杞人忧天……可我们至少拍了照片，尽管没能冲洗出来，但能有多少人敢那样做?”他说不准，他把目光从雷德·鲁菲转移到迈克尔身上，只见迈克尔嘴角露出一丝淡淡的微笑。

“你笑什么，照片?”

迈克尔咯咯地笑了。

“咦，”爱泼斯坦微笑着说，“怎么，你从来没那样想过？我敢做敢认。或许对别人来说，这似乎是越轨行为，甚至称得上犯罪，可有谁会说——”

迈克尔收敛起笑容，真不愧是他父亲的儿子。“会有人说。有些事就是不对。”

爱泼斯坦愿意承认自己年轻时所犯的过失。“或许，”他说，“或许她撕底片撕得对——”

迈克尔剧烈地摇起头来。“不！有些事不对，就是不对!”

爱泼斯坦觉得侄儿矛头指向的是那个通奸的伯父，而不是照相的伯父。突然，他嚷了起来。“对，错！从你和你父亲嘴里，我听到的全是这些。你以为你是谁，所罗门王吗?”他抓住床柱，“要我告诉你拍照片那晚我们还干了些什么吗？那晚我们有了赫比，我敢肯定。整整一年，我们试了又试，直到我被榨干，然后就是那一晚，我们成功了。在拍照片之后，就因为这些照片？鬼才知道!”

“可——”

“可什么！可这个？”他边说边指着自己胯部，“你是个孩子，你根本不懂。别人抢你东西，你会伸手去夺——或许像头猪，但总会伸手夺。什么对啦错啦，只有天知道！只要你眼中掉点泪水，还有谁能分得清对与错，是与非！”他此时压低嗓门，声音虽低，但愈加严厉，“别给我骂名。别当我没看见你和艾达的女儿干的事，那不该招骂吗？你就干得对？”

迈克尔这时从床上跪起。“你——看见了？”

“我看见了！”

“可这不一样——”

“不一样？”爱泼斯坦高声喊道。

“结了婚的不一样！”

“你并不知道什么叫不一样。娶老婆，当爸爸，又一次当爸爸——然后他们开始夺走——”说着，他膝盖一软，横倒在迈克尔床上。迈克尔低下头，看着伯父，他手足无措，不知如何劝说才好，他可从未看见十五岁以上的人哭过。

四

星期天早晨通常总是这样：九点半戈尔蒂开始煮咖啡，此时爱泼斯坦就走到街角去买熏鲑鱼和星期天的《消息报》，当熏鲑鱼放到桌上，贝果放入烤箱，报纸的插图栏放到戈尔蒂的鼻子底下时，希拉穿着齐踵长的晨衣打着呵欠走下楼来；他们坐下用餐，希拉边吃边责备父亲不该买《消息报》："将钱扔进法西斯分子的口袋。"门外，非犹太教的教徒们成群结队走向教堂。年复一年，日复一日，一切依然如故，只是《消息报》离戈尔蒂的鼻子越来越近，而离希拉的心越来越远；她给自己订了份《邮报》。

这个星期天，一觉醒来，爱泼斯坦就闻到从厨房传来的煮咖啡味。他悄然走下楼梯——在接受医生诊治之前，他只被允许使用底层的盥洗室——一股熏鲑鱼味扑面而来。最后，他刮完脸，穿好衣服，迈步走进厨房，耳边忽然响起翻阅报纸的沙沙声。就像是另一个爱泼斯坦，他的幽灵，在一小时前起床，行使着他星期天的职责。时钟下的餐桌边，正坐着希拉、民谣歌手和戈尔蒂。贝果在烤箱中烤着，民谣歌手背靠椅子坐着，自弹自唱——

> 长年运气不佳
>
> 近期时来运转……

爱泼斯坦拍了下双手，然后用力搓着，准备用餐。“希拉，这是你出去买的？”他朝报纸和熏鲑鱼做个手势，“谢谢你。”

民谣歌手抬头瞧了一眼，然后用同样的调子即兴唱道——

> 我外出买了熏鲑鱼……

唱到此处他咧嘴一笑，真是个十足的小丑。

“住嘴！”希拉朝他喊道。

他模仿着她说的话，手里仍一下下拨动琴弦。

“谢谢你啰，年轻人。”爱泼斯坦说。

“他叫马文，”希拉说，“告诉你。”

“谢谢你，马丁。”

“马文。”年轻人说。

“我耳朵不太好使。”

戈尔蒂·爱泼斯坦抬起头，目光离开报纸。“梅毒会使人变成傻瓜。”

“什么！”

“梅毒会把人弄成傻瓜……”

爱泼斯坦猛地站起身，勃然大怒。“那是你告诉她的？”他朝女儿嚷着，“谁告诉她的？”

民谣歌手停止拨动吉他。没人答话；他们都是同谋。他抓住女儿肩膀。“你要尊重你父亲，懂吗！”

她挣脱出自己的肩膀。“你不是我父亲！”

这话使他猛地想起艾达·考夫曼在车上开过的玩笑，想起她那黄褐色的衣衫和春日的蓝天……他把身子探向坐在餐桌那头的妻子。“戈尔蒂，戈尔蒂，看着我！看着我，路！”

她重又盯着报纸，故意把它举得离鼻子远远的，她要让爱泼斯坦知道，这上面的字她根本看不清。同她全身其他部位一样，验光师说她的眼部肌肉也松弛了。“戈尔蒂，”他说，“戈尔蒂，难道我做了世界上最坏的坏事？看着我的眼睛，戈尔蒂。告诉我，犹太人何时开始闹离婚的？究竟何时？”

她抬眼瞧瞧他，然后又瞧瞧希拉。“梅毒把人弄成傻瓜了，我不能同头猪一起生活！”

“我们会想办法解决。我们去见拉比——”

“他还会承认你——”

“可孩子呢，孩子怎么办?”

“什么孩子?”

赫比死了，希拉视同陌路；妻子说得对。

“孩子成年了，能够照顾自己，”戈尔蒂说，“她要愿意，可以来佛罗里达和我住。我正考虑搬去迈阿密海滩。”

“戈尔蒂!”

“别嚷，”希拉说着，露出一副一触即发的架势，“你会吵醒迈克尔的。”

戈尔蒂耐着性子，彬彬有礼地对女儿说：“迈克尔一清早就走了。他带琳达去海滨度星期天，去他们在贝尔马的别墅。”

“巴尼加特。”爱泼斯坦咕哝着，起身离开餐桌。

“你说什么?”希拉问。

“巴尼加特。”他决心不等再有人发问，就先离开这个家。

在街角的快餐馆，他买了份他爱读的报纸后独自坐下，边喝咖啡边望着窗外，街上行人正成群结队朝教堂走去。此时走来一位非犹太姑娘，手中拿着一顶白色的圆帽；她弯腰脱下一只鞋，摇着倒出掉入鞋中的砂砾。爱泼斯坦瞧着她弯着的身子出神，竟把咖啡洒在衬衣的前襟上。姑娘那紧身衣下面绷紧着的臀部，小小的，圆圆的，就像一只苹果。他瞧着，然后像作祈祷似的，连连拿拳头捶击自己的胸膛。

“我做了些什么呀！哦，上帝！”

喝完咖啡，他拿起报纸，走上大街。回家？什么家？在对街艾达·考夫曼家的后院里，他看见了她，她身穿短裤和三角背心，正往晾衣绳上挂她女儿的内衣。爱泼斯坦环视四周，只见街上都是上教堂的非犹太教信徒。艾达看到他，微微一笑。他顿觉火上心头，于是走下路边石，不顾一切地抬脚穿过马路。

中午，爱泼斯坦家的人听到街上有警报声。希拉正读着《邮报》，听到声响就抬头倾听起来；她看了下手表。“正午？我的表慢了十五分钟。这只糟糕的表，还是我爸送的礼物呢。”

戈尔蒂·爱泼斯坦正翻阅着《纽约时报》旅游专栏中刊登的广告，报纸是马文特地出去给她买的。她也看了下表。“我的表慢十四分钟。它也是，”她对女儿说，“也是他送的表……”

警报的尖啸声越来越大。“上帝，”希拉说，“这声音听上去多像世界末日的丧钟。”

正拿红手帕擦着吉他的马文，这时突然像黑人一样闭上眼睛，引吭高唱起一支有关世界末日的歌曲来。

“住口！”希拉说，她竖起双耳，“可今天是星期天，警报该在星期六才——”

戈尔蒂从睡椅上一下蹦了起来。“难道真是空袭警报？哦，那可真求之不得！”

“是警车，”希拉说，她双眼冒火，飞步直奔前门，对警察，她天生有一种政治性的反感，“它开到街上了——是一辆救护车！”

她抢步跨出前门，身后马文紧跟着，脖颈上还挂着他那把吉他。戈尔蒂脚穿拖鞋，趿拉着，尾随其后。走上街头，她猛地转身朝家里望了望，见大门已经锁上，不用担心白日大盗、飞虫和尘埃的侵扰，这才放下了心。她转过身来，跑了没多远，救护车已在对街考夫曼家的车道上停住了。

那儿挤着一群人，邻居们有的身穿浴袍，有的套着家常便服，有的手里还握着报纸的漫画专栏，连那些教堂常客，头戴白帽的非犹太姑娘们也挤在人群当中凑热闹。希拉和马文站在前排，可戈尔蒂无法挤到前面，但即便挤在人群后边，她仍能看到一位年轻医生跳下救护车，直奔门廊而去，他一步迈两级台阶，放在后裤袋内的听诊器跟着直摆动。

凯兹太太来了。这个腹部似乎延伸到双膝的红脸矮胖女人一把拽住戈尔蒂的手臂。“戈尔蒂，这儿又出了什么事情？”

“我不知道，珀尔。看这儿闹的……我还以为扔了原子弹呢。”

“要是真的扔原子弹，你准会知道，”珀尔·凯兹朝人群扫了一眼，目光最后落到这幢房子上，“可怜的女人。”她说着，记起才三个月前，一个刮着风的三月早晨，也是一辆救护车开到这儿，把考夫曼太太的丈夫送往医院，他一去就再也没有回来。

“真造孽，真造孽……”凯兹太太满怀同情，不住地摇头，“人人都有一本难念的经，我不瞎说。我敢断定她精神崩溃了。那可不是好对付的。不像胆结石，想取就能取出来的。那是精神崩溃，属于疑难杂症……你不认为可能是她女儿病了吗？”

“她女儿不在家，”戈尔蒂说，“她和我侄儿迈克尔一起去玩了。”

凯兹太太见还没有人出来，就迫不及待地向她打听。“他是谁，戈尔蒂？和路翻了脸的那个弟弟的儿子？那人就是他父亲？”

“是的，住底特律的索尔——”

可她突然顿住了，此时前门大开，尽管人还没见出来。忽听人群前排有人在发号施令。“让一让。对不起！让一让，见鬼！”是希拉的声音，“让一让！马文，帮我一把！”

“我没法放下我的吉他——我找不到地方——”

“叫他们朝后退！”希拉说。

“可我的吉他——”

医生和他的助手此时正斜抬着担架穿过前门。他们身后站着考夫曼太太，她上身套着一件男人的白衬衣，衬衣下摆塞进下身的短裤里。红肿的眼眶内，一双眼睛失神地凝视着；凯兹太太注意到她还没化妆。

“肯定是她女儿，”珀尔·凯兹踮起脚尖边瞧边说，“戈尔蒂，你看清了，是谁——是她女儿？”

“她女儿不在——”

“靠后点！”希拉命令着，“马文，帮忙喊得响点！”

年轻的医生和他的助手平稳地抬着担架，横着走下前台阶。

凯兹太太跳上跳下。“是谁？”

“看不见，”戈尔蒂说，“我看不——”她也踮起脚尖，脚滑出了拖鞋，“我——噢，上帝，我的上帝！”她不顾一切地朝前冲去，嘴里尖叫着，“路！路！”

“妈妈，别朝前。”希拉拼命挡住她母亲。这时，担架正慢慢地滑进救护车里。

“希拉，放开我，这是你父亲！”她的手指着救护车，车顶那盏红灯正慢慢转动起来。戈尔蒂回头朝台阶瞧了一眼。艾达·考夫曼还站在那儿，手指无意识地摆弄着衬衣纽扣。突然，戈尔蒂朝救护车冲去，女儿就站在她身旁，她用胳膊肘将女儿推开。

“你是谁？”医生说着，朝她们跨了一步，阻止她们向前，要不然，她俩准会一头撞进救护车里，扑倒在病人身上。

“妻子——”希拉嚷着回答。

医生手指门廊。“噢，那位夫人——”

“我是妻子，”戈尔蒂大声喊，“是我！”

医生看了看她。“上车吧。”

戈尔蒂喘着气，在希拉和医生的帮助下爬进了救护车。看见灰色毛毯下露出的那张苍白的脸，她长长地吐了口气；他双目紧闭，脸色比发色还要灰白。医生把希拉推到一旁，爬上车，救护车立即开动，尖锐的警报声顿时响成一片。希拉追了救护车一阵，一边追一边用拳头捶敲车门。忽然，她止住脚步，调转身，穿过人群，登上台阶，直奔艾达·考夫曼家。

戈尔蒂转过脸问医生：“他死了？”

“不，他是心脏病发作。”

她掴了自己一巴掌。

“他会好的。”医生说。

“可这心脏病，他从没犯过心脏病。”

“人上六十、六十五，就容易犯心脏病。”医生一边搭脉一边回答。

“他才五十九呀。”

“有些人也可能早犯。”医生说。

救护车呼啸着急驰过红灯，接着向右急转弯，把戈尔蒂摔倒。她坐起身说："可健康的人怎么会——"

"夫人，别问了。成年人可不能像小孩一样折腾。"

她用手捂住眼睛，这时爱泼斯坦却睁开了眼。

"他醒了，"医生说，"或许他想要握住你的手。"

戈尔蒂慢慢地爬到他跟前，看着他。"路，你好些了吗？伤着哪儿了？"

他缄口不答。

"他认得出我吗？"

医生耸耸肩膀。"问问他。"

"是我，路。"

"是你妻子，路。"医生说，爱泼斯坦眨眨眼睛，"他明白过来了，"医生说，"他会好的。他需要的是过正常生活，过六十岁人的正常生活。"

"你听医生说了，路，你需要的是过正常生活。"

爱泼斯坦张开嘴，他的舌头像死蛇一般伸在牙齿的外面。

"你别讲话，"他妻子说，"也别操心。连公司也别操心。一切都会好的。我们的希拉会嫁给马文，已经定了。你不必卖掉公司，路，它不会落入他人之手。你可以退休，好好休养，马文可以接替你。他是个聪明的孩子，马文，是个男子汉。"

路翻了翻白眼。

“别说话。有我你就放心吧。你会很快好起来的，到时候我们可以去旅游。我们可以去萨拉托加，去矿泉浴场，只要你想去，我们就去。就我们两个，你和我——”她突然紧抓住丈夫的手，“路，你会恢复正常，对吗，对吗?”她哭了起来，“因为我怕，路，怕你会毁了自己。这样下去，你会毁掉自己的——”

“行了，”年轻医生说，“你别太着急。我们可不想同时摊上两个病人。”

救护车减了速，拐进医院的边门，这时医生用膝盖顶住车的后门，准备开门下车。

“我不知道自己为什么哭。”戈尔蒂擦了擦眼睛，“他会没事的?你说会的，我相信你，你是医生呀。”当年轻人推开背面漆着大红十字的车门时，她低声问，“医生，你还能治别的病吗——这种红疹?”她用手指着。

“医生，这病难治吗?”

戈尔蒂的眼睛和鼻子全在颤动。

“是发炎。”医生说。

她一把抓住医生的手腕。“你能清除它?”

“那样它才再也不会长出来。”医生说着，一下子跳出了救护车。

世事难测

那是十五年前，在中学一年级的所谓“职业教育”课上，我首次结识了犯有前科的阿尔比·帕拉格提。开学的头个星期，我和全班的新同学一起接受了一次旨在显示技能、缺陷、倾向和心理的“群题测验”。待到周末，职业课教师拉索先生会对所示的技能和缺陷加以综合考虑，并告诉我们谁最适合从事哪项工作；这虽玄乎之极，但不乏科学根据。记得头一项是“偏好测验”：你最爱干哪行，这一行，那一行，或别的……阿尔比·帕拉格提坐在我身后靠左边的那个座位。在开学的第一天，我得心应手地对付着试题，一会儿做古化石研究，一会儿替罪犯辩护；而阿尔比却坐立不安，心神不宁，犹如维苏威火山内奔腾的岩浆。他终于拿定主意，动手答题。只听他用钢笔在自认为最合乎口味的某项活动栏目内画了个 X，那副愁眉苦脸的样子证实了早先的传闻：他现年十七，刚离开詹姆斯堡少教院；这是他上过的第三所中学，第三次上一年级；可时下——我听见他又画了个X——他已拿定主意要“走正路”。

考到一半，拉索先生要离开教室。“我去喝一杯。”他说。拉索总是唯恐我们不知道他那诚实公正的为人，既然从前门走出去，就决不会偷偷绕到后门，暗中监视我们的行为，要是换其他老师教我们，那就说不准了。不用说，他喝完东西回来，嘴唇准湿漉漉的；要是上完厕所回来，你还会闻到他手上有肥皂味呢。“慢慢来，孩子们，别急!”他说完，随手把门拉上走了。

他那双黑色尖头皮鞋敲击着大理石的走廊，脚步声渐渐远去。突然，五根粗壮的手指抓住了我的肩膀。我回头一瞧，原来是帕拉格提。“干吗?”我问。“第二十六题，”帕拉格提说，“答案是什么?”我如实地告诉他：“哪个都行。”帕拉格提半站起身趴在桌上，拿眼瞪着我。他活像头河马，又大又黑，满身臭气，短短的衣袖紧裹着粗壮的手臂，像在给自己测量血压——这会儿，他正火气冲天：“答案究竟是什么!”我吃了一惊，连忙把试卷翻回三页，将第二十六题重又念了一遍。“你想选择干哪行：(1)出席国际贸易大会。(2)摘樱桃。(3)陪伴病中的朋友，给他读书解闷。(4)修理汽车发动机。”我抬头茫然地望着阿尔比，耸了耸肩膀。“都一样——没什么正确答案。选哪个都行。”他几乎从座位上蹿出来。“别废话！说，答案是什么!”刹时满教室的陌生脑袋一个个抬了起来——藐视的目光，发着嘘声的嘴唇，令人羞愧的嘲笑——我突然意识到：嘴唇湿漉漉的拉索会随时回来，而在这开学第一天我会因作弊受斥。我又看了一下第二十六题，然后又抬头看了看阿尔比，突然，我的心软了。我总对他怀有一种复杂的感情——愤怒，怜悯，畏惧，喜爱，报复，以及在当时脆弱得像一层薄箔似的嘲弄。于是我低声说："陪伴病中的朋友，给他读书解闷。"火山平息下来，阿尔比和我就这样结识了。

我们成了形影不离的朋友。起先他只是在测验时坐在我身边，渐渐地我们开始在一起吃午饭，后来我们索性连放学后也待在一起。我听说阿尔比小时候干过种种我认为不该做的事：他偷吃过别人的汉堡包；他冬天冷水淋浴后，不等头发干就跑到外面；他虐待过动物；他同妓女打过交道；他偷过东西，被逮住过，蹲过少教院。可这会儿，当我在学校对面的糖果店打开午餐时，他亲口对我说："现在我不再做蠢事了。我在接受教育。我要"——看来，他在模仿音乐片中的某个角色，记得前一天下午我们在上英语课时，他一个人偷偷去看电影——"我一定要努力进步。"果然，下周当拉索公布测验结果时，我发现阿尔比不仅在前进，而且他正前进在一条奇妙的陌生道路上。拉索坐在桌边，面前像筑工事一般叠着一沓沓的试卷，两旁高高堆着各种图纸图表，他在公布我们的命运。我和阿尔比将成为律师。

他在开学头一周向我自白了许多隐私，可我只记住了其中一件。我记不住他生于西西里岛上哪个乡镇，也记不清他父亲的职业（是制冰还是送冰）和他所偷车的生产年份及车型。可我绝忘不了阿尔比曾是詹姆斯堡少教院棒球队的明星。当我被体育老师霍帕先生选中，出任体育课上棒球队的队长时（国际冠军联赛终止之前，我们都爱打棒球，此后，才改打橄榄球），我意识到得让帕拉格提参加我的球队。凭那两条粗壮的手臂，他准能将球击出一英里远。

各队挑人那天，我在更衣室换了一身运动服——护身，土黄色短裤，运动衫，汗袜和胶底运动鞋。更衣时，阿尔比总在我身旁转来转去。他早更完了衣：卡其运动裤内没戴护身，而依然是他那条淡紫色短衬裤，比运动裤足足长出三英寸，看上去像一圈花哨的宽褶边。他上身穿的不是运动衫，而是件汗背心；焦黑色高帮胶底运动鞋里衬了双袜筒上绣有细箭头的黑色薄丝袜。剥光衣服，他就像几百年前的古代斗士，能在竞技场上摔死雄狮。但他那身装束实在有损勇士的尊严，不过我没将这看法告诉他。

我们一起离开更衣室，经过暗暗的底楼走廊来到九月阳光普照的操场，一路上，他喋喋不休地说着：“我小时候不爱体育，可我在詹姆斯堡却玩起棒球来，打那种球真太容易了。”我点点头。“你看皮特·雷萨怎么样?”他问。“他不错。”我说。“那么汤米·亨利奇呢?”“难说,”我答道,“或许靠得住,我猜。”作为道奇队的迷恋者,我当然更喜欢雷萨,而不是那个扬基队的亨利奇。而且,我的趣味也总有点儿与众不同;雷萨曾多次冲出界外为布鲁克林队争取胜利,为此,他在我心灵的奖台上赢得了一枚特殊奖牌。“是的,”阿尔比说,“我喜欢他们这些扬基队员。”

我正想问他说那话是什么意思,可话还未出口,只见身材挺直、肤色黝黑的霍帕先生微笑着抛起一枚硬币;我抬头瞧,看到阳光中一闪,我高声喊“正面”,硬币落地却是反面,该由另一队的队长先挑人。看到他目光落在阿尔比的手臂上,我的心不禁狂跳起来,幸好他走过阿尔比,先挑了位瘦长个当一垒手,我心中这才一块石头落了地。我立即说:“我挑帕拉格提。”话音刚落,只见阿尔比·帕拉格提脸上泛起一丝罕见的微笑:别人还会以为我是把他由无期徒刑里保释出来呐。

球赛开始了。我担任游击手——位于左场——第二个击球,阿尔比任中坚手,按他的意愿第四个击球。对方的第一个队员击球出界,于是我站到一垒手位置。下一个打击手向中外野击了个高飞球。一见阿尔比追球的架势,我立即意识到,他根本不知道汤米·亨利奇和皮特·雷萨是谁;要不是前一夜苦熬了一晚,阿尔比对棒球真可谓一窍不通。看到球在空中飞，他跃起跳下，双臂高举过头顶，两腕并靠，双手像蝴蝶展翅般一张一合，想把球接住。

“别溜，”他对空嘶叫着，“别溜，你这杂种……”他双腿像踏自行车般上蹬下踩，此起彼伏。但愿我在咽气的当口，千万别像那该死的球落地这么慢。球飞啊，飞啊，阿尔比犹如“摇喊”教派成员[①]一般，飞奔腾跃，紧追不舍。球终于落了地，一下砸在阿尔比的胸部。这时，跑垒手正绕过一垒，直奔三垒，可阿尔比却在原地打转，他双臂不再举着，而是向前伸着，犹如正同两个隐身的孩子手拉着手边唱边跳绕圈转。“注意身后，帕拉格提！”我高喊一声。他停住脚步。“什么?”他回头问。我向中外野跑去，跑到中途又朝他喊：“注意身后——传球！”说话间，跑垒手已绕过三垒。我只得原地站住，向他解释什么是“传球”。

首局上半场结束时，我队的击球分落后，八比零——八次本垒打，每次都是帕拉格提传球过晚。

纯粹出于自虐的快感，我想对阿尔比在本垒的表现作一番评述：他先是面对投手，然后在挥棒击球时——他击中了，每球皆

① Holy Roller，在做礼拜时以叫喊或乱动来表示虔诚的成员。

中——他不是朝侧旁击，而是拼命朝下击，好像非把它击入地中不可。别问他用右手击球还是左手击球，我不知道。

队员们开始换运动服。我默默地换着衣服，可拿眼角斜视帕拉格提时，不觉气上心头。他踢脱那双倒霉的黑色胶底鞋，随手在汗衫外面套上那件粉红色的牧人式衬衫——汗背心的U形领口上面仍看得见一块红印，那是头一只飞球落在他身上留下的痕迹。他连运动短裤也没脱，就将脚伸进了他的灰色长裤——我看着他提起裤子，盖没胫部被地滚球擦出的红印，又盖没膝盖和股部上被投掷球击出的红印。

我终于忍不住开了口。“真该死，帕拉格提，你就算摔倒在皮特·雷萨身上也不会认出他的!”他正把那双胶底鞋塞进衣柜，没有回答。可我还是朝他那身穿粉红色衬衫的巨大背影数落着：“吹嘘什么参加过监狱队，怎么想出来的?”他嘴里咕哝了一句。“怎么?”我说。“我参加过。”他咕哝说。“胡说!”我说。他猛转过身，瞪起被打肿的眼睛，怒视着我：“是参加过的!”“那一定是个很了不起的队!”我说。离开更衣室时，我俩谁也没开口。我们登楼准备去上职业教育课，经过体育教研室门口时，霍帕先生从办公桌抬起头来，一看见我，便朝我眨眨眼睛。接着，他又把头朝帕拉格提歪了歪，暗示我竟挑了个这么不中用的家伙，可首先是，我怎么会指望帕拉格提之流的废物是全美最佳呢？见我若有所思，霍帕先生低下他那发光的秃头，重又伏案工作起来。

“听着，”走到二楼的楼梯平台转弯时，我对帕拉格提说，“听着，我往后都要受你拖累。”他疾跨数步，走到我头里，不作声，他那公牛般的臀部真该长上一根赶苍蝇的尾巴——我气不打一处来。“你这该死的吹牛精！”我说。

他像公牛般疾速转回身子。“你不会被任何人拖累。”我俩这会儿正走到楼台尽头，它通往两侧摆满储物柜的走廊，身后满楼梯的孩子听到吵闹声一个个站住脚，竖起耳朵，“不，你不会的，你这蠢驴！”话音刚落，就见五个毛茸茸的指节直奔我嘴巴来。我躲闪不及，只觉得鼻梁骨上咚的一下。我一个屁股蹲，双腿和头在前，身子弯成了个C字，趔趄着一连倒退十五步后，发觉自己已手掌贴摩在冰冷的大理石砖地上。阿尔比抬脚绕过我，走进了职业课教室。这当儿，我抬眼看见拉索那双黑色尖头皮鞋正踏进教室。我几乎可以肯定他看见了阿尔比揍我，但又说不太准。大家都绝口不提此事，包括阿尔比和我自己。或许是我错了，不该骂他吹牛精，可他要真是个出过风头的棒球手，那棒球也就不成其为棒球了。

供作对照，我要介绍一下杜克·斯加帕其人其事，此人也犯有前科，那一年恰和我们同班。顺便提一句，阿尔比和杜克都不是我们中学所在街区的居民。他俩居住在纽瓦克另一头的“下脖子”区[1]，来我们班之前，教育厅曾安排阿尔比在另两所中学，杜克在另四所中学就读过。如同马克思一样，教育厅相信，高雅的文化终究能感化低俗的人。

阿尔比和杜克互无好感。阿尔比野心勃勃，做事大有不达目的誓不罢休的气派，而杜克沉着圆滑，柔中有刚，工于心计。然而，尽管他俩间本无感情可言，杜克却爱跟在阿尔比和我身后团团转，我猜他可能心中有数：要是他为阿尔比所鄙视，那是因为阿尔比能猜出他的心思——他宁与这样的伙伴为伍，也不愿与因为不了解而鄙视他的人交友。要说阿尔比是头河马，一头公牛，杜克就是条爬虫。至于我呢，我说不上来，把自己的同伴比作动物，这总非难事。

午餐期间，我和杜克总爱在自助食堂的大厅里斗拳。他分不清钩拳和刺拳，也不喜欢我弄糙他的黝黑皮肤，弄乱他的一头黑发；可他老做移步，跳动，盘身，展身，施展蛇一般的伎俩对付我，那他早晚得付出代价。就是这个杜克，他迷惑了我，他用卑劣的手段巴结我——而阿尔比·帕拉格提却光明正大，他赢得了

① Down Neck，即纽瓦克乐部大型工人阶级社区包铁区（Ironbound）。因为流经北新泽西的帕塞伊克河（Passaic River）在此转向，才有了“下脖子”这一昵称。

我的青睐。

我让阿尔比听起来似乎完美无缺。但让我告诉你们，他和我是怎么对拉索先生的。

拉索相信他的群题测验法，就像他的移民父母（以及阿尔比的父母，或许还有阿尔比自己）相信罗马教皇绝无谬误一般。要是测验结果表明阿尔比命该成为律师，毫无疑问他将来定能成为一名律师。至于阿尔比的过去，那似乎只能使拉索对这预言更加深信不疑：在他看来，他是在拯救阿尔比的灵魂。九月里，他借了本传记——《奥立弗·温德尔·霍姆斯[①]的一生》——给阿尔比读；十月份，他每星期都叫可怜的阿尔比上一次讲台，给全班作即兴演说；十一月，他又要阿尔比以宪法为题写一篇报告，其实这篇文章是我代写的；至十二月，他最终气急败坏地派阿尔比和我（还有另两位有志于法律的同学）前去埃塞克斯县法院，实地观看“名副其实的律师们”履行公务。

那是个寒冷的早晨，刮着风。我们将烟蒂往庭院广场上耸立着的林肯塑像上一弹，就信步踏上长长的白色水泥台阶，可阿尔比突然掉转身，回头穿过广场，跨出庭院，走到市场大街上。我

① Oliver Wendell Holmes（1841—1935），美国著名法学家，被公认为联邦最高法院最杰出的大法官之一。

高声喊他，他却嚷着回答说，拉索让他看的那些他早就看过了，说着，他加快脚步朝人头攒动的闹市大街飞奔而去，追逐着他的不是警察，而是那不堪回首的旧时旧事。鉴于他还是很尊敬老师们的，比起认为派他去法院考察的拉索愚不可及，我想他更多是感觉拉索存心让他不痛快。

毫不足怪，第二天体育课下课后，阿尔比果然声称要对职业教育课老师搞一次突然袭击；这是他九月里决心要浪子回头以来，首次破坏戒律。他向我简述了一遍行动计划，示意要我把具体做法传达给班上的其他同学。作为阿尔比与班上绝大多数和我一样举止得体、身心健康的守法学生之间的联络员，我索性站在教室门口，当同学们一个个走过时，我就将计划告诉他们："十点一刻过后，拉索一转身面朝黑板，你就弯下腰去系鞋带。"要是哪位同学回过头瞧着我，面露难色，我就示意帕拉格提去他那张课桌弹压；为难神色即刻间烟消云散，教室里又多了个同谋。只有杜克一人让我感到棘手。他听我讲完行动计划后，沉下脸来，愤怒地盯视着我，就像罪犯辛迪加的成员第一次听说有另一个罪犯集团一般。

铃声终于响了。我走进教室，随手关上身后的门，轻轻移动步子朝自己的课桌走去。我盼着时钟赶快转过四分之一圈，时间终于到了；不一会儿，拉索转过身去，在黑板上写着铝矿工人的工资范围。我弯下腰去系鞋带——在一排排课桌底下，我看见一张张咧着嘴在笑的倒脸。左后方，我听见阿尔比嘴里发出嘘声；他双手笨拙地摩挲着他那双黑色丝袜，口中嘘声一声响似一声，最后他索性长嘘起来，这是打西西里人心底爆发出来的含糊但恶声恶气的嘘声。正面的交锋严格局限于拉索和阿尔比之间。我抬眼朝教室前边观瞧，可手指仍不停地系着解着鞋带，只觉得血直往脸上涌。我看见拉索转动双腿。他一定看到了这意想不到的情景——课桌全是空的，刚才课桌上那二十五张脸，现在竟一张也不见了。“够了，”我听见拉索说，“够了吧。”他等了会儿，双手轻轻拍了一下，“这下子总够了吧，孩子们。玩笑开够了。该坐起来了。”这时候，阿尔比的嘘声又钻进课桌底下那一只只通红的耳朵里；它像一股地下涌流，朝着我们直泻而来——“别坐起来!”

拉索要我们坐起来，可我们不听他的，我们要等到阿尔比下命令才坐起来。不一会儿，我们在他的指挥下唱起歌来——

别坐在苹果树下，
和除我以外的任何人，
除我以外的任何人，
除我以外的任何人，

噢，别，别，别坐在苹果树下……

唱着唱着，我们情不自禁随着节奏拍起手来。这下真闹得不可开交！

拉索先生站在教室前面一动不动，呆呆地听我们唱。他身穿一套熨烫得笔挺的深蓝色细条子西服，戴一条土黄色领带，领带中间有一只牧羊犬的脑袋，领带夹上刻着他的姓名缩写 R. R.，脚下一双擦得发亮的黑色尖头皮鞋。拉索相信洁净，诚实，守时和命运——他相信前途，相信职业！可在我近旁，在我身后，在我心里，在我周围——只有阿尔比！我俩对视了一眼，阿尔比和我，顿时，我心花怒放："别坐在苹果树下——"阿尔比也和着调在吼，此时阿尔比身后有人用唱伤感歌曲般的沙哑柔和的嗓音唱起来，这嗓音盖没了我的歌声。是杜克在唱，他一边唱一边随着探戈节拍拍着手掌。

拉索背靠挂图倚了会儿，"技术工：工资和要求——"，一句话还没说完，他突然扭头回到自己的椅子旁，一屁股坐下去，他身子陷得很深，好像椅子下面是个无底洞。他的大脑袋低垂在课桌上，两只肩膀向前曲着，犹如纸张受潮后卷起的两边；这会儿，阿尔比大功告成。他一停止唱"别坐在苹果树下"，我们的歌声也就戛然而止。拉索抬起头，打量着这寂静的教室；他那对乌黑的眼珠气得几乎要爆出来，突然，他用目光直瞪我们的头领阿尔比·帕拉格提。拉索缓缓地摇起头来：这可不是阉鸡，而是加里波第[1]！拉索在等待，我在等待，我们大家都在等待。阿尔比慢慢地站起身，唱起歌来："噢，说吧，你在晨曦中看到什么宝贝，值得我们这般欢呼雀跃——"于是我们大家全站起身，和着他一起唱。拉索先生长长的黑眼睫毛上滚动着晶莹的泪花，他疲惫地从案桌站起身，神情沮丧，当帕拉格提从我身后发出幸灾乐祸的男低音时，我看见拉索的嘴唇在颤动，"炸弹在空中爆炸，证明——"上帝，我们真是这样唱的！

那年六月，阿尔比离开了学校——他仅通过了职业教育课一门课程——可我们之间奇特的友谊早在几个月前的一天下午就已破裂。那是三月的一天中午，杜克和我正在食堂的大厅里斗拳。自杜克柔和的嗓音加入合唱的那一天起，阿尔比对他客气多了。见我们斗拳，阿尔比就主动充当起裁判来。他一会儿跳到我们之间，一会儿分开扭抱在一起的我们，一会儿警告不准使下路拳招数，一会儿又替杜克鼓劲，总之，忙得不亦乐乎。记得那阵杜克又和我抱打在一起，我的拳头像雨点一般落在他腰际，而他在我

---

① Giuseppe Garibaldi（1807—1882），意大利民族统一运动领袖。因意大利语阉鸡（Capone）与加里波第的发音相近，故有此喻。

怀里扭动着想挣脱。阳光穿过他身后的窗户射进室内，照在他像一窝细蛇般的鬈发上。我抓挠他的两肋，他的身子扭来扭去，我用鼻子深吸一口气，双眼凝视着他一头鬈发出神。这时，阿尔比突然插入我俩中间，把杜克撞到一边，把我撞得朝前方直冲，我的拳头竟径直穿过窗户，将斯加帕刚才待过那一角的窗玻璃击得粉碎。地上顿时响起嘈杂的脚步声，不一会儿，一群天真好奇的俏皮孩子围住了我，他们只围住我一人。阿尔比和杜克早已溜得无影无踪了。我暗自咒骂起他俩，真不要脸！围住我的人久久不肯散去吃午饭，直到食堂管事闻讯赶来。她身高体胖，青筋暴凸，身穿一套上了浆的白色工作服，写下我的名字后，便领着我到医务室，去取出嵌在指关节处的玻璃碎片。傍晚时分，我被叫到校长温德尔先生的办公室。这是我第一次，也是唯一一次被叫去校长办公室。

眼下，十五年过去了。至于阿尔比·帕拉格提以后的情况，我一无所知。要是他如今成了一名强盗，那几年以前他的恶名或财富还不足以引起基福弗委员会①的兴趣。那年委员会来新泽西，我曾密切注意他们的调查动向，可从未在报上读到过阿尔比·帕拉格提或甚至杜克·斯加帕的名字——谁知道杜克现在改用了什

① Kefaurer Committee，即调查州际集团商务犯罪的参议院特别委员会。

么名字。然而，对职业教育课老师的情况，我却略知一二。前一阵，另有一个参议院委员会突然来本州巡查，查获一批马克思主义者，罗伯特·拉索竟然也在其中，据称，他早在一九三五年上蒙特克莱州立师范学院时就已接受了马克思主义。拉索拒绝回答委员会提出的一些问题，为此，纽瓦克教育厅专门召集会议。经研究后决定将其解雇，以示惩罚。在纽瓦克消息报上，我不时读到公民自由同盟的律师试图上诉此案的消息，我本人甚至还上书教育厅，慷慨陈词说，要是我个人品质上有问题，那决不能归咎于我以前的中学老师拉索；说他那时就是个马克思主义者，我决不会相信。我不知道该不该在信中附上一篇有关“星条旗”事件的报道：谁知道在那些在教育厅混吃等死的暴脾气的贵妇人和连锁店老板眼里，这称不称得上证据呢？

再则如果说（对古人的话稍作改动）档案就是一个人的命运，谁敢奢望纽瓦克教育厅会对我写给他们的信感兴趣。我是说，十五年的漫长岁月能掩埋校长召见我的那天下午吗？

……校长是位身材高大、卓尔不凡的绅士，见我走进办公室，便站起身来和我握手。一小时前倾泻在杜克鬈发上的阳光，这时正透过温德尔先生的百叶窗，斜射到室内，照暖他墨绿色的地毯。“你好吗？”他说。“是的。”我答非所问，局促地把缠了绷带的手藏到没缠绷带的那只手下面。他亲切地对我说：“坐下来，好吗?”我受宠若惊，没顾得上礼节便坐了下来，只见温德尔先生走到金属文件柜前，拉出一只抽屉，从里面取出一张白色的大卡片。他将卡片朝桌上一放，示意我过去，好让我读一下打在卡片上的内容。卡片的最上面，用大写字母写着我的全名——我的姓，名和中间名；名字下面是个罗马数字Ⅰ，旁边写着：“在走廊打架，打破窗子。（四二年三月十九日）”已经记录在案，记在一张还留有足够空间的大卡片上。

我转身走回自己的座椅，重又坐下，耳边听见温德尔先生在说，这张卡片将伴随我终身。起先我注意听着，可他口若悬河，滔滔不绝，竟讲得我走了神，注意力不知不觉为文件柜所吸引。我开始想象柜子里还有哪些卡片，阿尔比的，杜克的。突然，我全明白了——只是不会原谅——为什么他俩匆匆离开，留下我一人当替罪羊。阿尔比，该死的阿尔比，他对文件柜和这些记录卡片了如指掌，而我以前却一无所知。还有拉索，可怜的拉索，他只是最近才发现它们的存在。

狂热者艾利

利奥·图里夫从一个白色的柱子后步出，上前迎接艾利·派克。艾利吃了一惊，往后闪了一大步。两人握了手，图里夫用手势引他进入一座塌陷的老房子里。艾利走到门口转过身，目光顺着草坪的斜坡而下，越过一丛篱笆、远处黑暗幽闭的马道，一直落到伍登顿小镇闪烁的街灯上。马车房路上的一排商店投射出一束黄光，艾利知道这是镇民们给他的暗号："艾利，告诉这个图里夫我们的立场。艾利，这是一个现代化的社区，我们有自己的家，我们可是纳税的……"艾利始终躲不开这些话，麻木、疲惫地望着图里夫。

"你一定忙活一整天了吧！"图里夫边说边将夹着公文包的律师带进冷飕飕的大厅。

艾利的鞋跟踩在碎裂的大理石地板上，发出噼里啪啦的声音，他只好提高嗓门："交通真要人命，每天三个小时在路上，我一下火车就赶过来了。”随即，图里夫为他打开另一扇门，他走进一间昏暗的房间。艾利蜷缩身子，一屁股坐在一张有竖琴设计作靠背的椅子上。他没想到椅子那么浅，座椅突出的骨架刺痛了他。他的屁股不由颤动了一下。他突然清醒了，想起了正事。眼前这位谢顶的图里夫，眉毛浓密，看起来以前一定是个大胖子。他坐在一张书桌的后面，桌上空空如也，只露出的半个身子让他看起来好像坐在地板上。他周围也是空空如也，书架上没有一本书，地板上没有地毯，大窗上也没有窗帘。艾利刚要张口说话，图里夫站起身来，推开一扇窗户，铰接处发出一阵噪声。“这五月的天儿怎么像八月似的。”他说话的时候背对着艾利，后脑勺就现出一圈黑色，他头顶缺了一块！图里夫在昏暗中——台灯没有灯泡——回到自己的座位，艾利这才意识到自己看到的是一顶圆顶小帽。图里夫划着一根火柴，点亮蜡烛，远处玩耍的孩子们的叫喊声隐隐约约地通过开着的窗户传进来，或许刚才他打开窗户的目的就是让艾利听到他们的声音。

“啊，”他说，“我收到你的信了。”

艾利一动不动，等着图里夫唰地打开抽屉，从他的文档中抽出信件。但老头子没有这样做。他身子向前倾斜，肚子顶着书桌，手努力伸进裤子口袋，掏出一张纸——看上去像一个星期没洗的手帕，然后用手将它捋平铺在桌面上，以手掌的侧面像熨烫一样压平。“就是这个。”他说道。

艾利指着那张肮脏的纸——上面凝聚了他和搭档刘易斯以及麦克唐奈字斟句酌的心血啊！“我期待听到一个答复，已经一个星期了。”

“这件事很重要，派克先生，我知道你会来。”

一些孩子跑到开着的窗户下，搞不清他们在胡言乱语些什么，声音传到房间里时就像是第三个人在说话——当然这些对图里夫来说一点也不神秘，他的笑容就是最好的证明。

他们的喧闹声让艾利直起鸡皮疙瘩，他忍不住打了个寒战。他多希望来拜访图里夫之前，自己已经回到家，冲了澡，吃了晚饭。他感觉自己并不像平时那样专业——这个地方太暗了，现在也太晚了。但是在伍登顿，还有人等着他——他的委托人兼邻居。他代表伍登顿所有的犹太人，而不仅仅是他自己和他妻子。

“懂了吗？”艾利问。

“不难懂。”

“是分区的问题……”艾利见图里夫没作答，只是用手指点着嘴唇，继续说，“我们没有制定这些法律……”

“你们尊重它们。”

“它们保护我们……整个社区。”

“法律就是法律。”图里夫说道。

“一点不错!”艾利突然想站起来，绕着房间走动。

“那自然而然,”——图里夫用双手在空中比划成一对秤盘——“法律就不是法律。作为法律的法律何时又不是法律呢?”他晃了晃两个秤盘，“反过来道理也一样。”

“很简单,”艾利厉声道，“你不能在居住区开办寄宿学校。”他希望图里夫就事论事，“我们认为在采取任何行动之前先通知一下你比较好。”

“你是说不能在居住区建房子?”

“是的，否则居住区就丧失了它的意义。”这个难民的英语或许并不像刚开始那样显得那么好。他讲话很慢，艾利还以为那是由于他的狡猾——甚至是智慧。“居住区意味着家。”艾利又加了一句。

“所以，这是我的居住区。”

“那孩子们呢?”

“也是他们的居住区。”

“十七个孩子的?”

“十八个。”图里夫随即作了更正。

“但你在这儿教他们。”

“教《塔木德》，这也违法吗?”

“这意味着学校。”

图里夫又重新搭建起他的天平，小心翼翼地调整平衡。

“图里夫先生，在美国，我们把这样的地方称为‘寄宿学校’。”

“人们在哪儿教授《塔木德》呢?”

“就在那儿，你是校长，他们是学生。”

图里夫将他的两只秤盘置于书桌上。“派克先生，”他说，“我不相信……”但是他的不相信没有针对艾利刚才说的任何一句话。

“图里夫先生，这就是法律，我来是想问你打算怎么做。”

“是我必须做什么吧。”

“我想这二者是一样的。”

“是一样的。”图里夫将他的肚子紧紧地贴在桌沿上，“我们会留下来。”他笑了笑，“我们累了，校长累了，学生也累了。”

艾利站起来，拎起公文包——这包太沉了，里面装着太多抱怨、仇恨以及委托人的计划。以前，艾利觉得这包轻如鸿毛，但在图里夫的办公室里它变得重如泰山。

“再见，图里夫先生。”

“Shalom[①]。”图里夫说。

艾利拉开办公室的门，小心翼翼地穿过一条黑如墓穴的走

① 希伯来语，祝你平安，用于见面或告别时。

廊，终于到达大门口。当他到了门廊上时，他倚靠在一根柱子上，看着下边草坪上玩耍的孩子。

他们高声呼喊着，绕着这所老房子追逐打闹，声音随着奔跑时起时落。暮色使孩子们的游戏看上去像一场部落舞蹈。艾利直起身子，走出门廊。突然，舞蹈停了。一阵长而刺耳的尖叫声响起又逐渐轻了下去。生平第一次，有人一看到他就逃跑。他注视着伍登顿的点点灯光，沿小径而下。

不久，在一棵树下的长椅上，艾利看见了他。开始，好像只是一团漆黑，随后人的轮廓才显现出来。艾利依据别人的描述认出了他。他就在那，戴着那顶帽子——艾利就是为它而来，伍登顿人的不安也由它而起。小镇的灯光又一次传达着人们的信息："找到那个戴帽子的人。真不要脸，真不要脸！"

艾利走向那个人，或许他不像图里夫那么固执，会更讲道理。毕竟，法律条文是白纸黑字。但当他走近刚要打招呼时，他张开的嘴巴又合上了。黑色的大衣一直耷拉到膝下，他双手紧握，放在大腿上，那顶圆顶宽边的与众不同的帽子一直推到后脑勺，胡须遮盖了他的脖子，他每深呼一口气，轻柔的胡须就会随着气流来回飘动。眼前的这个男人已经睡着了，两侧的头发稀松地卷曲在两颊上。他的脸看上去和艾利一样年轻。

艾利加紧脚步，向有点点灯光的地方赶去。

看到厨房桌子上的便条，他不由得心烦。零零碎碎的纸头上，字迹潦草，将过去一周写进历史。但是有张纸条没有签名，上面写道："甜心，我去睡了。今天我跟肚子里的宝宝体验了某种俄狄浦斯式的感觉。给泰德·海勒打电话。"

冰箱里，她给他留了冰冷黏湿的晚餐。尽管他讨厌吃冷饭，但也不想让妻子米莱姆在身边，他宁愿独自享用。他心烦意乱，但她永远也帮不上什么忙，即使她有很可怕的分析能力。当生活进展得极其顺利时，他对妻子爱意浓浓，妻子也爱他。但有时他却觉得喘不过气。他常常希望自己能够为对方辩护；但是一旦站在对方的立场，他又想回到原先的一方。问题是有时法律并不是难题的解决方法，它和激怒每个人的事件好像并无联系，这自然而然使他觉得自己很愚蠢，而且是多余的……尽管这里的情形不同，镇民确实有个案子，但又不完全如此。如果米莱姆醒着，看到艾利这么沮丧，她一定会帮他分析原因，理解他，原谅他，使一切归于正轨。所谓"正轨"就是，他们相爱。但困难的是，米莱姆的努力只会使艾利更加烦恼。她不仅没能使艾利看清自己与所处的困境，反倒证明了她的软弱。事实证明，艾利和米莱姆都不够坚强。之前已有两次让他面对这个事实，邻居以包容的心态称其为"精神崩溃"，这给了他些许安慰。

艾利吃饭的时候，公文包放在身边。饭吃到一半的时候，艾利又忍不住打开包，抽出图里夫的便条，摆在桌子上，旁边是米莱姆的便条。他不时地扫视着上面的内容。这些便条是之前那个戴黑帽子的人送到镇上来的。第一张便条，整个事件的导火索：

敬启者：

请给这位先生如下物品：后跟和底部是橡胶的男童鞋。

6c 码的 5 双

5c 码的 3 双

5b 码的 3 双

4a 码的 2 双

4c 码的 3 双

7b 码的 1 双

7c 码的 1 双

共计 18 双男童鞋。这位先生有已签字的支票，请填入正确金额。

L. 图里夫

纽约伍登顿犹太学校校长

1948. 5. 8

“艾利，那个男人是一个十足的傻货，”泰德·海勒说道，“他一声不吭，把纸条递给我后就站在那儿，像过去布朗克斯走来走去兜售希伯来小饰品的老头子。”

“犹太学校！”阿蒂·伯格说，“艾利，在伍登顿竟然有犹太学校！如果我想住在布朗斯维尔，艾利，我就能住在布朗斯维尔。”“艾利，”哈里·肖也开始说话了，“老普丁顿住的地方。普丁顿那个老东西在棺材里也会不安宁的。艾利，我当时离开城市的时候可没计划城市来找我。”

第二张便条：

尊敬的杂货商：

请给这位先生十磅糖，记到以下这个账户上——纽约伍登顿犹太学校。我们现在正式与您确立这个账户，希望您每月能寄一份账单。这位先生每周会去您那儿一两次。

校长：L. 图里夫

1948.5.10

另外，请问你们销售符合犹太教规洁净可食的肉吗？

“那个傻子竟然走到我的窗户前，”泰德曾说，“对我点点头，艾利，他现在已经成我的朋友了。”

“艾利，”阿蒂·伯格曾说，“他把东西递给 Stop N'Shop[①] 的店员，头上还戴着他那顶帽子！”

“艾利，”哈里·肖的声音又响起来了，“这可不是闹着玩的，总有一天，你会看到上百个小犹太佬戴着圆顶小帽在马车房路上唱着他们的希伯来课文。到时，看你还笑得出来。”

“艾利，那么到底发生了什么——我的孩子听到一些奇奇怪怪的声音。”

“艾利，这里是现代化的社区。”

“艾利，我们可是纳税的。”

“艾利。”

“艾利。”

“艾利。”

开始，只是另一个镇民在他耳边抱怨，但当他转过身，他看见米莱姆正站在门口，挺着大肚子。

“艾利，宝贝儿，一切进展得顺利吗？”

“他说不行。”

“你见到另一个人了吗？”她问。

---

① 美国连锁超市。

“他正在睡觉，在一棵树下。”

“你没把大家的意见告诉他吗?”

“他在睡觉。”

“你怎么不叫醒他? 艾利，这可不是件鸡毛蒜皮的小事。”

“他很累!”

“请别嚷嚷。”米莱姆说。

“‘别嚷嚷，我怀着孩子呢，宝宝很重。’”艾利觉得自己并不是气妻子刚才说的话，而是她将要说的这些话。

“医生说了我肚子里的孩子很重。”米莱姆反驳道。

“那就坐下，让我把晚饭吃完。”如果说刚才艾利还在庆幸妻子不在身边，这会儿他又因为妻子没有陪他吃饭而发起火来。他好像拖着个尾巴，上面有脆弱而敏感的神经，自己却不断地去踩踏。但这一次踩踏的是米莱姆。

“艾利，你很郁闷，这我完全理解。”

“你不理解。”

他离开房间，在楼梯上，她对艾利喊道：“甜心，我真的理解你。”

这简直是个陷阱! 她越是“理解”，他越生气；反过来，他越生气，她越是能理解；他又会因为她更理解而变得更生气……电话响了。

“你好。”艾利接起了电话。

“艾利，我是泰德，怎样？”

“没怎样。”

“图里夫是谁啊？是美国人吗？”

“不是，一个德国难民。”

“那些孩子呢？”

“也是难民，图里夫是他们的老师。”

“什么？都教些什么？”泰德问。

“我不知道。”

“那个戴帽子的人呢？你见到那个人了吧？”

“是的，他当时在睡觉。”

“艾利，他睡觉时戴着帽子吗？”

“对，是戴着帽子睡觉。”

“他妈的一群疯子，”泰德说，“艾利，这都二十世纪了，可还有人戴那样的帽子。很快，那些犹太学校的小兔崽子就会拥到镇上来的。”

“接下来，他们就会追求我们的女儿了。”

“米歇尔和德比瞧都不会瞧他们一眼的。”

“那么，”艾利咕哝着，“你就没什么好担心的了吧。”说完他挂断了电话。

一会儿，电话又响了。“艾利吗？刚才断线了，我们真的不需要担心吗？你都解决了？”

“明天我还要去见他，我们会解决一些问题的。”

“太好了，艾利，我会打电话告诉阿蒂和哈里的。”

艾利挂了电话。

“刚你不是说什么都没解决吗？”米莱姆说。

“我是说过。”

“那你为什么跟泰德说你已经解决了一些问题？”

“我是解决了一些。”

“艾利，或许你应该再去看看心理医生。”

“够了，米莱姆。”

“你这样神经兮兮还怎么当律师，压根儿没门儿。”

“米莱姆，你真有才。”

她转过身，皱着眉头，挺起大肚子上了床。

电话又响了。

“艾利，我是阿蒂，你全都搞定了？没什么问题了吗？”

“嗯。”

“他们什么时候走？”

“交给我来办吧，阿蒂，可以吗？我累了，要休息了。”

上床后，艾利亲了亲妻子的肚子，然后把头枕在上面，继续思考问题。他轻轻地枕着，因为米莱姆自怀孕到今天已经进入第九个月的第二周了。尽管如此，她的肚子仍然是一个枕头的好地方，她睡觉时一呼一吸，他的头也跟着一起一伏。他喜欢这样思考。“那个人最好摘掉那顶傻不啦叽的帽子，我知道，他们在意什么，如果他能摘掉帽子，所有问题就解决了。”

“什么?”米莱姆问道。

“我在和宝宝说话。”

米莱姆抬了抬身子坐起来，“艾利，宝贝儿，就算是我的请求，你去看一下埃克曼医生好吗？就算和他谈谈也好?”

“我很好。”

“哦，亲爱的!”她说着又躺到枕头上。

“你知道你妈妈给这段婚姻带来了什么？一把躺椅和对西蒙德·弗洛伊德新派思想的该死的狂热。”

米莱姆假装睡着了，他从她的呼吸可以听出来。

“我对孩子讲的都是实话，不是吗，米莱姆？一把躺椅，在《纽约客》杂志上订购的，三个月后到货，一本《心理分析入门》，不对吗?”

“艾利，你不能温和点吗?”

“你所关心的只是你肚子里的，你每天只会站在镜子前，看着怀孕的自己。”

“怀孕的母亲和胎儿有一种联系，男人们不可能了解。”

“联系个屁，我的肝现在做什么？我的小肠现在做什么？我的胰岛出问题了吗？”

“不要嫉妒胎儿，艾利。”

“我是嫉妒你的胰岛！”

“艾利，我知道你不是生我的气，所以我不想和你理论，你自己清楚，亲爱的，你是在气自己。”

“我生的是你和埃克曼的气。”

“或许他能帮你，艾利。”

“或许他能帮你，你们真是绝配。”

“你又想吵架了。”米莱姆说。

“你怕什么，我只是和自己过不去。”

“艾利，我们会有一个漂亮的宝宝，我的生产一定会很顺利。你会是个好父亲，不要总沉迷于你脑子中的东西，完全没有意义。现在，我们唯一需要操心的，”她微笑地看着他，“是想一个名字。”

艾利跳下床，踩上拖鞋，“如果是个男孩，我们就叫他埃克曼，如果是个女孩，我们也叫她埃克曼”。

“‘埃克曼·派克’听起来可不那么悦耳。”

“他一定得叫这个名字。”艾利说完，走进他的书房。月光透过窗户，公文包上的锁闪着亮光。

他拿出图里夫的便条，把它们又通读了一遍。妻子又会对他一遍遍读便条这个行为找出各种各样华丽的理由吧！这一想法使他觉得不安。“艾利，为什么你总是放不下那个图里夫?”“艾利，别管这事儿了，为什么一定要把自己卷进去呢?”迟早，每个女人都会发现自己丈夫的缺陷。该死的！他好像命中注定要成为一个神经质的人！为什么他不生下来就有一条腿短呢?

他掀开打字机上盖的布，心里还在怨恨米莱姆的长处。在他写信的时候，他的耳边似乎一直都响着米莱姆的声音，说他放不下这件事情。其实，在他看来，她的问题在于不能勇于面对这件事。但对于此，他早已知道她的答复。显然，这又会被她说成“反向形成”①。然而，不管说什么好听的词语，艾利心里很明白：她真正希望的只是自己能让图里夫等一群人搬走，以此来换回社区的清静和家庭的和睦。她想要的只是个人世界里能够充满秩序，充满爱。她这样有错吗?让全世界打得乱七八糟去吧——伍登顿需要平静。他最终还是写下了这封信：

尊敬的图里夫先生：

我们今晚的会谈似乎无果而终。我希望我们彼此让

① Reaction formation，在精神分析理论中，反向形成是一种防御机制。当人们不接受某种冲动和欲望，便会站到它们的对立面，来回避内心冲突与外界威胁。

步以达成能让伍登顿的犹太社区居民，你们的犹太学校以及您自己各方都满意的方案。这对彼此都有益。在我看来，我的邻里最介意的是那位穿黑衣戴黑帽的男士来我们镇上。伍登顿是一个进步的近郊社区。这里的居民，无论是犹太人还是非犹太人都迫切希望能在安逸、美观、宁静中和平共处。毕竟，现在已经是二十世纪。我们并不认为要求这里的每一个成员在衣着上符合时代和地域特点有什么过分。

可能你不知道，长久以来，伍登顿一直都是富有的基督徒的家乡。犹太人只是自二战起才可以在这儿购买房产并和基督徒友好相处。为了适应这一局面，犹太人和非犹太人都要放弃一些极端行为，而不使彼此感到威胁或冒犯。毫无疑问，人人都渴望这种和睦的关系。或许，如果战前的欧洲能够这样，那么，对犹太人的迫害就不会成功——事实上，迫害根本就不会发生，你和那十八个孩子也不会沦为受害者。

因此，图里夫先生，请接受我以下的建议。如果你们能够遵守社区区域管理条例第18条及第23条，我们将不会对您办的犹太学校采取任何法律行动，这两项条例的内容很简单：

1. 伍登顿犹太学校的一切宗教、教学及社会活动都要限定在学校区域内。

2. 犹太学校的人可以自由出入伍登顿的街道和店铺，前提是他们的穿着必须符合二十世纪美国人的生活品位。

如果你们可以做到这两点，我们相信犹太学校的人完全可以和伍登顿的其他犹太人和平、满意地相处，就像伍登顿的犹太人和基督徒相处一样。即复为盼。

此致

敬礼

艾利·派克律师

两天后艾利收到了回复。

派克先生：

那位先生身上穿的是他唯一拥有的衣服。

此致

敬礼

校长：利奥·图里夫

当艾利绕过黑暗的树林走上草坪时，孩子们又一次跑开了。

他伸出公文包像是要阻止他们，但他们跑得飞快。他看到的只是一群快速移动的圆顶小帽。

“过来，过来……”从走廊处传来一个人的声音。图里夫出现在一个柱子后。他住在那些柱子后吗？还是他刚才在看孩子们玩耍？不管怎样，艾利出现的时候，图里夫早已恭候多时，无任何前兆。

“你好。”艾利说道。

“Shalom。”

“我并不想吓他们。”

“他们被吓到了，所以跑了。”

“我什么也没做。”

图里夫耸了耸肩。这个小动作在艾利看来是一种责备。他在家里没有遭受到的倒在这儿碰上了。

进入房间后，两人各自就座。当晚的光线比几天前亮一些，但要有一两个灯泡会更好。艾利不得不把公文包凑到窗户前来借窗外的最后一抹光亮。他从一个牛皮纸袋里拿出图里夫的信，图里夫也从自己的裤子口袋里拿出艾利的信。艾利接着从另一个牛皮纸袋里拿出他写给图里夫的信的副本，图里夫从裤子后袋里掏出艾利的第一封信。艾利从公文包里拿出副本，图里夫举起手掌。“……我这儿就这些了……”

那双举起的手，那嘲弄的语调——是另一种责备。保存副本真是一种无耻的行为！每个人都对他不放心——艾利做什么都是错。

“我已经做出了妥协，图里夫先生，但是你还是拒绝了。”

“我拒绝了？派克先生，我说的是事实。”

“那个人可以换一套新衣服。”

“那是他唯一的衣服。”

“之前你跟我说过。”艾利说。

“我跟你说过，那你知道了。”

“图里夫先生，这不是办不到，我们有商店啊！”

“还是为那事？”

“在十二街，一家叫罗伯特·霍尔的——”

“要拿走一个人拥有的唯一的东西吗？”

“不是拿走，是更换。”

“但我跟你说了他‘一无所有’，一无所有，在英语里有这个词吧？比如‘Nicht’‘Gornisht’①？”

“是的，图里夫先生，英语里有这个词。”

“他有父母亲吗？”图里夫说，“没有，有妻子吗？没有。有

① 分别为德语和意第绪语，一无所有。

孩子吗？十个月大的孩子？没有！有朋友随处可见的村庄吗？有这样的犹太集会吗——在那里你熟悉裤子底下每一个座位的感觉，当你闭上双眼时可以闻到《摩西五经》羊皮纸的气味？”图里夫推开椅子，掀起一丝微风，将艾利的信吹落到地板上。他将身子倾出窗户，望了望，目光越过伍登顿。在转过身时，他冲着艾利抖动一根手指。“他们在他身上做医学实验！这让他一无所有，派克先生，绝对的一无所有！”

“我误解了。”

“相关消息没有传到伍登顿吗？”

“关于衣服的事，图里夫先生。我以为他买不起第二套。”

“他是买不起。”

他们的谈话又回到了起点。“图里夫先生，”艾利摆出命令的姿态，“这儿？”他拍拍自己的钱包。

“一点不错！”图里夫边说边拍了拍胸膛。

“那样的话，我们给他买一套衣服！”艾利走到窗边，双手扶在图里夫的肩膀上，一字一顿地说道：“我、们、来、付，行吗？”

“你们付？付什么，钻石？”

艾利举起一只手，伸进衣服的内口袋，接着又放下。真是愚蠢之极！图里夫，一位十八个孩子的‘父亲’，拍打的不是衣服下的而是更深的肋骨下的地方。

“哦，”艾利说道，他沿着墙走开，“就是说那件衣服是他全部的财产了。”

“你看到我的信了。”图里夫说道。

艾利继续站在阴影里。图里夫走回座位。他从地板上捡起艾利的信，举起来：“你讲的太多了……太多推论……太多条款……”

“我能怎么办呢？”

“英语里有‘忍受’这个词吧？”

“有‘忍受’，但也有‘法律’。”

“别跟我提‘法律’！既然有‘忍受’一词，那就试试吧。这只是件小事，不足一提。”

“他们不会忍受的。”艾利说。

“但你呢，派克先生，你怎样？”

“我是他们，他们也是我，图里夫先生。”

“啊，你是我们，我们也是你！”

艾利的头摇了摇。在黑暗中他突然觉得自己像被图里夫施了魔咒。“图里夫先生，可以增加一点光亮吗？”

图里夫点着烛台里剩余的油脂。艾利很想问是否他们用不起电，但他没敢问，或许他们只有蜡烛。

“派克先生，我可以问个问题吗？谁制定了法律？”

“人民。”

“不是。”

“是的。”

“是在人民之前。”

“不是，人民出现之前没有法律。”艾利的心思全然不在这段交谈上，但是在只有烛光的氛围下，他如同被催眠了般继续着对话。

“错了。”图里夫说。

“图里夫先生，我们制定了法律。这里是我们的社区，这些人是我的四方邻里。我是他们的律师，他们付我工资。没有法律，一切都会陷入混乱。”

“你称之为‘法律’的东西，我称之为‘羞耻’。心灵，派克先生，心灵才是法律！上帝啊！”他大声说道。

“图里夫先生，我来这儿并不是为了谈论形而上学。人民使用法律，这是灵活的。他们保护他们珍视的东西，他们的财产，福利以及幸福——”

“幸福？他们藏起了自己的耻辱。你呢，派克先生，你不知羞耻吗？”

“我们那样做，”艾利疲惫地说，“是为了我们的子孙后代，现在是二十世纪……”

“对非犹太人，或许是这样，但对我一个五十八岁的老头儿，”他指着艾利，“已经过了感到羞耻的年龄了。”

艾利哑口无言。这世上的每个人对自己的行为都有可恶的借口。每个人都一样！买灯泡的那些人，理由都上不了台面。“大道理够多了，图里夫先生，拜托，我听腻了。”

“谁不腻?”图里夫说。

他从桌上拿起艾利的信，然后伸直胳膊。“你想要我们怎么做?”

“做你们必须做的，”艾利说，“我已经给了建议。”

“是说他必须脱掉他的衣服?”

“图里夫，图里夫，衣服的问题你就听我的吧！这世上并不只有我一个律师。我要不管这事儿，换一个律师根本不会跟你讨价还价。别说什么房子，孩子，你将一无所有。到时，你就守着那件黑色的破衣服吧！其实你只要做一点牺牲，我就会尽力处理好这件事。”

听完艾利的话，图里夫一言不发，只是把手上的信递给艾利。

“并不是我想为难你，图里夫先生，这是他们的意思。”

“他们就是你。”

“不是，”艾利拉长了音调，“我是我，他们是他们，你是你。”

“你说的是树叶和树枝，我说的是泥土下的。”

“图里夫先生，你那些《塔木德》的学问快要把我逼疯了。这个是那个，那个又是另一个。直接给回答。”

“那只是针对直接的问题。”

“哦，上帝！”

艾利返回座位，把他的东西一股脑儿塞进包里。“好，我没什么好谈了。”他气愤地说。

图里夫向他耸了耸肩。

“图里夫，你要记住，这个结果完全是你一手造成的。”

“是我吗？”

艾利不想再受他折磨了。叽里呱啦，一通胡话，将一无所获。

“再见。”他说。

正当他打开通往大厅的门，又听到了图里夫的声音。

“你的妻子，她好吗？”

“好，很好。”艾利继续往外走。

“孩子什么时候出生？快了吧？”

艾利转过身。“对。”

“那么，”图里夫站起身，“祝你好运。”

“你怎么知道的?”

图里夫指了指窗外——他用手在身上比划胡子、帽子和一件很长很长的大衣。他的手指在演示衣服的下摆时触到了地面。“他每星期要去购物两三次，已经开始熟悉他们了。”

“他和他们说话了吗?”

“他只是看见他们。”

“他能认出哪个是我妻子?”

“他们在相同的店里买东西。他说你妻子很漂亮，慈眉善目，充满爱心……尽管不是很确定。”

“他跟你谈论我们?”艾利问道。

“你也跟她谈论我们?”

“再见，图里夫先生。”

图里夫回复道:“Shalom。好运——我了解怀孩子的感受，再见。”他低声道，伴随着他的轻言细语，所有的蜡烛都熄灭了。但就在那之前，火焰似乎跳进了他的眼睛，从那眼神中艾利一点也看不出图里夫是在祝他好运。

在门外，艾利等了一会儿。下面草坪上孩子们正手拉手围成圈转着。一开始，他没动，但是他不能一晚上都躲在阴影里。他开始慢慢地贴着房子前壁潜行。墙上哪块砖凸出来了他的手感知得一清二楚。就这样他一直走到黑暗的边缘。接着，他把公文包抱在怀里，从草坪最黑暗的地方穿过。他直奔远方一处森林，到达那里后仍然没有停，一直在森林里跑，直到头晕目眩，觉得两侧的树也在跟他一起跑，只是方向相反，不是朝向伍登顿而是离得越来越远。当他终于冲进镇边“海湾”车站的黄色灯光中时，觉得自己的肺都要撕裂了。

“艾利，今天我肚子好痛。你去哪儿了?”

“我去见图里夫了。”

“你怎么不打个电话？害我一直担心。”

他摘下帽子，随手一扔。帽子飞过沙发，落在地板上。“我冬天的衣服在哪儿?”

“在走廊的壁橱里，艾利，现在才五月份。”

“我需要一套厚衣服。”他离开客厅，米莱姆跟着他。

“艾利，告诉我什么事。先坐下吃饭。艾利，你在干吗？你会把樟脑球撒得满地都是。”

他从壁橱向外凝视了一会儿，又转向橱内——一阵拉拉链的噪声响过，突然他把一套浅绿色的粗花呢衣服拂过妻子的眼前。

“艾利，我喜欢看你穿那套衣服，但不是现在。吃点东西吧。我做了晚饭——我去热热。”

“你能找一个大盒子装这套衣服吗?”

“那天我留了一个邦维特·特勒百货的盒子。艾利，派什么用？”

“米莱姆，你看见我正在忙，就先别问了。”

“可你还没吃饭。”

“我在忙。”他边说边上楼梯，朝卧室走去。

“艾利，你能跟我说清楚你到底要什么，做什么用？”

他转过身，向下看着她。“要不这次在我告诉你我在做什么之前你先给我几条理由好了，答案可能会和我的一模一样。”

“艾利，我想帮忙而已。”

“不关你的事。”

“但我想帮你啊。”米莱姆说。

“那就让我清静些。”

“但是你不开心。”她跟着他上了楼，步履沉重，每上两级都要喘一次气。

“艾利，现在又要做什么？”

“找一件衬衣。”他用力地拉开家里新柚木橱柜的每个抽屉，从中抽出一件衬衣。

“艾利，这是薄棉布的，你要用来配粗花呢外衣吗？”她问道。

此刻，他在壁橱里，双膝跪地。“我的科尔多瓦革皮鞋在哪儿?”

“艾利，为什么你要自讨苦吃？你看上去在强迫自己。”

“哦，米莱姆，你太敏感了。”

“艾利，停下和我谈谈。你要不停下来，我就给埃克曼医生打电话。”

艾利踢掉脚上的鞋。“邦维特·特勒的盒子在哪儿?”

“艾利，你想让我在这儿生下孩子吗!”

艾利走过去，坐在床上。他身上除了穿着的衣服，还披着那套浅绿色的粗花呢外衣，搭着那件薄棉布衬衣，胳膊肘下各夹了一只鞋。他抬起胳膊让鞋掉在床上，接着又用一只手和牙齿扯下领带，把它一并放入那堆衣物。

“内衣,”他说,“他肯定还需要内衣。”

“谁?”

他正在脱袜子。

米莱姆跪下，帮他脱左脚的袜子。她抱着他的脚坐在地板上。“艾利，你躺下来吧。”

“普拉扎，9-3103。”

“什么?”

“埃克曼的号码,”他说,“省得你麻烦。”

“艾利——”

“你又是一副令人讨厌的‘你需要帮助’的温柔神情，米莱姆，别告诉我你没有。”

“我没有。”

“我没有发疯。”艾利说。

“我知道，艾利。”

“上次我坐在壁橱里，嘴里啃着我的卧室拖鞋。那是我当时干的事儿。”

“我记得。”

“现在我可没有那样儿。这次不是精神崩溃，米莱姆，我来给你讲清楚。”

“好，”米莱姆说，她吻了吻还抱着的脚，接着用轻柔的声音问道，“你在做什么？”

“给那个戴帽子的人拿一些衣服。别问我‘为什么’，米莱姆，我能搞定。”

“完了？”她问道。

“完了。”

“你不是要离家出走？”

“不是。”

“有时，我在想你是不是觉得负担太重要出走？”

“什么负担太重？”

“我不清楚，艾利。一些事情让你觉得沉重。很长一段时间，一切都很平静，生活很美好，我们也期待更加幸福，就像现在。不过你好像认为幸福不是我们应得的。”

“真见鬼，米莱姆！我只是想给这个人一套新衣服，不行吗？接下来，他就可以穿着和其他人一样的衣服来伍登顿，你觉得这样不好吗？”

“图里夫会搬走吗？”

“米莱姆，他接不接受衣服我都不确定！还提什么搬走！”

“艾利，我没提让他搬走。每个人都这样说，每个人都想。为什么大家都不开心？艾利，法律是用来做什么的。”

“别跟我说法律是什么。”

“好的，甜心，我去拿盒子。”

“我自己来。在哪儿？”

“在地下室。”

他从地下室上来时，发现所有衣物已整整齐齐地叠放在沙发上：衬衣、领带、鞋、袜子、内衣、皮带和一套旧的灰色法兰绒外衣。妻子坐在沙发的一头，看上去像一个被固定住的气球。

“那套绿色的套装在哪儿？”他问道。

“艾利，那套是你最好看的衣服，也是我最喜欢的。我什么时候想起你，艾利，都是你穿着那身衣服的样子。”

“拿出来。”

“艾利，那套衣服是布鲁克斯兄弟牌的。你自己也说过很喜欢它。”

“拿出来。”

“但是灰色法兰绒那套更实用，对性价比来说。”

“拿出来。”

“艾利，你热情过头了。这正是你的问题，做事情从来不讲究分寸，人们就是这样搞垮自己的。”

“我做任何事都有分寸，这是我自己的问题。你又把那套衣服放壁橱了？”

她点点头，眼里噙着泪水。“为什么非得要你的衣服？你以为你是谁，随随便便地就把衣服送人？别人怎么不管？”她号啕大哭，手捂着肚子，“艾利，孩子马上要生了。我们一定要这样吗？”她说着把沙发上的衣服全部掀翻在地。

在壁橱里，艾利又取出了那套绿色的。他看着衣服的衬里，说道：“这是普莱诗牌的。”

“我希望他该死的会喜欢！”米莱姆呜咽着说。

半小时后，盒子装好了。他在厨房柜子里找的绳子怎么也捆不住盒盖。问题是东西装得太满了：灰色套装，还有绿色套装，一件牛津布衬衣以及那件薄棉布衬衣。让他有两套衣服可以换！只要他不再穿那该死的傻得要命的衣服，给他三套四套都可以！当然还有帽子！天呐，他差点忘了帽子。他两个台阶并作一步奔上楼梯，拉开米莱姆壁橱顶端架子上一个专放帽子的盒子。他把帽子和包装纸胡乱扔在地板上，又跑下楼，把他当天戴的帽子也装进盒子。他看了看妻子，米莱姆四肢伸展，躺在壁炉前的地板上。这是几分钟内她第三次喊道："艾利，这次感觉千真万确。"

"哪里疼？"

"就在宝宝头的正下方，像是有人在榨橙汁。"

他停下，这话让他吃了一惊。"但是你还有两个星期才到……"

他莫名其妙地希望米莱姆的预产期不是只剩两周而是九个月。这让他忽然怀疑妻子是不是在装疼以打消他送衣服的念头。但立刻他又憎恨自己有这样的想法。天呐，他变成什么样的人了！自从图里夫的案子冒出来，他对她简直就像混蛋——她的身孕成了他最大的负担。他不允许她接近自己，但他坚信，他这样做有充分的理由：她轻而易举就可以找些简单的理由把他从迷茫中诱惑出来。他自知很容易被诱惑，才会对她如此抵抗。但此刻，想到她收缩的子宫和他的孩子，一阵爱意竟拂过他的心头。

纵然这样，他也不愿向她透露自己的感情。这样良好的婚姻状况下，人人都知道只有他妻子可能让他就山上那所学校做出某种承诺。

收拾好当晚的第二个包裹后，艾利火速将妻子送往伍登顿纪念医院。到那儿后很久，孩子也生不下来，米莱姆躺了一个小时又一个小时，开始时说骨盆的背后有橙子在挤压，后来又说是保龄球，接下来是篮球。艾利坐在等候室里。十多排荧光灯发出令人目眩的强光，让人犹如置身非洲。在这样的光线下，艾利又给图里夫写了一封信。

尊敬的图里夫先生：

盒子里的是给那位戴帽子的男士的衣物。对于牺牲了一辈子的人来说，多一次牺牲又有多大区别？然而对于一个一生从未有过牺牲的人，一次也是不可能的。你明白我的意思吗，图里夫先生？我可不是纳粹分子，会把十八个孩子赶走，使他们无家可归，他们脆弱时看到萤火虫或许都会感到害怕。但是你们若想在这儿安家，必须接受我们的建议。世界就是如此，图里夫先生。就像你说的那样，事实就是事实。我们唯一要求的就是那位男士能更换他的衣服。随信寄送的有两套衣服，两件衬衣和他可能需要的其他东西，包括一顶新帽子。如果他还需要其他新衣服，请直接告诉我。

我们期待着在伍登顿看到他的身影，也期待着能够和贵犹太学校建立友好的关系。

他署好名后，把便条从鼓起的盖子边缘塞进盒子，然后走到房间尽头的电话旁，拨通了泰德·海勒的号码。

“你好。”

“雪莉，我是艾利。”

“艾利，我们给你打了一晚上的电话。你家灯亮着，但没人接电话，我们还想会不会有窃贼。”

“米莱姆正在生产。”

“在家里？”雪莉说，“哦，艾利，多么荒唐的想法！”

“雪莉，让泰德听一下电话。”

听筒的那头传来电话摔在地板上的巨大响声，艾利觉得耳膜都要被震裂了。这之后，他听到了脚步声，喘气声，清嗓子的声音，接着是泰德的声音。“是男孩还是女孩？”

“还没生出来呢。”

“艾利，你把雪莉的热情全勾起来了，她决定要在家里生我们的下一个孩子。”

“很好啊。”

“这种方式可以把所有家庭成员聚集在一起，简直太棒了，艾利。”

“对了，泰德，图里夫的事，我已经解决了。”

“他们什么时候走？”

“确切说来，泰德，他们不会走。总之我已经解决了——你以后甚至都感觉不到他们还在那儿。”

“一个人穿得像是公元前一年的样子，我能没有感觉？哥们儿，你到底在想什么？”

“他会换衣服的。”

“是吗？换成什么样子？另一套丧服？”

“图里夫已经向我许诺了，泰德，下次那个人来镇上时，他会穿的和你我一样。”

“真的？艾利，他是骗你随便说说的吧。”

艾利的声音猛然升高：“他说他会，他就会！”

“艾利，”泰德问道，“那个人亲口说的？”

“是他亲口说的。”他感到一阵突如其来的头痛，全因这谎言。

“假设他不换，艾利，我只是说假设，那种情况完全可能发生，这就只会是一种拖延战术或另有企图。”

“不可能。”艾利向他打包票。

电话那头儿沉默了一阵。“艾利，”泰德终于讲话了，“好了，我相信他会换，这样行吗？可是他们还是在那儿，是不是？这一事实不会改变。”

“重要的是你不会觉察到他们的存在。”

泰德很有耐心地说道：“这就是我们让你做的吗，艾利？我们那么信任你，这就是你让我们期待的结果吗？相信我，我们并不在乎那个人是否会变成鲍·布鲁梅尔[1]，我们只是觉得这个社区不适合他们。艾利，这并不是我一个人的想法。社区的犹太成员任命我、阿蒂、哈里三人处理此事，我们又委托给你，可是发生了什么？”

艾利自言自语道：“发生了的都已经发生了。”

“艾利，别总是玩文字游戏。”

“我妻子正在生孩子。”艾利解释道，其实更像是在为自己辩护。

“我了解，艾利。但这只是一个分区的问题，不对吗？这不是我们商议的结果吗？你要么遵守条例，要么走人。我的意思是我可不想在我的后院养一群山羊——”

---

① Beau Brummell（1778—1840），英国十九世纪的时尚风标，浪荡公子。

"事情没有那么简单，泰德。这牵扯到一些人——"

"一些人？艾利，我们也经历过这些。我们面对的并不只是一些人——他们简直是一群宗教狂热者，打扮成那样。我真的很想弄清楚他们在那儿做什么。我越来越怀疑他们的所做所为。艾利，我不怕跟你承认，我可以感觉到一股装神弄鬼的气息。很多人，比如哈里，他们想来想去也想不明白，或者是害怕承认他们的想法。我来告诉你我的想法。我甚至不知道这桩关于主日学校的事。周日我习惯开车带我的大女儿去斯卡斯代尔学习《圣经》故事……可是你知道她听到了什么？《圣经》中亚伯拉罕要杀掉自己的孩子作祭品。这个故事使她经常做噩梦，全都是因为上帝！你把这也称为'宗教'？今天如果还有那样的人，他们肯定会把他锁起来。艾利，我们生活在一个科学的时代。我用X射线机器丈量人们脚的尺寸，看在上帝的分儿上，它们已经证实了那些故事的荒谬。艾利，我可不想坐以待毙，眼睁睁地看着这件事发生在自家门口的草地上。"

"什么也没发生，泰德，你夸大其词了，没人在牺牲自己的孩子。"

"说得太对了，艾利——我是不会牺牲我的。等你自己有了孩子看你怎么办。对那些不敢直面生活的人来说，这里是一个藏身之地。这是出于他们的需求，是他们的迷信，你怎么想呢？因为他们无法面对这个世界，因为他们在社会中找不到立足之地。但是艾利，这个环境对孩子们并不适合。”

“这样，泰德，试着从另一个角度看问题。我们可以改变他们的信仰。”艾利说这话时，显得底气不足。

“什么？使这样一群人变成基督徒？艾利，伙计，这个镇上人与人之间之所以能存在一种健康的关系，是因为它的居民是现代的犹太教徒和新教徒。这是问题的关键所在，不是吗，艾利？别开玩笑了，我不是哈里。现在一切都处于很好的状态——像人与人间的关系。伍登顿不会发生犹太人大屠杀，对吗？因为没有宗教狂热者，没有疯子——”艾利皱皱眉头，闭了一会儿眼睛——“只有互相尊重，互不干涉的居民。艾利，常理主导一切。我支持常理，懂得适度。”

“没错，没错，泰德。我同意你的观点，可‘常理’或许只是需要这个人换掉他的衣服，或许——”

“你认为‘常理’是那样的吗？艾利，在我看来，依据常理，他们应该离开这儿，找一个适合他们的地方。纽约是世界上最大的城市，距这儿只有三十英里——为什么他们不去那儿？”

“泰德，给他们一个机会吧。让他们了解‘常理’是什么。”

“艾利，你面对的是一群狂热者。在他们身上你能看到一点‘常理’的影子吗？到现在还讲着早已过时的语言，这是‘常理’

吗？一点苦就要借题发挥，让你一辈子不得安生，这能说是‘常理’吗？艾利，这一切你我都经历过。我不知道是否你已听说——有传言说《生活》杂志要派人去那所犹太学校采访，还要拍照。”

“泰德，你又在发挥你的想象了。我想《生活》杂志不会对此事关心的。”

“但是我关心，艾利。我们认为你也应该关心。”

“我是关心，”艾利说道，“我是关心，泰德，就先让他换掉衣服吧，看效果如何。”

“他们还活在中世纪，艾利——那是某种迷信，某种法则。”

“让我们观察吧。”艾利恳求道。

“艾利，每天——”

“再等一天，”艾利说，“如果明天他还不换的话……”

“怎样？”

“周一一大早我就向他们下最后通牒，一定说到做到。”

“但是，艾利——这不是我一个人说了算。我打电话问问哈里。”

“泰德，你是发言人。我这里已经被米莱姆生孩子的事搞得头昏脑涨了。就多给我——也给他们一天时间。”

“好吧，艾利。我也想公正一些。但是只有一天，明天就是审判日，艾利，我是认真的。”

“我已听到胜利的号角。”艾利说完挂了电话。他可以感到身体里的颤抖——泰德的话使他觉得自己的骨头已经散了架。护士跑来告诉他派克太太肯定要到早上才能生出来时，他还僵在电话旁。他打算先回家休息。他显得筋疲力尽，像是他要生孩子。护士眨了眨眼，离开了。

但是艾利并没有回家。他带着那个邦维特·特勒盒子上了街，将它抱上车。夜色温柔，繁星点点。他漫无目的地在伍登顿的街道上开着车。透过车窗放眼望去，越过居民住宅前的长草坪，映入眼帘的就只有冷冰冰的杏色四方窗户。车道上停着的货车上还有一些正在工作的行李搬运工。星光给他们镀上了一层银色。艾利缓缓地驾驶着，上坡，下坡，绕圈。万籁俱静，他的车子缓缓转弯时，轮胎与地面发出轻柔的摩擦声。

一切都是那么平静。不可思议的平静。孩子们何时可以像现在这般安心入眠？大人们何时可以像现在这般酒足饭饱？热水器里的水何时可以像现在这般温暖？从未有过这样的时刻，罗马没有，希腊没有。就是筑有铜墙铁壁的城邦也没有这样美好的景象！难怪那时他们说要保持原样。最起码，人们可以在这里找到宁静与安逸——这正是文明发展了几个世纪想要追寻的方向，是泰德·海勒在经历过颠沛流离后想要稳固下来的东西，是他的父辈在布朗克斯追寻的，是他的祖辈在波兰追寻的，是祖辈的父辈在俄国或奥地利或在任何他们曾逃往或逃离的地方追寻的，是米莱姆追寻的。如今他们的愿望都实现了——许多家庭能容身于这个世界，犹太家庭也是其中一部分。几个世纪后，或许正需要这种集体的无情——或麻木——来守护这份福音。或许那也是一直以来伴随犹太人的问题——太软弱。毫无疑问，生存需要勇气……艾利思考中不知不觉开过火车站，停在黑漆漆的“海湾”车站。他从车里下来，手里捧着那个盒子。

山顶上，一扇窗户在亮光中颤抖。图里夫现在在那间办公室做什么呢？屠杀婴儿？大概不会。研究一种没人懂的语言？进行某种早已不知起源的风俗？遭受已经遭受过的痛苦？泰德是对的——为什么他还要执迷不悟！但是，一旦一个人选择了固执就不可能再期待侥幸。这是一个公平交易的世界。为了一套衣服忧心忡忡到底有何意义？艾利只会再给他最后一次机会。

他在山顶停下。周围空无一人。他缓慢走上草坡。每一步都深陷在草丛里，沙沙沙，被鞋子踩塌的草的汁液渗入了草皮。他环顾四周。到处都是空荡荡的，空荡荡！只有一幢破败的老房子——和一套衣服。

到门廊时，他悄悄移动到一个柱子后。他觉得有人在看他，可只有天上的星星向下眨着眼，脚下远处的伍登顿向上发着光。他把包裹放在巨大的前门的台阶上。他将手伸进盒子摸摸里面的信是否还在。当他摸到信时，又把它往绿色套装里推了推。自冬天来，他的手指上似乎还残留着这套衣服的触感。他本应该再带些灯泡过来的。做完这些，他又移回到柱子后面。就在那时，他发现草地上有一些动静。这是他第二次见到“他”。

他面朝伍登顿，艰难地穿过空地朝树林走去。他右手握拳击打着胸口。每击一下，艾利就听到一种声音。那是哀号啊！让人毛骨悚然，心跳停止，热泪盈眶。这三种反应一齐向艾利袭来，或许更多。某种感受潜入他的内心，到底有多深，他无法描述。很奇怪。他仔细聆听——听这种哀号还不感到痛，可是他想知道发出这种声音会不会很痛。于是，在只有星星在听的情况下，他试了试。结果确实会痛。不是那种一群大黄蜂在喉咙里折回又从耳孔嗡嗡飞出的疼痛，而是直入心肺的疼痛。体内如针扎一般，哀号声愈加尖锐，最后变成尖叫，越来越响，又变成一首歌，一首疯狂的歌，它绕过廊柱，飞向草地。这时，草地上那个戴帽子的傻子转过身来，张开双臂，夜色中活像一个稻草人。

艾利拔腿就跑，跑到自己的车前时，只感到脖子上一阵疼痛，刚才逃离那个傻子时被树枝划破了。

第二天他的儿子出生了，下午一点左右，那之前很多事情已经发生了。

上午九点半，电话响了。艾利从沙发上跳起来——他在上面躺了一夜——铃声很刺耳，他一把抓起听筒，他几乎可以闻到医院的气味。他大声喊道："喂，你好！"

"艾利，我是泰德。艾利，他真的换了。刚才他走过商店，我在开门，一回头，吃了一惊。我敢说我以为那是你，结果是他。他走路的样子还和以前一样，但是衣服变了，艾利，衣服。"

"谁？"

"那个傻子。他换上正常的衣服了。那套衣服很漂亮。"

提到衣服，艾利突然清醒了。其他的都不顾了。"什么颜色的衣服？"

"绿色，他穿着衣服闲庭信步，像是在过节。艾利……今天是犹太教的什么节日吗？"

"他现在在哪儿？"

"我看他一直顺着马车房路在走，穿着该死的粗花呢衣服，艾利，确实奏效了，你的决定是对的。"

"我们再看看。"

"看接下来他会做什么？"

"对，静观其变吧。"

他脱掉睡觉时穿的内衣，走进厨房，打开咖啡机的开关。当咖啡开始沸腾时，他把头凑到壶的上方，想用蒸汽熏一下疲惫的眼睛，但没多少时候，电话又响了。

“还是我泰德。艾利，那个人好像要把镇上所有街道都走一遍。真不知道他是在遛弯儿还是干吗。阿蒂给我打电话，赫伯也给我打电话。这不雪莉喊他刚刚经过我家。你现在到门廊上就能看到他。”

艾利走到窗边，向外张望，马路的转弯截断了他的视线，他一个人也看不到。

“艾利?”垂着的听筒里传来泰德的声音。他把听筒扔回电话座机，空气中还漂浮着泰德说的最后几个字——“艾利你看见他……”套上前一天晚上穿的裤子和衬衣，他光着脚走向门前的草坪。转弯不远处果然出现了那个身影：棕色的帽子快压到了头顶，绿色的外套肩部拉得过于靠后，一件有排扣的衬衣没扣扣子，一条打了结的领带只留两英寸长的尾巴，裤子拖到鞋面上——比起之前戴黑帽子的样子，这身行头使他看上去矮一些。带动衣服的是他独有的步伐——那根本不是正常的行走，而是凌乱的小碎步。他绕过转弯处，尽管显得奇怪——尤其是胡子，在行走中尤为突出——他看上去已经融入了这里的环境。或许还是有点怪异，但已经属于这里了。他不再哀号，见到艾利也没有再展开双臂，但他确实停住了。他一只手伸向帽子，但在触摸帽顶时，一开始抬得过高了，等摸到帽子边沿时，他用手指摆弄，摩挲了一会儿——这个动作算是对艾利的致意。接着，手指滑过他的脸，一瞬间好像经过了每一个面部器官，先是轻拂过眼睛，再是鼻子，扫过满是胡子的双唇，最后停留在遮住部分衣领的胡须里。在艾利看来，他的手指似乎在对自己讲：我有脸，至少我有张脸。接着，他的手穿过胡须，按在胸前，像是一个指示——泪水弥漫了他的双眼，仿佛在问：我的脸没有问题，我可以保留它吗？当他转身离去时，艾利仍然能看见那双质问的眼睛。它们是他种的长寿花的花蕊，只在上周出现——是他种的白桦树的树叶，是他的玻璃灯罩内的灯泡，是他的草坪上的水珠。那双眼睛长在他的脑袋上，是他自己的眼睛，是他创造了它们。他转身回到房间。当他从窗户边向外看时，在阴影和房子线脚之间，那个绿衣服已经消失了。

电话响了。

“艾利，我是雪莉。”

“雪莉，我看见他了。”说完他挂断电话。

他纹丝不动地呆坐了好久。光线透过窗户，忽明忽暗。咖啡的香气弥漫了整个屋子。电话响了又停，停了又响。邮递员来过，还有清洁工、面包师、园艺工、冰淇淋商贩，妇女选举联盟女专员接踵而至又无果而返；一个散播离奇教义，呼吁修改《食品药品法案》的黑人妇女一阵敲门拍窗后，最终从后门塞进数份宣传册后离开。但是自始至终，艾利就一直静静地坐着，没穿内衣，依然裹着昨晚的衣服，对任何人也没有应声。

奇怪的是，即使这样，他还是听到后门有人绊倒后撞上什么东西的声音。但刹那间他觉得自己好像融化了流进椅子的缝隙里，后又喷溅到门外刚才发出响声的地方。他静候在门口，一切是那么静，除了树上潮湿的嫩叶的摇曳声。当他终于拉开门，发现根本没有人影儿。他期盼着能看到那片绿，绿，绿，高及门楣，顶着他的帽子，用那双眼睛等着他。但四周一片空荡荡，除了脚下一个鼓鼓囊囊的邦维特·特勒盒子，没有系绳，盒盖被顶得老高。

懦夫！他不能这么做！不能！

这一念头的闪现给他的双腿加上了马力，他飞奔过房后草坪，经过他新种的金钟花，看见一个留胡子的人裸奔过院子，越过灌木丛和栅栏，逃向他隐居的安全地带。远处有一堆粉色和白色的石头——哈利特·克努德森几天前粉刷的——欺骗了他。“跑啊，”他朝石头大喊，“跑，你……”但他在其他人发现之前立刻就意识到自己的错误。不管他怎样四处找，也没有那个人的踪迹，没有一个和他体形相似，皮肤雪白或惨白（他的皮肤一定很白!）的人惶恐地躲在角落里。他慢慢走回后门，心里充满好奇。树叶在微风中闪烁，他拿掉盒盖。扑面而来的震惊是光线瞬间消失殆尽。盒子里是一场日食。但很快，这一团黑色就明晰起来，不一会儿就可以辨别出衬里的浅黑色，裤子的粗糙的黑色，毛边衣服的纯黑色，还有中间小山一般的黑色。他从门阶上抱起盒子，走进房间。生平第一次他闻到了黑色的味道：有一点陈旧，一点酸腐，一点古老，但不令人窒息。他捧着盒子但保持距离，然后把它安放在饭桌上。

那座山上有二十间房子，可他们却让我保管他们的旧衣服！我该如何处置？捐给慈善机构吗？那正是这些衣服来的地方。他捏着边儿拿起帽子，开始观察里边的构造。帽冠内侧像蛋壳一样光滑平整，边缘处已被磨得露线。帽子除了戴以外似乎别无他用，于是艾利把它戴在头上。他打开走廊壁橱的门，看着全身镜子中的自己。帽子的影子给他的眼睛下面覆上了一层眼袋，也可能是他本身晚上就没睡好。他压低了帽子，直到阴影落在嘴唇上，眼袋也随之覆盖了整张脸。站在镜子前，他先解开衬衣的扣子，拉开裤子的拉链，然后脱掉所有衣服，细细打量自己的样子。看着自己赤身裸体头戴帽子，真是又愚蠢又叫人失望，尤其是那顶帽子。他叹了口气，但又无法摆脱陌生人那顶怪异的帽子突然压在他的肌肉和关节上所产生的一种强烈的软弱感。

他回到饭桌旁，清空那个装衣服的盒子：外衣，裤子，背心（这件闻起来比黑色还要深邃）。在这些衣服底下是一双破烂不堪的鞋子，鞋子中间冒出了第一道白色。一块小的灰色镶边毛织布，像内衣又不像内衣，皱皱巴巴地压在盒底，毛线边已经卷起。艾利把它拿出来展开端详。这是什么呢？是用来保暖的吗？穿在内衣下面来避免胸口受凉？他把它凑近鼻子，但闻起来并不像止咳药或芥末膏。那是一种独特的东西，犹太式的东西。既然有独特的事物，独特的语言，独特的祷告，为什么不能有独特的内衣？那个人越想越害怕自己会被诱惑重新穿上传统服装——艾利在推断——他把带来的一切东西都丢在了伍登顿，包括那独特的内衣。现在艾利总算明白那人送来那盒衣服的用意了。他在说：好了，我放弃，甚至拒绝诱惑，我们投降。不知不觉中那面镶边的“白旗”已滑过他的帽子，紧贴着他的胸口。若艾利之前还坚信自己的判断，这一刻，当他看着镜中的自己，他突然开始不确定是谁在诱惑谁。为什么傻子要留下他的衣服？是他吗？要不是他会是谁？为什么？但是，艾利始终觉得，看在上帝的分儿上，在这个科学的时代，事情不应该是那样。就连那该死的猪都要吃药……

不论谁是诱惑的源头，诱惑的结果是什么，更别提它的起始，过了一会儿，艾利又一次站在镜子前，外面是一身黑，里面有一点白。他不得不把裤子往下拽来盖住露出的脚踝。傻子不穿袜子吗？还是他忘了放进盒子？随着艾利鼓足勇气检查裤子口袋，这一谜底也被揭开。他原以为会摸出什么潮湿恶心的东西——但最终在他勇敢地掏进去后，他发现自己一手一只卡其布的军袜。当他把它们套上脚时，他给这双袜子创造了一个出处：它是一九四五年一个美国兵送的礼物。在一九三八年至一九四五年间，除了他记得的丢过的东西，他还丢了袜子。不是想到他丢了袜子，而是他要屈尊接受这双袜子这件事，使他几乎哭了出来。为了平复自己的情绪，艾利走出后门，站着凝视他的草坪。

克努德森家后院的草坪上，哈里特太太正给她的石墙上第二层粉漆。艾利出去的时候她正好抬起头。艾利赶快缩回房间，身子紧贴后门。他从窗帘缝隙处向外窥探，只看见被粉色漆溅洒的草坪上散落的油漆桶，油漆刷和石头。电话响了。是哪位——哈里特·克努德森吗？艾利，有一个犹太人在你家门口。那是我。胡说，艾利，我亲眼看见他的。那就是我，我也看见你了，你刚在给石墙刷粉漆。艾利，你又精神崩溃了。吉米，艾利的精神又崩溃了。艾利，我是吉米，我听说你又精神崩溃了，伙计，我能帮上什么忙吗？艾利，我是泰德，雪莉说你需要帮助。艾利，我是阿蒂，你需要帮助。艾利，哈里，你需要帮助你需要帮助……电话响完最后一次，终于静下来了。

“上帝只会帮助那些自助的人。”艾利吟诵完这句，又一次踏出了房门。这次他走向草坪的中央，完全暴露在树木、草丛、小鸟、太阳下，向它们证明这正是他，艾利，穿着这身衣服。但是大自然对他没有任何回应。于是他偷偷摸摸地往树篱走去。树篱把他的家和外面的世界隔开：他从中间穿过时，两次把帽子掉进了矮树丛。然后，他用手压住帽子，开始跑，线编的流苏在他的胸口跳跃。他越过杂草和野花，一直到沿着镇子的那条老路上才慢下来，快到“海湾”车站时，开始步行。他从后面进入车站，靠在一个巨大的没装轮胎的卡车轮圈上，在一堆管子、生锈的发动机和数十个无盖的油罐中间休息了片刻。带着一种无脑的狡猾，他准备开始自己的最后一段行程。

“你好吗，老头?”问候他的是这里的汽修工。他边说话边把沾满机油的手往衣服上擦，在破油罐中间走来走去，寻找着什么。

艾利的胃猛地一抽，他把身上肥大的黑色外衣从脖子处向前拽了拽。

“今天天气不错。”汽修工说着绕到前面来。

“Shalom。”艾利低声说道，然后迅速离开，奔向小山方向。

当艾利跑到山顶时，太阳正好当头照。他之前是从森林中过来的，那一段路很凉爽，但他穿着那套新衣服还是冒了一身汗。帽子没有吸汗带，里边的布又紧贴头皮。孩子们正在玩耍。这些孩子总在玩儿，好像图里夫只教他们这个。短裤使他们纤细的腿暴露在外，他们奔跑时，人们甚至可以看见腿关节的转动。艾利想在他进入公共视野之前先等孩子们散去，但是一样东西不会让他等——他的绿色套装。门廊里，一个留胡子的家伙裹着这身衣服正在漆一个柱子的基座。他的胳膊上上下下，一阵挥舞后，整个柱子如白色的火焰般闪耀。一看到他，艾利就从树林中跳出来，来到草坪。他没有回头，虽然内心这么做了。当他往上走时，孩子们继续着他们的游戏；他摸了摸他的黑帽子，嘴里咕哝着，“Shhh……Shhh”，但他们对此毫不在意。

终于，他闻到了油漆味。

他等着那个人回头看他，但那个人只顾油漆。艾利突然觉得如果他能把帽子拉下来遮住眼睛，遮住胸口、肚子、腿，如果他能遮住所有亮光，片刻后他就能在自家的床上。但是帽子最低只能遮住前额。他无法欺骗自己——他已经在这里了。他想不出有任何人强迫他这么做。

那个傻子的胳膊在柱子上上下挥动。艾利大力呼吸着，清清嗓子，但绿衣人似乎铁了心地不让他日子好过。最后，艾利不得不说“你好”。

胳膊上下刷动，突然停住了——一根刷毛掉了粘在柱子上，他伸出两根手指。

“今天天气真好。”艾利说道。

刷毛清理走后，刷动又继续。

“Shalom。”艾利声音很低，那个人转过身来。

对于艾利的辨认持续了一段时间。他看着艾利身上的衣服。靠近后，艾利看着他穿的衣服。接着艾利的脑海中闪出一个怪念头——他其实是两个人，或是一个人穿了两套衣服。那个傻子看上去也有相似的迷惑。他们对望了很久。艾利的心在颤抖。此刻，他的大脑陷入一种混沌不清的状态。他伸出手去替另一个穿着他的衬衣的人扣领尖上的扣子。简直是一团糟！傻子迅速抬起胳膊去挡自己的脸。

“怎么了……”艾利询问道，那个人已经捡起桶和刷子准备逃走，艾利跟着跑。

“我不是要打……”艾利喊道，“停下……”艾利追上他，抓住他的袖子。他又匆忙举起手护脸。这次，由于动作比较大，白色的油漆同时溅在两个人的身上。

“我只是想……”但是穿着那身衣服的艾利也不清楚自己真正想要干什么，“谈谈……”他终于说出来了，“请看着我，看着我就好……”

可那双手还是举着，刷子上的油漆一直流到艾利的那件绿外套的袖口上。

“拜托……拜托，”除了这么说，艾利不知道还能做什么，“说点什么吧，用英文。”他请求他。

那个人后退贴到墙壁，后退，后退，好像有一只胳膊会最终伸出，把他拉到安全区域。他仍然拒绝露出他的脸。

“看，”艾利指着自己说，“这是你的衣服，我会保管它的。”

还是没有回应——只有双手下的些许颤抖，这让艾利在讲话时变得尽可能的温柔。

“我们……我们会做好防虫蛀措施。这有一个扣子掉了。”——艾利指了指——“我会缝上的。我还要给它加一个拉链……拜托，拜托——看着我……”他在自言自语，但他停不下来。他说的话没有一句有意义——单这一点就让他的心跳加快。但他还是喋喋不休，他想说一些话来缓解他们之间的尴尬，“看……”他把手伸进衬衣拉出内衣的褶边，“我穿的这件特别的内衣，甚至……拜托，”他说，“拜托，拜托，拜托，”他唱了起来，好像那是个什么神圣的词语，“哦，拜托……”

粗花呢套装下一切平静——那双眼睛是否含着泪水，是否闪着泪光，是否充满仇恨，他不确定。他简直要疯了。自己穿得像个傻子，是为了什么？为了眼前这一切吗？他使劲扒开那个人的双手。

“好了!”他喊道——就在那一瞬间，艾利看到傻子的脸上挂着两颗白色的泪珠。

“告诉我——”艾利抓着他的双手放在他的身体两侧，“告诉我，我能为你做些什么，我一定会做……”

一动不动，傻子依然站在那儿，呆若木鸡，那两颗白色的泪珠闪闪发光。

“只要我能做到……看，快看，我已经做了。”艾利迅速抓起黑色的帽子，在那个人面前晃了晃。

终于，傻子做出了回应。他把一只手举向胸前，用力按压，攥紧了，伸出一根手指，指向远方。多么痛苦的一张面孔！像是空气中有无数刀片在割伤他！艾利顺着他的手指望去，过了指关节再越过指甲，最终落在伍登顿。

“你想要什么?”艾利说，“我会给你!”

突然傻子跑开了，但没跑多远又停下，转过身，又一次将那根手指指向空中，指着同一方向，接着消失在视野里。

剩下艾利独自一人，他像获得了某种启示。他并不怀疑自己对发生的这一切的理解，以及这一切的本质或根源。带着一种陌生而又恍惚的欣喜，他再次启程。

马车房路上，车子都并排停放着。市长夫人刚从 Stop

N'Shop出来，推着一车狗粮往自己的车走去；狮子慈善俱乐部会长脖子上围着餐巾，正在往“唇齿留香”餐厅前的计时器里投硬币；泰德·海勒晒到了太阳，阳光为他的鞋店那新的拜占庭式马赛克入口上了釉彩；穿着粉色牛仔装的吉米·克努德森太太双手各拎着一桶油漆正从哈乐威五金店出来；罗格美容店的店门敞开着——可以看到里边女人头上顶着银色弹头一样的东西；理发店的门前，彩柱在旋转，阿蒂·伯格最小的儿子正坐在一个红色的座椅上理发，他的妈妈在一旁翻阅《视野》杂志，脸上洋溢着笑容：那傻子终于换衣服了。

正是在这条似乎是用铬铺成的街道上，出现了艾利·派克的身影。他知道仅仅沿着路的一侧走是不够的，达不到他期待的效果。所以他先顺着一侧走十步，再转身过到街道的另一侧走十步，再过到对面。就这样艾利穿梭于马车房路之间，汽笛不断响起，交通时断时续。他边走边发出一阵哀号。这声音一直通到他的鼻腔，周围没人能听到，但他可以感受到鼻梁处软骨组织的震动。

周围的一切都慢下来。阳光不再在轮辐和轮轴盖上波动而是稳定地闪着光，因为人们都踩了刹车停下来看那位黑衣人。以前，只要黑衣人进入小镇，看到的人都会驻足观望，目瞪口呆。接着，过了一分钟、两分钟、三分钟，交通信号灯变了，婴儿啼哭，一切又开始流动起来。但是现在，灯变了，车辆行人还是没有动。

“他刮掉胡子了。”理发师埃里克说。

“谁?”琳达·伯格问。

“那……那个黑衣人，在那儿。”

琳达向窗外望去。

“那是艾利叔叔。”小凯文·伯格说道。

“哦，上帝，”琳达说，“艾利又精神崩溃了。”

“精神错乱!”泰德·海勒说，但这并不是他的第一反应，他紧接着琳达说的是，“天……啊!”

很快，马车房路上所有人都知道艾利·派克，这个爱紧张，有一位美丽的妻子的年轻律师精神崩溃了；众人皆知，除了艾利·派克自己。虽然他感觉得到自己行为的怪异，但他知道他没疯。他觉得身上的黑衣服就如同他皮肤的皮肤——已经融合在一起，熟悉了自己身体的凸起和凹陷。他还可以感受到眼睛，马车房路上的每一双眼睛。他看到汽车在离他一英寸的时候戛然停止。他看到嘴巴：首先是下颌向前移动，接下来舌头碰到牙齿，双唇爆破，喉咙里一阵轰响，他们在说：艾利·派克，艾利·派克，艾利·派克。他开始放慢脚步，使身体重心向下再向前，移动的节奏和上每一个音节：艾——利——派克——艾——利——

派克——艾——利——派克。他沉重地迈着步伐。邻里们吐出的他的名字的每一个音节都让他感到骨头在震颤。他骨子里清晰地知道他是谁——他们不断地告诉他。艾利·派克。他想让他们把那个名字说上一千次，一万次。他打算永远穿着这身黑衣行走，任凭大人们窃窃私语议论他的怪诞，孩子们比划着"羞……羞"的手势。

"伙计，一切都会好的……"泰德·海勒在门口向艾利示意，"没事的，艾利，一切都会好的……"

艾利透过帽子的边沿看到他。泰德并没有走出门口，只是身子倾出，说话时用手挡着嘴。泰德身后，有三个顾客正往门外张望。"艾利，是泰德，记不记得泰德……"

艾利穿过街道，发现哈里特·克努德森正迎面走来。他仰起脖子使她能够看清他的整张脸。

他看到她的额头都快贴上眼睫毛了。"早上好，派克先生。"

"Shalom。"艾利说完又穿过街道，恰巧看到狮子慈善俱乐部会长。

"前两次……"他听到有人在说话，紧接着他又过到街的对面，越过路缘，来到一个蛋糕店前。一个快递员正托着一个霜顶蛋糕冲过来，经过他时，蛋糕巧妙地在他头顶绕了一圈。"抱歉，神父。"他边说边跳进货车。但是他没法开动，艾利·派克使整个交通停滞了。

他经过瑞佛里剧院，贝克曼洗衣店，哈里斯的西屋电器专卖店，一位论派教堂，但很快两旁就只剩下树了。在爱尔兰路他向右转，开始穿越伍登顿其他弯弯曲曲的街道，婴儿车嗖嗖地停住，发出嘎吱嘎吱的声响——“那不是……”园艺工停下手中的剪刀。孩子们从人行道上走下，也试着越过路缘。艾利没向任何人打招呼，却把脸扬向每个人。他热切地希望自己的脸上也能挂着白色的泪珠……直到他走到自家门前的草坪，看见他的房子、百叶窗、新种的长寿花，他才想起他的妻子和肯定已经出生的孩子。此时此地他感到可怕。他可以进屋，换上自己的衣服，去医院看妻子。一切并不是无法挽回的，就连走路也不是不可回头的。在伍登顿回忆是漫长的，但是愤怒却是短暂的。漠视就是宽恕。再说，你疯了就是你疯了——这是自然规律。

真正使艾利感到可怕的是他竟然掉头离开了。他清楚地知道他可以做的事，但他选择放弃，进去只能让他半途而废。还有许多事要做……他转身朝医院的方向走去，想到自己也许选择了一种疯狂的方式，他感到皮肤下面一刻不停地微微颤抖。他竟然主动选择了这种疯狂！但是如果你选择了疯狂，那你就还没疯，只有无意识的疯才是真疯。不，他没疯。他还要去见孩子。

“名字?”

“派克。”

“四楼。”护士给了他一张蓝色小卡片。

电梯里每个人都注视着他，艾利则一直盯着自己的黑皮鞋。

“四楼到了。”

他轻轻地推了推帽子，但是他清楚不能摘下来。

“派克。”他出示了那张卡片。

“恭喜，”护士问，“……是祖父吗？”

“父亲，在哪个房间？”

她把他带到四一二房间，“在和太太开玩笑吗？”她问道，但是他径直闪进门内。

“米莱姆？”

“谁啊？”

“艾利。”

她翻过身，把苍白的脸朝向丈夫。“哦，艾利……哦，艾利……”

他伸出双臂。“我能做些什么？”

“你有儿子了。他们给你打了一早上的电话。”

“我这不是过来看孩子了。”

“像这样子！”她声调很低，但语气严厉，“艾利，你不能穿成这样到处走。”

“我有儿子了，我想要见他。”

“艾利，为什么你要这样对我！”她的双唇又渐渐透出血色，“他不是你的错误。”她解释道，“哦，艾利，宝贝，为什么你要自责，觉得一切都是你的错？艾利，换掉这身衣服吧，我原谅你。”

“别再原谅我，别再理解我。”

“可我爱你。”

“那是另一回事。”

“宝贝儿，你不需要穿成那样，你没做错什么。你也不必感到愧疚因为……因为现在一切都恢复正常了。艾利，你没看到吗？”

“米莱姆，你的理由说够了吧，我的儿子在哪儿？”

“哦，艾利，拜托，你要冷静，我现在需要你。这就是你疯狂的原因——因为我需要你？”

“每每涉及自己，米莱姆，你总是很大度。我想见儿子。”

“冷静点，我很怕，他现在离开了我的身体。”她开始抽泣，“我不知道自己是否真的爱他，因为他不在了。当我照镜子时，艾利，我看不到他……艾利，你看上去像要参加自己的葬礼。求求你了，你就不能让事情顺其自然，让我们好好经营这个家吗？”

“不行。”

在走廊里，他让一个护士带他去看新生儿，护士走在他的一边，泰德·海勒走在另一边。

“艾利，要我帮什么忙吗？我想你可能需要帮助。”

“不需要。”

泰德和护士低语了几声，然后和艾利小声说道：“你一定要穿成这样到处走吗？”

“对。”

泰德又凑近他的耳朵：“你会……吓着孩子的……”

“在那儿，”护士指向第二排的一个摇篮，她的脸看上去有一些迷惑，“我能进去吗？”艾利问。

“不行，”护士说，“她会把他推过来的。”她敲敲育婴室的玻璃，“派克，”她冲里面的另一个护士做了个口型。

泰德拍了拍艾利的胳膊：“你不会做什么傻事吧……艾利？我的意思是你现在清楚自己还是艾利，对吗？”

艾利看到一个摇篮被推到育婴室的方玻璃窗前。

“哦，上帝……”泰德说，“你的脑子中没有《圣经》里那些……”突然他想起了什么，“老兄，等等。”他往走廊另一侧跑去，鞋跟发出急促的响声。

艾利觉得解脱了许多——他身子倾向玻璃窗。摇篮里的正是他前来看的目标。如今，已经在这儿了，他要跟他说些什么呢？

我是你父亲，艾利，一个疯子？我的黑色帽子、衣服和漂亮的内衣全是从一个朋友那儿借来的？他怎么能向这个红红的小肉球——他亲生的红红的小肉球——承认最坏的一种可能性：埃克曼很快就能说服他脱掉这一身。他不能承认这一点！他不能这么做！

视线掠过帽子边沿，从眼角，他看到泰德正站在走廊尽头的一个门口。两个实习生站那儿抽着烟，听泰德讲着什么。艾利对他们毫不在意。

不！就是埃克曼也不能让他脱掉这身衣服！不！如果他选择穿着，他就会穿着。他还会让他的孩子穿！一定会！等时机合适，他会把衣服改小，然后传给他的孩子，不管上面的气味，不管他喜欢不喜欢！

他只听到了泰德的鞋跟声，因为实习生穿的是胶底鞋。神不知鬼不觉地，他们已经到了艾利的身边。他们的白色制服散发出一种气味，但是与艾利的衣服的气味截然不同。

“艾利，”泰德轻声说道，“老兄，探望时间结束了。”

“感觉如何，派克先生？第一个孩子总会使所有人手忙脚乱的……”

他继续无视他们；然而，他开始大汗淋漓，他的帽冠紧贴着头发。

“抱歉——派克先生……”这是一个新的深沉的中低音，“抱歉，拉比，但是……教堂需要你。”一只手紧紧地抓住他的胳膊肘，接着另一只手抓住另一个。他可以感到手抓到的地方筋腱的紧绷。

“没事的，拉比。没事没事没事没事没事没事没事……”他聆听着，那是一个很让人宽心的词语，那个“没事”。“没事没事，一切都会好起来的。”他觉得双脚好像在他离开玻璃窗，离开摇篮，离开婴儿时开始离开地面。“没事，放松，一切都会好起来的——”

突然他像从梦中惊醒一般，挥舞着双臂，高喊道：“我是父亲！”

但是眼前的玻璃窗消失了。转瞬间，他们已扒下了他的外套——只需轻轻一拉。接着，一个针头刺入他的皮肤。药物镇静了他的心，但无法触及深处浸染的那片黑色。

Philip Roth
GOODBYE, COLUMBUS
Copyright © 1959, 1987, Philip Roth
Simplified Chinese Edition Copyright © 2021
SHANGHAI TRANSLATION PUBLISHING HOUSE (STPH)
All Rights Reserved.

图字：09－2018－727 号

图书在版编目(CIP)数据

再见，哥伦布／(美)菲利普·罗斯(Philip Roth)
著；俞理明译．—上海：上海译文出版社，2021.5
(菲利普·罗斯全集)
书名原文：Goodbye, Columbus
ISBN 978－7－5327－8662－6

Ⅰ．①再… Ⅱ．①菲… ②俞… Ⅲ．①中篇小说—美
国—现代 ②短篇小说—小说集—美国—现代 Ⅳ．
①I712.45

中国版本图书馆 CIP 数据核字(2021)第 087465 号

再见，哥伦布
［美］菲利普·罗斯　著　俞理明　译
出版统筹/赵武平　责任编辑/王　源　装帧设计/COMPUS·汐和

上海译文出版社有限公司出版、发行
网址：www.yiwen.com.cn
200001　上海福建中路 193 号
杭州宏雅印刷有限公司印刷

开本 890×1240　1/32　印张 11.75　插页 5　字数 146,000
2021 年 7 月第 1 版　2021 年 7 月第 1 次印刷
印数：0,001—5,000 册

ISBN 978－7－5327－8662－6/I·5347
定价：85.00 元

本书中文简体字专有出版权归本社独家所有，非经本社同意不得转载、摘编或复制
如有质量问题，请与承印厂质量科联系。T：0571－88855633